大学风雅

水云轩荐评当代高校学者诗家

张海鸥 编著

广州新华出版发行集团
广州出版社

图书在版编目（CIP）数据

大学风雅：水云轩荐评当代高校学者诗家 / 张海鸥编著 . —广州：广州出版社，2022.11

ISBN 978-7-5462-3499-1

Ⅰ.①大⋯　Ⅱ.①张⋯　Ⅲ.①诗词—作品集—中国—当代　Ⅳ.① I227

中国版本图书馆CIP数据核字（2022）第179755号

书　　名	**大学风雅：水云轩荐评当代高校学者诗家**	
	Daxue Fengya：Shuiyunxuan Jianping Dangdai Gaoxiao Xuezhe Shijia	
编　　著	张海鸥	
出版发行	广州出版社	
	（地址：广州市天河区天润路87号广建大厦9、10楼	
	邮政编码：510635　网址：www.gzcbs.com.cn）	
策划编辑	何　旻	
责任编辑	司丽丽　何　旻	
责任校对	王俊婕	
印刷单位	三河市祥达印刷包装有限公司	
	（地址：三河市杨庄镇杨庄村　邮政编码：065200）	
规　　格	710 mm×1000 mm	
开　　本	1/16	
印　　张	19	
字　　数	320千	
版　　次	2022年11月第1版	
印　　次	2022年11月第1次	
书　　号	ISBN 978-7-5462-3499-1	
定　　价	68.00元	

发行专线：（020）38903520　38903521

如发现印装质量问题，影响阅读，请与承印厂联系调换

前　言

中国古代师者多能诗，现代则不然。就大学而言，民国时期大学教师尚多雅好诗词者，之后日渐稀少。近年复兴传统文化之风渐浓，写旧体诗词的人又渐渐多起来。2011年中华诗教学会编纂当代教授诗词选《余事集》，选入陆、港、澳、台四地大学教授，共计61位诗家的1159首诗词。后《余事集》（二）选入中华诗教学会理事25位诗家千余首作品。

本书赓续风雅，名为"荐评当代学者诗家"，实缘于一段雅事。2014年，北京《诗词家》杂志特辟《学林风调》专栏，初仁先生邀我为主持人，荐评当代学者诗词。之后几年间，荐评的学者诗家26位，每位学者自选诗词二十至四十首左右，我作简短点评。

所选诗家首先是优秀学者，又是优秀诗人，资深名显，才高望重，虽皆"余事作诗人"，但诗词文化底蕴比较丰厚，所叙生活经历和故事，是一代学人情怀之呈现。我的简评并不是对整首作品一一注解评论，而是对某一特点、优点或缺点的评说，表达我的诗学理念和审美趣味。不是以挑剔为主，而是以理解为主，尽量理解作者的创作意图，理解作品的结构、意蕴、修辞、用典、艺术等各方面的好处，同时也有挑剔和商榷。这就形成了学者对学者的理解，诗人对诗人的评说，扬其长而不避其短，认真探讨诗词艺术，而不是简单的敷衍溢美。

这个荐评系列受到诗词界和学术界的一些关注和好评，诗友们首先看好的当然是入选诗家，他们确实优秀，能呈现当代学者诗词的基本风貌。

兹蒙广州出版社不弃，许予结集成书，展示广州"诗词之都"之一斑。此书确有历史文献意义，书中所选诗家，皆具学术史、文化史、诗词史之意义，必将被后世诗词史家关注。虽然这些诗家多不在广州，但由广州诗家联系在同一平台展示，确可说明"诗词广州"的影响力。

编次谨依当初约稿和发表之先后，无关姓氏、性别、年龄、职务、职称等。作品和点评基本保持原貌，但因书稿体例与杂志分期刊发不同，所以对体例进行一定调整，并对作者的评介略有修改。

张海鸥
2022.4.18

目 录

施议对诗词 …………………………………………… 1
陈永正诗词 …………………………………………… 9
段晓华诗词 …………………………………………… 15
李舜华诗词 …………………………………………… 23
周裕锴诗词 …………………………………………… 31
钱志熙诗词 …………………………………………… 41
岭南教授唱和《蝶恋花》 …………………………… 45
刘扬忠及其诗友的诗词 ……………………………… 52
尚永亮诗词 …………………………………………… 67
程章灿诗 ……………………………………………… 76
莫砺锋诗 ……………………………………………… 87
钟振振诗词 …………………………………………… 95
曹旭诗 ………………………………………………… 104
胡晓明诗 ……………………………………………… 114
汪梦川诗词 …………………………………………… 121
陈伟诗词 ……………………………………………… 138
赵松元诗词 …………………………………………… 148
易闻晓诗词 …………………………………………… 159
韩倚云诗词 …………………………………………… 167
张一南诗词 …………………………………………… 181
胡可先诗词 …………………………………………… 198
陶然诗词 ……………………………………………… 213

褚宝增诗词 …………………………………… 228

苏炜诗词 …………………………………… 245

景蜀慧诗词 ………………………………… 266

陈思和诗词 ………………………………… 282

施议对诗词

施议对在中国社会科学院从吴世昌先生研治词学，有《能达轩诗词集》。曾参与筹建中华诗词学会，甚多劬劳。其悼亡词颇独特，皆用《金缕曲》词调。所悼皆为著名学者，每首有长序，简叙逝者生平学术，因而具有珍贵的学术史价值。诗词正文则侧重抒写痛惜纪念之情。

敬挽瞿禅师三绝句并序

甲辰年间负笈游杭，得从夏瞿禅（承焘）师学词。瞿禅师有条幅见赠："老黑尚欲身当道，乳虎何疑气食牛。"寄周谷城、苏步青二教授诗有句："筋力就衰豪兴在，谁同万里着吟鞭。"戊午年秋，进京攻读学位，复得随侍左右，时至北海观荷。曾因上下公交车多有不便，改乘儿童车出游。每登临，必告以白塔故事。当日情景历历在目。因赋。

病榻恹恹忍便分，词坛痛悼折昆仑。
辽天此去寻无处，凄绝燕山水共云。

最忆课诗湖上时，未衰心力鬓如丝。
食牛乳虎曾相许，尚自勉为当道黑。

词仙八十驾童车，仗履追随看玉藻。
白塔前头犹想见，天风浩荡拂银须。

评点：

悼念之作，语意沉痛，如"忍便分"等。大师故事，亲切感人，如"课诗湖上""追随看玉蘂"等。"折昆仑"评价允当。"食牛乳虎""驾童车"两首趣味优雅。"天风浩荡"用典巧妙自然，夏老书斋名"天风阁"。

敬挽子臧师三绝句并序

吴子臧（世昌）师治学严谨，尚独立思考。有四卷本《罗音室学术论著》待出版，并多课题待作。不料胰腺炎急发而逝。师以重九后一日生，正菊季。年年此时，焉能随侍左右，再与把酒赋诗耶？因以三绝句敬献灵前。

未了湖山未了情，未当便作履星行。
长宵病榻长言笑，一日昏昏竟不醒。

能信人天就此分，才相呼唤抱情殷。
从今欲把东篱菊，忍向烟郊对夕曛。

好学精思记法鞭，不随俗士佞与便。
罗音四卷遗书在，要做文章第一篇。

评点：

痛悼恩师，一切从肺腑泄出。开头连用三"未"字，一唱三叹，渲染惜别之情。"从今"两句是秀句，巧将陶东篱之典与老师生日联系起来，意蕴非常丰富：人淡如菊，人雅如菊；年年菊季，永志哀思。且赞美且缅怀，哀感顽艳。

金缕曲·挽当代词学大师唐圭璋教授

中国当代词学大师唐圭璋教授，三十五岁即遭鼓盆之戚。次岁抗日军兴，避寇入蜀。所传《南云小草》，善将家国存亡之痛及个人身世之感一并入内，甚是动人心魄。晚岁所刊词集，题名《梦桐》。六十几年中，著述山积，成绩斐然，

四海归宗匠焉。二十世纪八十年代初，余因编撰《当代词综》，求教于先生。此后并曾两度赴宁拜谒，亲聆教诲。近十年间，音书未断。今春闻知先生卧病，未及前往探望，不意竟成遗恨。

仔细来书说。
五千年、歌诗发展，鼓钟盈列。
何故骚坛欣重振，砥柱一朝倾折。
怕到此，惊心时节。
桐影萧疏霜寒降，正孤鸾入夜清吟彻。
魂梦断，世缘绝。

填词留有南云阕。
记真州、山河破碎，旅怀凄切。
百卷功成平生愿，赢得满头堆雪。
更垦植、学庭芳洁。
引望曾交忘年好，甚匆匆远去无由别。
挥泪祭，寸肠结。

评点：

"仔细"二字领起，然而五千年歌诗史和逝者一生学术史却无法在一首词中细说，则"仔细"二字实托出郑重认真之意耳。砥柱折而惊心，霜寒降而魂断，上片概言敬仰悼惜之意。下片侧重逝者生平成就，"百卷……堆雪"句美，但"平生愿"太实且超过，换作"芸窗愿"或许飘逸蕴藉一些。"甚匆匆"以下，惜别怀念之情悠远绵长。

用《金缕曲》写悼亡情怀始于此，其后依例。

金缕曲·悼繁霜榭主沈轶刘先生

当代词学家沈轶刘先生，居上海浦东吴淞口之繁霜榭。学识渊博，才思超群，年届九六，仍笔耕不辍。所著《繁霜榭词札》于近年陆续披露报端，颇为

学界注目。余与结忘年交好,情谊敦笃。忽闻先生于癸酉冬至后二日不幸遽归道山,至深痛惜,因赋此词,以寄哀思。

一瞬凡间世。
看曾经、沧桑变换,阅人多矣。
成败由来从天定,承告不须言悔。
富与贵,真浮云耳。
要紧身心都康健,问青山妩媚我妩媚。
知二事,慎当记。

楼台长共霜红对。
正年年、明珠生砚,柳阴琴几。
月满苹洲乌啼夜,销梦寒潮再起。
归驾鹤,风吹雾佩。
遥望辽空寻何处,念大慈垂诲悲难已。
元道在,永无死。

评点:
活用"妩媚"典故而出新意,佳句!

金缕曲·悼扬州诗人江树峰教授

江树峰教授,扬州人。教授晚岁客居京都,以吟咏交友为乐事。己巳初夏某日谓余曰:"某一隐士耳,汝随时可相访。"教授亦属虎。曾援林则徐"苟利国家生死以,岂因祸福避趋之"语意入《临江仙》词,颇见赤子肝肠。中华诗词学会成立,教授与余同为"筹委",同在其学术委员会共事。教授于癸酉岁十一月三日遽归道山。我心伤悲,因赋此词,以志哀思。

士者终当隐。
到今来、行藏用舍,几多才俊。

毕竟天公功滋物，江上峰峦腾晕。
待虎跃、应期承运。
韬略胸中都是锦，看神州图画添姿韵。
须诲诱，屈骚训。

记曾往访何安近。
正长吟、林翁警句，死生忠论。
又记艺坛佳盟约，魁杰京门崇峻。
兴大业，鼓旗重振。
万里登临方其始，甚匆匆留此相违恨。
诗国祭，一星殒。

评点：

"江上"句巧，"韬略"句美。

金缕曲·敬挽周谷城会长

学界泰斗周谷城教授，1898年出生于湖南益阳。早年与毛泽东同执教于湖南第一师范学校。晚岁历任第六、第七届全国人民代表大会常务委员会副委员长，并任中华诗词学会会长。曾赋诗云："莫再谦称传谬种，敢教敦厚育英才。"余编纂《当代词综》时，幸蒙赐教。又在中华诗词学会共事，时承教诲。教授于丙子立冬后三日遽归道山，至深痛惜。谨赋此词，以志哀思。

谷老我思念。
甚年来、水遥山远，佳期违欠。
偶自云间闻消息，如虎精神无减。
三世纪，从容点检。
正是于今霜红好，竟匆匆、驾鹤旌旗掩。
呼不应，地天暗。

京门回首韩棱剑。

记骚坛、弘扬诗教，开张诗胆。

莫再谦称传谬种，敢以千钧荷担。

贵识义，后昆垂范。

又记庭园多桃李，沐春风、座末恩知忝。

长北望，紫光冉。

评点：

开头直叙好，足见交谊匪浅。"竟匆匆"急转有力。下片从"回首"到"北望"，次第好。

金缕曲·悼程千帆教授

一代宗师程千帆教授，1913年9月21日生于长沙。执教名校，贯通文史，弟子遍天下。2000年，澳门大学中文学院举办"国际词学研讨会"，特邀程先生担任主讲嘉宾。教授应允，弟子亦将护驾。五月一日亲自题赠新刊《唐宋诗名篇》一册并惠函云："又有桑榆忆往一小册，六月可出，届时当即寄也。"不意竟于六月三日遽归道山。至深痛惜，因赋此词，以寄哀思。

才迈雕龙客。

记当年、有恒求学，籍书堆积。

又记南朝佳丽地，平野虚窗幽寂。

故国在，几回潮急。

彩凤箫鸾翩翩舞，结同心、翰苑留双璧。

其赵李，岂堪匹。

吴头楚尾蜀山侧。

奈漂流、兵间活命，竟遭灾厄。

已是相思无肠断，夜夜松冈悬隔。

幸岁晚，重登讲席。

树木风烟今从愿,甚匆匆别去何追惜。
浓绿拥,万花泣。

评点:
上片以今之程沈比古之赵李,妙!"幸"字意味深长。

金缕曲·敬悼舍翁老宗伯蛰存先生

施蛰存(1905—2003),名舍,号北山,杭州人。驰骋文坛八十年。曾主编《现代》及《词学》。今秋十月,华东师大举办"庆祝施蛰存教授百岁华诞暨学术思想研讨会",余曾往医院探望,与之笔谈,甚欣喜。余谓"二十世纪词学传人,夏承焘与施蛰存""文学上,等于两个鲁迅;于词学,等于两个龙榆生"。翁微笑。十一月十九日晚,忽报舍翁仙逝,不胜痛惜,因赋此词,以寄哀思。

警觉浮生梦。
到洪荒、山摇海立,斗移天动。
宗主斯文源大道,别调中宵偶弄。
付一笑,沾衣露重。
非办谋身千头橘,有朋来不亦四窗拥。
存夙愿,赏高纵。

词坛人物于今众。
数承传、髯公之外,北翁谁共。
草长莺飞三月暮,妙墨霞笺吟讽。
久未作,述删矫控。
正是层空丹华粲,便翩然归去圆荷捧。
倾首望,岂胜恸。

评点:
前三韵气象非凡。下片飘逸,化悲为美,有李太白神韵。

　　《金缕曲》又名《金缕歌》《金缕词》《乳燕飞》《贺新凉》《贺新郎》《风敲竹》《貂裘换酒》。施议对悼亡词专用《金缕曲》，是一特点。其悼亡词实乃当代学林大师仙逝谱，每词前皆有长序，叙逝者亦叙作者情怀，沉郁厚重。其学者识见、文士情怀、书卷气息、诗艺修为，明显异于一般诗家。尤其难能可贵者，其诗词皆有感而发，自然流畅，绝非刻意造作者。两组绝句有元稹悼亡诗之宛转深致。《金缕》诸曲，深得辛稼轩神韵，格调典重，雄浑大气，文采馥郁，情辞俱佳，堪比古人佳作。

（原刊于《诗词家》2014第3期）

陈永正诗词

陈永正是天赋奇才,其学术、书法、诗词皆成名甚早,且俱臻一流。人本清高,今又退休大隐,境界与气象愈益脱俗。其诗词享誉诗坛已久。2004年我在日本东京参加樱林诗社每月雅集,曾有人问:"听说贵国有被称为当代杜甫者,是哪位呢?"我说:"那应该是陈永正教授吧。"2008年我在台湾东吴大学执教,也有诗家提起陈永正被誉为"当代杜甫"之事。陈先生诗词已有多种版本,深得敬重。以下选其近作数篇,虽多为酬赠之什,然文士之雅趣高致、诗家之覃思美意,自然蕴含于字里行间,典雅丰颐却如话家常。

梦登天柱峰

一身无所寄,下瞩扰尘昏。
崩坠犹孤挂,嵯峨敢自尊。
云开遵故道,水尽得真源。
亘古幽潜意,中宵孰寤言。

评点:
孤高傲世,自尊自立意。

山谷流泉步荆公韵示军持惟斋

万牛不回此水,悠然自出重围。
独往摩挲残石,闲云俟汝同归。

评点：

悠然独往，百折不回意。

海棠即事

新红漫抹自倾城，雨泣烟愁杂醉醒。
谁念蜀都来去客，百年春梦未分明。

评点：

作者心中有苏轼《海棠》诗。

周石窗翁赐寄大集并以诗宠赠步韵奉答

松茂千春犹劲节，天留一老作词仙。
朝宗我欲东随水，吴粤神交亦夙缘。

评点：

"朝宗"句真好。

奉题对庐文集（二首）

扶轮犹记五云从，高咏罗浮缥缈峰。
今日城南望城北，读书帏里一词宗。

雄奇清婉发英华，岭表风流擅一家。
诗寿千春文寿世，此生原不负名花。

注：徐老有"辜负名花二十年"之句。

评点：

气韵高华。"今日""诗寿"句巧妙。

奉和何乃文先生八十书怀

披帷斯在仰名贤,曾侍高楼话水天。
东序闻弦时莞尔,南山泛菊自悠然。
孤怀漫与诗能托,双砚闲摩道已传。
更喜从容开九秩,琼琚续集待新编。

注:先生室名双砚斋。

评点:

似亲切晤对,辞意优雅,敬而不谀。

麦耘学兄十年前有韬隐之约书此以质之

不受玄诠即自由,长思珠海约栖丘。
人间我亦侏离者,何日从君咏粤讴。

注:兄任《方言》主编。

评点:

学者友情,亲切无间。

历山舜庙偶作

牵牛洗耳岂忘情,试向江头问女英。
今日方知尧舜事,人言一让致升平。

评点:

"人言"句有余味。

七里峪阻冰（二首）

晴朝初雪至分明，太岳雄奇得一清。
惆怅停车尘土客，无缘绝顶谒山灵。

那敢临崖履薄冰，百盘至此意难平。
忍寒我亦须臾待，日上消融自在行。

评点：
由"惆怅"转"自在"，遇阻碍能自宽，从容境界。

伟智兄属题饶公峡谷图

古道青天无到时，亿年开辟得雄奇。
巨灵战斗今谁见，展卷人间有大疑。

评点：
"有大疑"妙。

题桂光砚兄自书诗词集

古字记同问，古心谁复知。
平生抱孤耿，举世笑迷痴。
春色犹分汝，晴窗好赋诗。
喜持双璧美，珍重在芳时。

评点：
少小同窗之谊浓郁，诗、书相惜之意深挚。

癸巳上巳访兰亭

临水身常洁,依林竹自青。
悟言时论道,觞咏等传经。
阅世今由昔,随人醉复醒。
所欣天地大,容我谒兰亭。

评点:

今古文士晤对,阅历从容。

题义山荆王枕上诗后

柯南柯北两难安,为雨为云只自宽。
且向阳台续残梦,独携仙枕过邯郸。

评点:

"自宽"境界好。

丰俗先生以红梅图相赠赋此以寄

香国春遥众艳殚,初逢竹外忍宵寒。
严妆可奈忘言对,独醒终怜倚醉难。
冰晕着人灯在水,梦华虚枕月依栏。
天然殊色知谁写,缄取诗魂耿耿丹。

评点:

美艳!"独醒"句极佳。颈联有风神摇曳,镜花水月之美,如梦如幻。

题吴子英山水画

笔妙云林欲寄邻,家风未肯逐时新。
嶙峋意与天机合,别境弘开望此人。

评点:
颇有东坡、山谷题画神韵。

读汪梦川《双照楼诗词稿注》

去来心迹未分明,落叶依枝似有情。
却误诗人为烈士,此头元不负苍生。

评点:
汪梦川是南开大学优秀青年学者,为汪精卫《双照楼诗词稿》作注。"未分明"耐人寻味。

(原刊于《诗词家》2014第3期)

段晓华诗词

段晓华,江西萍乡人。江西师范大学文学硕士,南昌大学教授,兼任中华诗教学会理事。著有《江西禅宗文化研究》《清词三百首详注》,主编《豫章丛书》校勘本、《二十世纪诗词文献汇编》。诗词作品入选《海岳风华集》。

当代中国大学教授诗人中,女性不多,叶嘉莹、刘庆云、林岫等人之后,段晓华、景蜀慧等早著诗名。

袖 出

袖出夜明珠,落毡每多碍。
走盘固之宜,流转恐失界。
光华徒烂然,山颓浊流汰。
遑顾美恶来,过耳不复再。
触石怒云生,受尘绮色坏。
孤刻以异众,无乃自作怪。
犹作说同光,几人得其概。
古今偶印合,抵掌图一快。
责人勿吹求,自处忌过隘。
何况三五月,中心藏微霭。
但能恣意吟,岂惮无人爱。
各得其所植,刈彼园圃菜。
浅薄或可谅,鄙俗首当戒。
无形兼有影,明镜许善睐。
愿言与神游,真赏从其丐。

评点：

咏夜明珠，自有寄托。孤刻异众，亦许善睐，或阅读之关键。"浅薄或可谅，鄙俗首当戒"，学者意思。唯学者之诗，无序无注，徒令读者困惑，望而却步。可知古今诗词，或自写自阅，或与二三子晤谈，或雅俗共赏流行于世，人之于诗，各有所好而已。

渼陂行

巨浸浮山莽古来，依旧空翠拨不开。
雨霁冲泥原无路，曲桥入岛生锈苔。
唯见土塑状寝陋，好奇兄弟杜陵叟。
夜吟或有山魈听，高案蛛丝罗俎豆。
终南雪巅倒影皤，欲斫鲸鼍斧无柯。
盱衡落日极渺小，扶摇云絮血色多。
嗟予千里之外大江西，亦有古村号渼陂。
人物依稀认隆准，老辈犹着客家衣。
自云兵燹涸天水，连屋深围万山里。
侧身北望泣家园，纵有彩鹢飞不起。
书生意气偏好古，炎天更邀冯夷舞。
岂持钓竿测海深，叫关百二莫之顾。
君不见，颃洞凉波啮石根。灿灿开煞几丛萱。
游屐一去又阒寂，画本留与野风翻。

注：吾江右吉安青原山麓渼陂古村，亦旅游热门之地。为赵宋南渡初年，中原迁徙者建村。

评点：

一处江山，千秋故事。作者、读者均须读杜读史，诚"书生意气偏好古"也。

漫　成

一卮霜月冻，饮如碧螺春。
微躯乍熨帖，灯花冷照人。
超忽杂影灭，要眇蓬心存。
属耳江潚潚，过眼雾腾腾。
戛然诗折翅，静极夜有魂。
书中散奇燠，冰天只自温。

评点：

顾影自怜，寒夜自温。"一卮霜月冻，饮如碧螺春"秀句巧思。

中大校园瞻拜寒柳堂

斯人孤愤久，枯叶罨春深。
似雨藤垂户，坐阶花上襟。
冷眸观浩劫，古血沸微吟。
踽踽经行地，千秋响足音。

评点：

首、尾二联好，写出清高孤傲渊深之意。罨（yǎn），捕捉之网。"网春"颇有创意，富有陌生化美感。然学者用意深、用字生，亦增阅读障碍。"罨"若作"掩"，可能更自然流畅。用"掩"是唐诗作法，用"罨"是"同光体"作法。颔联略弱且与第二句重复，八句诗用三句描写物象，所占比重较大。"古"字生硬。

旅夜宿李家院子

欲投何处宿，小栈绛灯斜。
听月移檐影，同鱼呷梦花。
街深真阒寂，枢老偶咿呀。

坐到三更后，凉痕入苦茶。

评点：

颔联巧。尾联深，有苏轼"枯肠未易禁三碗，坐听荒城长短更"意。

鸣沙山

千年游屐与驼蹄，踏落残晖大漠西。
始信沙涛真有骨，何曾分寸向人低。

评点：

此诗大气，有历史感。尾句极有力，骨气高华。红颜壮语，有易安、鉴湖神韵。

修人先师百年祭同门筹议整理出版夫子学术论文集

奔电流云拱大星，拜山楼外总青青。
著书愿拭秦民泪，托梦频牵楚畹馨。
风气百年沦典雅，苍坚两宋警顽冥。
爨余犹有心弦在，一掬灰红试起听。

评点：

意蕴深沉，风格遒劲。

萧檀以《而肥集》见示喜赋长句

涨海天风生碧埃，骊珠欲探浪初开。
空怜深邃从谁叩，独抱芳馨之子来。
霞想无根方采掇，诗声渐酽转崔嵬。
当真坐我山阴雨，一路吹红湿鬓隈。

评点：

赞誉之作，渊雅得体。尾联真好，风神摇曳，氤氲袭人，才女本色。

庚寅清明驱车行虔南万山中

出雨溪山眉眼青，桐花夹路渐飘零。
和烟纸马墦间起，唤侣鸠歌垄外听。
车向长途摇淡影，襟收漫想入空冥。
赧然一笑尘心在，何事临波易忘形。

评点：

纸马墦烟，真清明景象。诗意舒畅，次序井然，尾联转折好。"摇淡影"弱。

清平乐·瑶里村暮

板桥连岸，秋送霜枫晚。
采药人归藤篓满，背岭炊烟未散。

晒篱收起薯干，祝鸡插妥藜栏。
绿浸一溪苔石，捣衣声转前滩。

评点：

瑶寨风景入诗入画，特须诗心敏悟者出之。"霜枫""炊烟""苔石"句好。

浪淘沙·中山图书馆偶见旧册中所夹冼玉清大家手迹

帘外已斜阳，静室生凉。
何人盥手检残章，乱迭书衣浑不觉，墨淡笺黄。

海国卷枯桑，向此深藏。

应怜叶叶拓流光。临去秋波惊一顾，小笔留香。

评点：

书卷题材，书卷气息，书卷情趣。女学者神会女先生，意自心生，心香流溢，本色清高。尾句太好，如大家闺秀小调皮，微妙传神，巧用"惊鸿"典故，妥帖自然，点化出优雅绵长韵味。

苏幕遮·题新河工笔蜻蜓

诧轻盈，怜薄翠。未雨低飞，怎拣荷心睡。
红浅纱儿青茧尾。偶上香鬟，痴与搔头配。

拟千回，裁一纸。除却相思，拈管浑无味。
凉梦风前容易坠。写个虫虫，点破空明水。

评点：
结尾活泼，语新韵美。

浪淘沙·几二十年不见梧桐，小院绿化新种一株

伫雨更招风，谁种青桐。
略分碎语入帘栊。结籽离离残照里，不是花红。

阔叶渐飞空，此夜无鸿。
秋深相慰剩渠侬。可可一痕清瘦影，写上墙东。

评点：
"略分碎语入帘栊"，秀句。上片句句梧桐意象，传神写照。下片引申，于桐、鸿、侬之关系中做文章，怀深意美趣味高雅，直若易安手笔而自得境界。

徵招·题文文山履式遗砚

如何勘得人寰古,星尘此间扬簸。
血雨会须凉,褪漫漫天火。
劫华开一朵。是娲石、淬成抟妥。
叩壁铜声,聚池铅滴,夜深犹和。

甚夥。转飙轮,兴亡事、都从梦边经过。
万死荩臣心,被愁洇恨涴。
更无蟾啮锁。莽天地、只身担荷。
又还怕,神臁腾挪,踏紫衣都破。

评点:
深沉渊雅。起句自然高远。"都从梦边经过"好。

水调歌头·白鹿书院感怀

顽石枕流处,寂响破空来。
一桁翠掩深馆,门向峭岩开。
夜座虬髯松桧,日课禽言答对,落落出群才。
宽袖未留影,拂净碣边埃。

晒经地,剥藓字,首重回。
火传薪尽,难道付与野云堆。
万卷深秋之际,五老平肩而外,俯仰不胜哀。
歌罢招神鹿,吹叶下荒台。

注:晦庵、濂溪、象山、阳明、甘泉诸大儒皆来此地讲学游宿,有如院背耸屹之五老峰。

评点：

起韵高华。上片铺叙得体，气象渊雅，妙思美趣，将诸儒讲学游宿之场景写得活泼优美，无一丝陈腐呆板气。下片转得自然深切，纯然学者情怀，意绪渐转渐深，层次井然。"难道"句问得沉郁。"万卷"三句辞美意深。

（原刊于《诗词家》2014第6期）

李舜华诗词

李舜华，号复庵，1971年生，江西广昌人，文学博士。广州大学中文系教授，兼任中华诗教学会理事。已出版专著《礼乐与明前中期演剧》《明代章回小说的兴起》等。旧体诗词有《复庵吟稿》《冰栀楼剩稿》，艺臻上乘，既见诗人才华、学者气质，又深蕴淑女情怀。

蝶恋花·用虞集《蝶恋花·昨日得卿黄菊赋》韵

湘扇谁题幽思赋。销尽流年，犹有余香驻。
打桨西湖斜日暮。当时红叶应无数。

欲寄愁心关塞阻。蝶梦无端，携入春兰谱。
回首津桥惊一羽。天风吹下星如雨。

注：《儒林外史》第一回写王冕与秦老在打麦场小饮，"忽然一阵怪风……少顷，风声略定，睁眼看时，只见天上纷纷有百十个小星，都坠向东南角上去了"。

评点：
"销尽流年，犹有余香驻"好句。"当时"二字宕开叙事时空，好手法。

蝶恋花二首·沚斋蝠堂童轩诸先生招上巳雅集奉题

一夜深山啼乱鸠。梦里流光，又过芳菲节。
被禊中流晴影折。春衫如水花如雪。

惆怅江南音讯绝。小院秋千，冷落双飞蝶。
燕子重来心事别。风前空踏帘钩月。

曾是周公修禊节。俯仰兰亭，书画尤清绝。
涉水褰裳心欲折。谁将芍药怀孤洁。
自古江山容易别。风雨兴亡，休向闲人说。
梦底琵琶声似铁。天风吹落檐前月。

评点：

雅人高致。上巳节流风久远，或祭祀祓禊，或沐浴修禊，或流觞雅集，或游冶春情。女词人与前辈诗家雅集，兴会虽同而心事有别，"春衫如水花如雪""小院秋千，冷落双飞蝶""风前空踏帘钩月""谁将芍药怀孤洁"，皆淑女本色，兰心蕙质，非男子作闺音也。

卜算子五首

偶然整理旧纸，得少作《咏柳》五首，分题四季，复总一篇，以拟一生之追悟。事隔一十八秋，不意当年所语尽皆成谶。忆得少奉冰心语，以为生命必历百劫而不悔，始称圆满，不知今日一一历尽后，犹能不悔否？圆满二字，又当何解？怅怅不已。复题词五首，回首沧桑，俱结于"柳"，或亦中麓前有《卧病江皋》，后有《中麓小令》之意耶？

歌尽绿芜琴，怕问东阳瘦。
几处梧桐碧可怜，花灿黄昏后。
梦欲挽长河，谁是经纶手。
放眼青山皆不言，匹马长堤柳。

风定午阴圆，绿满新荷瘦。
一点黄蜂扑素经，莫道寻芳后。
阅遍古今辞，翻笑文章手。

青鬓长青总是痴，策杖东坡柳。

腻水不胜肥，峨月新来瘦。
病里风花漫眼过，一霎端阳后。
早晚故人书，颠倒红丝手。
雨后浮萍任转移，绿暗门前柳。

落叶满京华，蝶冷雕鞍瘦。
玉砌朱栏只等闲，生小横塘后。
暗老丁香梦，闲看翻云手。
已觉西风百样愁，更着斜阳柳。

孤月下飞霜，风起寒波瘦。
刻骨相思已惘然，谁问三生后。
梦逐落鸿吟，香冷攀梅手。
云落云飞一瞬间，又见新亭柳。

评点：

"梧桐碧可怜，花灿黄昏后"，莫非李清照神韵复出李家庭园乎？特爱"腻水"一首，如见清闺秀意。五"柳"依依，写词人数十年心事，京华岭表沪上，"青鬓长青总是痴"，如今"阅遍古今辞，翻笑文章手"。孤怀清趣谁解？料非岭表孤鸥燕云子辈。

感怀用湘绮韵

野棠烛春深，倏尔万里阴。
冻雨孤舟老，谁与问冰心。
去去三界外，天风自鼓琴。
梦觉烟水深，辗转半晴阴。
芙蓉香渐冷，谁复照初心。
可怜痴儿女，犹自误拂琴。

评点：

冰心三界外，天风自鼓琴，孤芳自赏，别是一番境界。结尾着实"可怜"。

丁亥夏诵陈沚斋永正先生《山中见栀子》章感呈

的的雪栀子，炎风匝地吹。
素心不可语，明月来相知。
昨夜梦还家，山涧濯容仪。
孤云逐落日，过眼成余晖。
忽复在路歧，芬芳半和泥。
佳人从东至，移我向深帏。
压钗翼自媚，同心还自痴。
香色终难久，空余长叹唏。
荣悴知有时，人生常喜悲。
宁伴妆前老，不随红紫飞。
红紫满天下，茕然何所归。

评点：

沚斋诗词凡咏栀子花，皆有独特深意，诚"素心不可语，明月来相知"也。

浪淘沙·丁亥秋沪上别涣斋

万叶卷帘栊，又别匆匆。
几番魂梦与君同。眼底秋霜心上月，一样深红。

浮世若飞蓬，休语从容。
海潮依旧啸西风。截断行云崖上雨，出没孤鸿。

评点：

"一样深红"特好！

满江红·庚寅暮春重返粤中，过厓门感文信国事作

秉烛清游，看遍了、镜中空色。
春槛外、落霞流水，碧桃成雪。
谁是人间相思使，错教千里迷蝴蝶。
莫回首、闲了少年筝，空悲咽。

倚长剑，天地裂。风雨晦，音尘绝。
但心光一点，烁然难灭。
自古兴亡争底事，男儿慷慨都如铁。
到此间、潮去又潮来，听明月。

注：汤义仍《邯郸记》"扫花"一折，何仙姑嘱吕洞宾勿恋红尘，有"抵多少门外即天涯！……错教人留恨碧桃花"句。薛宝琴诗有"闲庭曲槛无余雪，流水空山有落霞"句，特拈出"曲槛（内）"与"空山"相对，寓一部《红楼》结局，此"槛"从范成大"铁门限（槛）"来。清刘熙载《艺概》论文文山词有"风雨如晦、鸡鸣不已"之意。文文山《酹江月·和邓光荐》有"镜里朱颜都变尽，只有丹心难灭"句。

评点：
歇拍有套用之嫌。"自古"两句有力。

题邱文庄公濬　庚寅春岭南归来有作，即次其"五指参天"韵

暮鸦望断晓钟连，朱阙白门各一天。
十载横经争日月，一灵抱笔老风烟。
春花历历随人远，古玉亭亭惟自悬。
待得涛生云灭后，苍凉谁与数中原。

注：邱氏《晚感》，"寒鸦日日晚投林，却忆山家隔万岑。岂是不归归未得，

暗风吹泪落衣襟"。邱氏《花径》二首其一："闲来无事学栽花,每日朝回玩物华。不是偷闲作时态,要分春意到贫家。"

评点：
颔联工,尾联远。

减字木兰花·祭章培恒师

万花如海。惊断鸾车春事改。
碧意磷磷。一点心光逼仄人。

归兮漫漫。九域歌沉明月满。
从此中霄。驾遍千山听怒潮。

评点：
悼念之词,哀婉又沉雄,得体。过片自然古雅,引向高远处。

秋兴三首

衡门久欲折芳馨,小阁新晴不自宁。
九有浮云成海市,一帘淡月坐安亭。
应弦鸲鹆生秋飒,隔叶梧桐吹雨零。
剩有精魂招不得,野花开处乱山青。

舌粲莲花咳唾馨,德怀大雅意惟宁。
料无人续春秋事,且看禅生云水亭。
梦里引箫歌不发,朝来拔剑泪先零。
此身安得长高卧,灼灼心光照眼青。

野草人家黍饭馨,斜阳深处话清宁。
长教桑海迷精卫,不觉风华误阮亭。

镜里芭蕉歌懵懂，门前木叶感飘零。
梦来云影如潮涌，霹雳一声万壑青。

注：元末王冕《鹳鸽谣》诗，"鹳鸽入树腹，睢鸠乱关关。妖氛扇幽邃，幻惑成至欢。……风俗陡衰毁，教化委荆菅。君子致远虑，隐忧增忾叹"。《左传·僖公五年》引《诗》曰："怀德惟宁。宗子惟城。"清宁，语出《老子·德经·三十九章》："天得一以清，地得一以宁。"黄庭坚《次韵师厚病间》其三："引镜照清骨，惊非曩时人。天地入喻指，芭蕉自观身。"芭蕉之喻出自《维摩诘所说经·方便品》第二"是身如芭蕉，中无有坚"。

评点：

第二首尤为女教授心事，故云"德怀大雅""续春秋事"。"且看禅生云水亭"，无奈而有境界，有境界而无奈也。颈联美人壮语，雅健隽秀。

辛卯冬至和曹升之《丁亥杂诗》四首

剑埋箫折信迟迟，无限蘋花唱楚诗。
一自中原胡骑走，荒津谁问野人词。

久已无梦向沉寥，此心横纵天地箫。
箫声不断明月远，写尽沉哀到今朝。

少年心事恨难申，长共诗痕渍雨痕。
二十年光春已老，落花影里看归人。

看尽山寮共水寮，铜鸾无处证芭蕉。
愿焚三万六千障，不许春深过二乔。

注：定庵《己亥杂诗》，"我心即是四始心，沉寥再发姬公梦"。

评点：

第三首作者自注"痕十三元"。因"申""人"属十一真，而和韵之作，不便

更改也。组诗以"剑埋箫折"领起,"写尽沉哀"。然定庵之世尚许箫心剑气,今诗人唯叹"恨难申"矣。

江南曲

昨夜西风昨夜莲,清歌老彻壶中天。
排鸦怒卷千山雨,一骑春尘到梦边。

为谁开落为谁妍,昨夜西风昨夜莲。
看尽湖山旷劫地,一篙茵梦碧于烟。

旧堤如梦月如约,挟策归来衣影薄。
昨夜西风昨夜莲,空教消息到楼阁。

闻说江南水涨天,垂杨十里欲征船。
莫辞剑气箫声里,昨夜西风昨夜莲。

注:定庵《己亥杂诗》,"猛龙当年入海初,婆娑曾否有仓佉?祇今旷劫重生后,尚识人间七体书","万卷书生飒爽来,梦中喜极故人回。湖山旷劫三吴地,何日重生此霸才"。

评点:

此辘轳体。游戏之诗而有巧思秀句,"清歌老彻壶中天"老练。第三首例须改仄韵,是四首中最佳之作。"春尘"本与重阳不合,但"梦边"可通。

(原刊于《诗词家》2014第6期)

周裕锴诗词

周裕锴，四川大学教授，兼任中国宋代文学学会副会长、中华诗教学会副会长。著有《宋代诗学通论》《中国禅宗与诗歌》《文字禅与宋代诗学》等。

裕锴是著名学者，高名久闻于世界。其于诗词，学养既深，天分亦高，遂臻高境。当今学院诗人中，如此优秀者鲜矣。

九 哀

拟楚辞。2008年5月12日14点29分因大地震而停笔。

哀哉夏之为气兮，燥欲溽而溽欲燥。
萎群芳之摇落兮，繁荆棘之排槊。
蔽九畹之兰蕙兮，蔓天涯之恶草。
婉莺燕其噤声兮，余槐柳之蝉噪。
叹清池以混浊兮，忍行舟于泥淖。
称余服之修洁兮，制芰荷以高蹈。
鄙众女之固宠兮，反指白以为皁。
若不修其内美兮，徒外饰以炫耀。
既隆胸以画眉兮，复倚帘而卖笑。
世竞进以贪婪兮，羡骄奢与淫巧。
极谄谀其受赏兮，惟谏诤而致诮。
叩君门以九重兮，无阍者之介绍。
闷殿庭之深幽兮，猎猛犬而迎叫。
感子产之治郑兮，庶不毁其乡校。

嗟厉王之弭谤兮，俟川决而横潦。
孰吁谟之定命兮，岂远猷而辰告。
何天意之难问兮，震丰隆以施暴。
日月迫其巨追兮，痛回光之返照。
丛林郁而阴翳兮，畏蜂虿之噬咬。
彤云缤其填填兮，纷龃牙之赤豹。
锁关扃以防闲兮，乃焚笔而自悼。
驾神尻以远游兮，抚无弦而独啸。

评点：

作者称"拟楚辞"，然屈原《九歌》《九章》皆组诗，此仅单篇，乃"因大地震而停笔"。其余可称"拟"者，拟其章法句式，尤拟其意，是变风变雅之声也。君子高洁自守，贵在心远神宁；而独清独醒之悲，出于明察而无奈。全诗以清浊美丑对举，凸显悲愤：兰蕙蔽而恶草蔓，修美抑而诣媚扬，举世贪婪，骄奢淫巧，高下错乱，指白为皁，诣谀者受赏，谏诤者致诮。屈原之悲愤，历数千年而至梦蝶居士，今人之悲，尤甚于古人也！自古山崩地裂，伤及生灵；而智迷道丧，伤在心灵也。

季羡林先生哀辞

炎炎仲夏，遽起悲风。
先生讣闻，山河改容。
九十八年，生虽有终。
伟词硕德，惠及无穷。
我观世界，有北南东。
文化互隔，武力交攻。
公于其间，会合圆融。
如古丝路，中西贯通。
我观震旦，儒释分宫。
夷夏大防，孔老相冲。

公识其间，名理攸同。
如大洋海，万派朝宗。
昔我负笈，论著童蒙。
先生称许，诗禅化溶。
泰山其颓，吾将安从。
薪火相传，国学新弘。
噫嘻途远，祭奠未躬。
述此哀辞，痛写我胸！

评点：

两代天才学人之谊感人。大师驾鹤，后学载敬载悲，且哀且悼。哀辞一体，向以四言韵语为正宗，文尚古朴，意尚深厚，梦蝶皆得之矣。

玉颜红叶行

君不见待兼山下多丹枫。露润霜滋色愈浓。
黄栎青松争点缀，共入锦绣画图中。
锦里佳人愁岁暮，却看红叶喜初遇。
凝眸含笑忆芙蓉，叶底徘徊不忍去。
一夜秋风掠海滨，飘飘万片委清尘。
行客踏来浑不顾，恼杀路旁爱叶人。
驻足长街秋树下，追拾残红暗成把。
归来斜插锦瓶中，清水一掬供潇洒。
坐对丹枫理晚妆，妆成眉黛映霞窗。
鬓边灼烁秋无恨，枕畔氤氲梦有香。
生憎寒鸦惊梦起，晓容寂寞慵梳洗。
却伤红叶萎瓶间，便觉玉颜衰镜里。
镜里瓶间两动情，韶华无奈易凋零。
卷帘忽悟霜林色，胜似春花二月晴。
玉颜红叶任憔悴，叶自凝丹人自媚。

闲拈红叶作书签,只染柔情不染泪。

评点:

此梦蝶诗之佳作,高贵优雅,芬芳馥郁。锦里佳人与东瀛枫叶相映生辉。笔墨尽在佳人赏红叶,而诗意则在文士赏红颜。"露润霜滋色愈浓"是秀句,明写红叶,实写夫妻相知相得之岁月,一往情深,历久而情愈浓、色愈美。佳人形象烂漫有趣,秀外慧中,至纯至美。结尾两句最好,雍容典雅,神韵悠长,古今才子佳人之雅趣,莫过于此。

效演雅并序

华阳野老周裕锴因阅山谷《演雅》诗,爱其词之雅,学之博,格之高,理之诣,调笑众生,游戏斯文,善谑而不为虐,故戏为一首,聊效颦续貂耳。其词曰:

鹧鸪声切不宜出,杜鹃啼血唤归速。
燕筑洞房啄新泥,蛛布罗网守老屋。
鸤鸠春种徒催播,熠耀夜游自秉烛。
翡翠衣披兰苕锦,蛣蜣丸转粪壤榖。
螽贼伤禾竟畀火,蟓蝛贪物宁踬仆。
虸蚊负山力难任,蚍蜉撼树量岂足。
鸱吓鹓鶵甘腐鼠,鶪枪蓬蒿笑远鹄。
蟪蛄不识春秋长,蜉蝣便觉朝夕促。
螳螂唯知蝉是捕,黄雀那管弹相逐。
蟹仗两螯恣横行,兔凭三窟任安宿。
螣蛇无脚解驾雾,乌鹊有翅善择木。
春锄身闲心正苦,孔雀毛美胆偏毒。
鹤因舞客总氄毻,牛惧衅钟常觳觫。
蜩螗杂嘶闹沸羹,虮虱悲吊愁汤沐。
蚕食青桑侵微利,鲸吞碧海欺弱肉。

羊踏菜园性果狠，狼脱书囊牙乃酷。
蠖屈尺躯求其伸，鸨淫诸鸟肆尔欲。
鹈鹕喙长竭泽渔，骆驼背胂冲沙牧。
蟫蛀五车诚迂腐，蝗噬千田尤贪黩。
蠛蠓遮天尚可熏，虾蟆食月何由戮。
沐猴虽冠本禽兽，鹦鹉能言终羽族。
蛙嘲东海夸坎井，蚁聚南柯矜槐局。
汝鲂泣劳尾似赪，江珧倚柱体如玉。
鹢退宋都征凶兆，豕涉晋师传谬读。
蜀犬见日怪而吠，黔驴遇虎惊以蹴。
秦麑母啼放不忍，巴猨肠断黜难赎。
鲤跃龙门分成败，鹏抟羊角辩荣辱。
鹬蚌厮拼渔父喜，鹍鸨频临迁客哭。
鸲鹆嘴聒下里词，仓庚舌啭阳春曲。
鸡鸣风雨君子度，蝇附骥尾小人福。
凤凰经火方来仪，骐驎堕地已绝俗。
鸢戾天宇思雄飞，雉雊山梁感雌伏。
象彻根源恒河底，鹫集法会灵山麓。
玄豹雾隐文章蔚，白鸥盟留江湖绿。
狐死首丘念桑梓，蛩衰吟砌劝机轴。
雁阵空书写点画，蜗角虚名争蛮触。
鲋困涸辙求升水，龟曳泥涂畏甲卜。
鹪鹩巢林栖一枝，鼹鼠饮河餍满腹。
蝙蝠服翼舞黄昏，麋鹿呼朋鸣深谷。
鹡鸰兄弟急共难，鸳鸯伉俪欣同浴。
双凫眠沙羡缠绵，孤鸾照影怜幽独。
寒鸦但增游子恨，归鸿且慰骚人目。
鲇鱼上竹行路难，猢狲入袋乾坤蹙。
蜂衙纷纷竞熙攘，蝶梦栩栩与谁续？

评点：

《尔雅》是汉代字典，释名释物释字，因物分类，依类编排，如山川日月草木虫鱼之类。黄庭坚善以才学为诗，《演雅》或即推演《尔雅》类书体例，七言二十韵，演绎田野动物数十种，以博物为诗，以趣味为诗，是诗中之奇葩异卉，常人不能。梦蝶居士呈才尚理，效山谷《演雅》之例，博采人类思想文化之积累，驱遣经、史、子、集，尤多用《庄子》寓言。虽然也是每句一物的铺陈方式，但典故、成语比黄诗更丰富，蕴含的生活经验、生命哲理更加深富，趣味更加浓郁。借大千世界之万象，征历史人生之情理，颇有雾豹文隐、蝶梦栩栩之美。

枕上偶作拟寒山诗

上床脚别履，入睡魂离体。
枕上片刻间，梦中千万里。
我形既未动，我神乃如此。
方知身是妄，形灭神不死。

评点：

梦蝶居士多年浸润于诗学与禅学之间，其精研深悟，当世学者罕有其匹。此拟寒山之诗，不唯得其表，更得其精神理趣。从物与人、形与神之离合着眼，纯然禅思禅语，禅趣十足。置寒山诗中足以乱真，且堪称上品。

汶川大地震震余杂感七首（选二首）

救　灾

四海惊天祸，万方助善资。
愿拧心一股，最怕政多歧。
抚弱依元弼，攘灾仰义师。
民间真爱在，对此感良知。

评点：

有大爱心。恤民与忧政对举沉重。余当时亦有诗云："王土裂西南。天心讵可谙。生灵罹难苦，鬼魅遇时甘。有地兴黉舍，无期治腐贪。徒然悲国体，落笔意何惭。"感慨略同。

堰塞湖

痛哉陵谷变，高峡出平湖。
坝险如悬剑，民危欲化鱼。
嘉谟周以慎，小决导而疏。
治水思神禹，何时复坦途。

评点：

颈联流水对，嘉谟即良谋，典出扬雄《法言》："或问忠言嘉谟，曰：'言合稷契谓之忠，谟合皋陶谓之嘉。'""周以慎"对"导而疏"工巧，颇见功力。

台北淡江观落日

客心如落日，西走急投梭。
未度关山道，竟沉沧海波。
影摇千迭泪，涛唱几只歌。
羁旅寻常事，年光可奈何。

评点：

起句破空而来，极富冲击力。太白诗云："狂风吹我心，西挂咸阳树。"此诗首联异曲同工，以落日喻归心极妙，"急"字是诗眼，领起全诗，以下转折跌宕，写思归之心急切，而归期遥遥，因而无奈。羁旅情怀古今同之，而诗意、诗思、诗语不同。

吾与梦蝶居士同年，其时亦在台北执教，尝有《紫荆花》诗云："暗香淡淡入窗来。疑是康园紫色开。醉向花前详问讯，原来只为客徘徊。"又有《木兰花

慢·寄内》下阕云："浮槎难系任漂流，隔海又孤鸥。为问夜东吴，双溪倦客，底事淹留。脉脉夕阳西下，照归鸿不解照归舟。莫叹烟波远近，凭栏且自凝眸。"

同是思亲念远也。

花莲海东观月示晓峰立翔妮庭二十四韵并序

戊子冬月，晓峰约至海边赏月，同行者妮庭、立翔。骑摩托车经台11号公路，跨木瓜溪桥、花莲溪桥，至海岸山脉观景台。海上渔火点点，天空繁星闪烁，当头三星一排，正猎户座之腰带。大熊星座模糊，只见两三星而已，皆因北方花莲市灯污染之故。9时10分，月出海上，初微露半面，橘红，波面橙光一道，甚直，如登月之路；渐升渐白，及至当空，其辉如昼，星光渔火，渐次消失，而波面亦银光万顷矣。所谓"海上生明月"之景，终得一观，不虚此行。作诗纪之。

友生邀赏月，胜事待今宵。
抛卷欣狂舞，驱车喜猛飙。
试奔观景道，先渡跨溪桥。
据岭临危岸，凭栏听暗潮。
树低风正冽，街远市无嚣。
数点渔舟火，三星猎户腰。
斗东青雾薄，水际黑云饶。
海线迷难辨，空花翳渐消。
方忧虾食魄，倏见蚌生毫。
初似含红橘，转如亮白刀。
光浮仙路阔，势接帝阊遥。
潋滟翻银浪，晶莹洗碧霄。
玉潢垂素练，珠泪洒鲛绡。
镜缺明犹在，璧沉彩未销。
城寰灯惨淡，贝阙影飘摇。
夜静鱼龙泣，霜轻鸿雁高。
泠然虚御列，莞尔恍闻韶。

鹤羽疑飞举，蟾宫若见招。
太清尘滓绝，肝胆雪冰浇。
表里俱澄澈，人天共寂寥。
鄙心除蔓草，浩气挹琼瑶。
妙想思攀桂，忘情欲占鳌。
一姝相语笑，二子对倾醪。
居士不堪饮，诗成兴最豪。

评点：

五言排律始于杜甫，元、白大兴之。今人罕用此体，或因每联对仗之难。梦蝶排而律之，其才其学既胜此体，其行其遇亦足以充实此篇。五言长篇最宜叙事，娓娓道来，如把盏晤谈，特有一番亲切情调。此诗写月出情景，颇得苏轼《游金山寺》写日落月出之神韵，唯月出海上与月生江畔大不同。此诗先以星空浩瀚铺垫，"蚌生毫"以下十句写下弦月出情景，设喻奇特，惟妙惟肖。"城寰"以下神游天地间，想象飘逸，不即不离。结尾四句复回目前人事。全诗次序井然，收放自如，颇显驾驭之功力。

水龙吟·访射洪金华山陈子昂读书台

涪江一派南来，抱山环镇清如许。
壁丹门宇，苔青庭院，闲行轻屦。
画阁烟凝，危亭风细，寂无人语。
试循碑辨字，遗踪犹在，怀浩渺，思飞举。

不见来今往古，问苍茫，倩谁为侣。
西川剩有，匡山暮霭，浣花秋雨。
冠冕三唐，驰驱万卷，雪萤寒暑。
对无边落木，高台独上，望天涯路。

评点：

　　此词气韵沉雄，有寄托。上片写景工丽，两组四字句对仗精致。唯"壁"若作"漆"似更精准。歇拍转得好，"循碑辨字"引发思古情怀，自然过渡。换头暗用陈子昂《登幽州台》意，"问"得有力有味，暗寓异代相惜之意。既问俦侣，便引出匡山李白、浣花溪杜甫冠冕驰驱之意。结尾照应题目，强调千古孤独，深蕴文士情怀。

（原刊于《诗词家》2015第1期）

钱志熙诗词

　　钱志熙,北京大学中文系教授,教育部特聘长江学者,古代文学教研室主任。兼任中华诗教学会副会长、中华诗词学会副会长等。出版专著有《魏晋南北朝诗歌史述》《活法为诗》《黄庭坚诗学体系研究》等。

　　志熙是优秀学者,优秀诗家,名皆早著。

未名湖边山桃初发

　　未生绿叶不成妆,浅约清寒立小塘。
　　待到浓时更回首,方知消瘦是春光。

评点:

　　清高灵秀,巧思雅辞,写出山桃之季节变化,寄寓观者之生命感悟而不露痕迹。"浅"句最有境界,自立高格。"待到""方知"一延一转,拉长了心情,增衍了意蕴。

咏勺园荷花四首(选三首)

　　日下相逢一靰然,江南曾咏叶田田。
　　池潢水积无鸥到,楼阁香熏有蝶怜。
　　交甫不来难解佩,陈王未赋也成仙。
　　微闻上舍多才子,道学风流可得传。

　　庚尘又起点红衣,太息东华百事非。
　　不见菱歌飞作阵,空教车马看成围。

乡愁应在芙蓉国,旧侣犹依采石矶。
莫道秋深多结子,疗人功效愧莼薇。

墙角车声晓梦惊,方知身在凤凰城。
蝉风未起珠帘静,月露犹团翠被横。
微眺鳞霞羞映日,闲吹鱼浪暗调笙。
芳尘不扰香无极,诗客来吟解夜醒。

评点:

咏物精致,用典自然,读之令人心静如水,了无波澜,真得荷心莲意。

戏为论诗绝句三十一首(选五首)

侯人一曲起南音,燕燕楼台感慨深。
万古中华两诗祖,玉钗敲断作长吟。

帝载卿云事总疑,黄歌断竹绝微辞。
何须写集三千卷,万世留传两字诗。

神仙踪迹苦微茫,乐府经营两武皇。
一部铜台歌夜月,分明遗响付清商。

永和结集在兰亭,王谢诸郎句未精。
一代文章重门第,不知世有湛方生。

九十春光半酒边,开元数子似神仙。
新诗不贵蔡侯纸,付与旗亭歌女传。

评点:

论诗绝句组诗始于杜甫《戏为六绝句》,其后时有作者,元好问有《论诗绝句三十首》。此组诗第一首论《诗经·曹风·侯人》《诗经·邶风·燕燕》，特别标示"感慨"二字，以显诗言情之功能。春秋时曹国约在今山东省定陶一带，邶风出于卫国，约在今河南省安阳一带。南宋郑会《题邸间壁》："敲断玉钗红烛冷。"第二首评《卿云》《断竹》二古歌。《尚书大传》卷一载：舜禅位于禹，俊乂百工相和而歌《卿云》，帝唱之曰："卿云烂兮，糺缦缦兮。日月光华，旦复旦兮。"《吴越春秋》载歌曰："断竹，续竹，飞土，逐宍。"第三首"两武皇"指汉武帝、魏武帝，这是乐府诗的两个高峰期。第四首评东晋诗，以王、谢诸郎衬托东晋诗人湛方生。湛辞官归隐，诗有隐逸之风。严可均《全上古三代秦汉三国六朝文》辑其文和赋18篇。第五首咏盛唐开元诗人，用"旗亭画壁"故事。

八声甘州·忆东京上野公园赏樱花

记东瀛载酒赏繁樱，万树玉交争。
映名园绮阁，春池秀樾，吴服娉婷。
十里吹香似梦，消息满重城。
醉倒花间客，藉草欹倾。

明日笙歌散尽，正腥风吹雪，腻水推萍。
剩荒祠数树，寂寞付流莺。
说明年，再寻芳讯；只鬓边，黑发渐星星。
蓬山路，看花人老，负尽仙名。

评点：

有梦窗词之艳丽，又特具流畅深沉优雅之韵致。上片渲染东瀛上野樱季情景，真如其境。"十里吹香似梦，消息满重城"是秀句，传神写意，辞雅意美。下片转写年年花依旧，岁岁人不同之感慨，将繁华与岑寂、青春与衰老对照，托出伤春惜时之意。

东瀛客中春日偶吟

武藏原上曲扬尘,又见陌头樱色新。
客里萧条无酒伴,垂帘还作著书人。

评点:
羁旅情怀,书生本色。

浣溪沙·初春纪事

花放新蕾柳绽芽,春阳一缕照烟纱。小园风起嫩寒加。

倚曲自能成短调,衔杯时欲醉流霞。京华久客渐忘家。

评点:
老成人作小清新,情调明丽。然乡愁无形而有迹,虽曰"渐忘",实挥之不去也。此温婉诗法,贵在蕴藉。

(原刊于《诗词家》2015第1期)

岭南教授唱和《蝶恋花》

北方人都知道岭南四季常青，却未必知道岭南也有一些落叶乔木，比如木棉树、凤凰树等。凤凰树冬季落叶，春天新绿，初夏开花。它的花季很独特，是在灿烂的春花隐退、川原皆绿的时节，唯凤凰树忽然绽放一片片如火如荼鲜艳烂漫的红色，壮美热烈，是此季天地间唯一的妖娆，惹眼动心，但凡对美有一点儿敏感的人，都禁不住心灵的悸动。

2012年5月，凤凰花季一如既往地来了。中山大学爱好诗词的师生们以凤凰花为题次第唱和，创作了一组《蝶恋花》词，并引起其他高校师生唱和，共得百余首，为美丽的凤凰花季、美丽的校园文化点染出一番别开生面的诗意雅趣。以下选评几首。

蝶恋花·赠别中文系2008级本科生

彭玉平（首唱）

五月凤凰花似酒。醉在枝头，一任东风诱。
才道柳绵轻拂袖。朱颜一霎凭栏后。

谁会疏狂风雨骤。元宋余音，细数方通透。
料是年年铺锦绣。春心检点君知否。

评点：

以酒喻花，新颖奇特又分外贴切，非此花不足以当之。花似酒之喻，妙在准确地抓住了二者共有的浓烈馥郁之特征，从而顺理成章地托出一个"醉"字，将

美酒醉人的意思推上如火如荼的枝头,风神飘逸,夺目又夺心,真正是奇思妙想,不亚于"红杏枝头春意闹""飞红万点愁如海""梅子黄时雨""一枝红杏出墙来"之类秀句。从结构的细密角度看,"才道柳绵轻拂袖"与"谁会疏狂风雨骤"的位置互换是否更好呢?

蝶恋花

张海鸥

五月凤凰花似酒。酝酿千秋,馥郁浑如旧。
必是天公裁锦绣。妖娆独许春红后。

持弄弦歌邻户牖。共此芳华,道艺相期守。
且放疏狂轻紫绶。素心人远风怀久。

评点:

　　步韵须求新意。先从"醉"字衍出酝酿、馥郁的话头。"千秋"点开新窗口。"浑如旧"暗含自然永恒、人世多变之意。接着逗出歇拍,"必是"句准确有力,令人确信不疑。"妖娆独许春红后",唯此花可当其妙,强调独特高傲之美,这就将花与人的生命精神打通了。自古咏物诗词,既不能咏非其物,又不能只是咏物,须因物抒情言志。若不能将物与人的生命内涵打通,那就只能是普通的说明性文字了。"独许妖娆"放在这里,在结构上还有承上启下的作用,将下片自然引入人事。下片因花及人,强调的是文人雅士的清高自守。

　　上片着力渲染此花之孤高美艳纯粹,下片中人生境界之寄托也必须如此,这便是共此芳华、道艺期守、疏狂远俗、素心人远等意思。此花独当此誉,此人独负此志,这就使作品有了一致的神韵,而且有了起承转合、层层深入的次第。尾句升华远引,是唐诗的作法。

蝶恋花

伍　巍

五月凤凰花似酒。一炬彤彤，烂漫干牛斗。
火树浓情容注卤。红真尽醉相思柳。

满目妖娆新雨后。且共东风，舞动天香袖。
水木韶华何待久。斯心但为知音守。

评点：

同样采用了咏物言志、因花及人的思路，下片明显好于上片，东风舞袖两句好。"柳"的出现略隔。相比之下，彭作的"柳"就不隔，是用"才道……"铺垫这"一霎"。

蝶恋花

赵维江

五月凤凰花似酒。醉了夕阳，醉了星与斗。
浴火重生千载后。一身红羽谁可偶。

遍觅檀郎南北走。不见梅寒，不见黄花瘦。
何日所思能聚首。梦中鼓翅飞霄九。

评点：

上片好于下片。前两韵把凤凰花令人陶醉的意思夸张得有力度、有感觉。歇拍两句是此词最出彩的地方，既切中凤凰花之特色，又对孤独和重生的强调别有寄托。"檀郎"这个意象有点隔，把下片的风格导向通俗一路。

蝶恋花

陈建森

五月凤凰花似酒。沉醉青溪，弄笛神交久。
水远山长痴梦柳。数峰江上形消瘦。

谁道相逢须执手。相视无言，一点灵犀透。
长忆东风吹满袖。燕飞雨细人归后。

评点：

咏物的分量少了，抒情为主。"梦柳""峰瘦""燕飞"等意象都与凤凰花若即若离，可通用于各种花草，与"咏物必是此物"之说略违。"神交"是词眼，全词从人与花之神合意通，进而写相知与相思，强调心有灵犀式的通透契合。

蝶恋花

徐晋如

往梦前尘浓似酒。飞柬传诗，花下吟哦久。
庾岭梅兮张绪柳。彭公丰硕陈公瘦。

为问词源疏凿手。今岁秋期，可有馨香透。
摘得星辰携满袖。旻天要补娲皇后。

评点：

晋如未用"花似酒"起句，因而在这组未约而同的唱和词中成了特例。他借用"似酒"的话头，特别以"往梦前尘浓似酒"开头，或许是在诉说一段浓郁如酒却已化梦成尘的情事。虽然已是往事，但词人显然尚未释怀，或者说不愿释怀，甚至尚存期待。凤凰花在词中成了若隐若现的故事背景，梅、柳、彭、陈

的典故，与往梦前尘的故事浑然一体，增深加厚，一点都不隔。但读者若不懂典故，对词意的理解就会大打折扣。过片"疏凿手"是个比喻，连带出一个疑问的期待，从而引发"补天"的远意。此词虽无秀句，但典雅深至，有寄托。典故随手拈来，得心应手，唯不知"词源疏凿手"是否有确指？"摘""携"两个动词用在一句中，支配同一宾语，略显费词了。

蝶恋花·和海鸥玉平兄韵（三首）

陈永正

五月凤凰花似酒。楼际晴霞，映日光初透。
一片浓情君记否。相期况是春归后。

莫道孤高难领受。每到芳时，只许心魂守。
一任明朝风雨骤。新枝已在千林首。

评点：
"浓情"两句、"孤高"三句寄托遥深，境界清高！

六月凤凰花似酒。不醉花开，只醉花开后。
神血已凝香未透。成丹化碧终难久。

持醉问天天醉否。不梦天涯，只梦天涯友。
海未成田根已朽。心中风雨年年又。

评点：
三"醉"句、二"梦"句巧妙。"天醉否"极有力。

七月凤凰花似酒。酒到将阑，更觉难禁受。
醉里飞花萦左右。多情欲近君怀袖。

况值山倾河改后。不复飘零，满地残红绣。
坐待秋风吹白首。无花可落情依旧。

评点：

上下片结句皆妙。三词皆离形写意，第一首最明快高华，第二、三首由沉醉而沉郁、而悲凉、而悲绝，而止抑悲哀。情感次第进深而升华。此词如李商隐《无题》诗，情浓辞美但本事扑朔迷离，"独恨无人作郑笺"。

一年前的花季，我和陈老师同行赴宴，路上给他诵读彭和我刚写的凤凰花词《蝶恋花》，在珠江边的花树下拾几朵凤凰花仔细端详，他感慨道："好词！我从小看惯了凤凰花，却既未留心花瓣的模样，也未写过咏凤凰花的诗词。"

陈作三首气象不凡。借五、六、七月的时序，似乎隐含着一个断续了半个世纪的爱情故事和悲欢离合的心情。从青春到苍老，从浓情到淡泊，无奈无助时的孤芳自赏，世事沧桑中的铭心刻骨，如醉如痴而成丹化碧，山倾河改而此情依旧。清高凄美！肝肠似火色貌如花！三首词次序井然，五月象征青春故事，重在浓情和守望；六月侧重中年心事，由表及里，铭心刻骨；七月是锦瑟情怀，暮年境界。词人熟练地利用联章组词叙事，次第谨严，丝丝入扣，写尽人间花事，既有美好的温情，又高蹈远引。

蝶恋花（三首）

张海鸥

五月凤凰花似酒。醉了相逢，又醉分携后。
楼外烟霞谁守候。年年此际铺红绉。

蝶梦盈盈君记否。梦遇天台，梦醒茶依旧。
夜色阑珊风雨骤。明朝忍顾伊人瘦。

五月凤凰花似酒。一别经年，血色萦新牖。
莫道川原浑碧透。妖娆一树苍天佑。

意自孤高心自厚。自在园林，自在君怀袖。
一任千秋风雨骤。诗魂总伴芳魂秀。

五月凤凰花似酒。大美无言，愿共人长久。
不趁春风织锦绣。泼红染碧春归后。

已惯白云常变狗。无虑无营，我意君然否。
岁岁芸窗勤问候。何辞小隐终林薮。

评点：
孤高守望之意。

（原刊于《诗词家》2015年第2期）

刘扬忠及其诗友的诗词

刘扬忠教授是当代著名词学家、诗人。2014年10月,《四万斋诗词存稿》由江西美术出版社出版,收入自1981年至2014年间所作诗98首、词223首。斋名"四万",寓意"读万卷书、行万里路、饮万斤酒、吟万首诗"(《自序》)。不意先生忽于2015年5月鹤归道山。念其"四万"之志皆已终生践行,唯其自作诗词,遂成遗编矣。

刘扬忠教授以学术立身,其词学成就数十年居于学术高端与前沿。其诗词亦久享令誉,曾被请进中南海为国家领导人教授诗词。

《四万斋诗词》所收最早作品是《1978年夏赴京参加研究生复试述怀三首》,作者时年32岁。其一题为《接赴京面试电报通知》:

> 佳音天外降柴荆,手捧电文狂且惊。
> 涕泗纵横疑是梦,喉头哽咽竟无声。
> 妻儿绕膝承欢笑,邻里登门贺远行。
> 夜静灯前犹看镜,如何竖子遂成名。

格律纯熟,准确使用佩文诗韵,表达自然流畅,显然不是初学之作。观其《自序》可知,作者幼承庭训,一直修习诗词、书法,直至大学时代亦未中断。此诗隐约有李白《南陵别儿童入京》、杜甫《闻官军收河南河北》诗意,风格自然、质朴、真切、典雅、豪放。观其平生之作,自始至终,作者以诗词纪行、会友、论世、抒情,叙写心路历程,唯任真实,不喜造作,内容百变而此风未变。《自序》云:"一个真实的四万斋主。"可知作者终生写作皆以真实为前提、为根本,在此基础上,追求善与美的艺术高境。

鸥与扬忠相识于海南,一见如故。二十年来既为同道学人,又皆雅好诗词,

每相与论学，畅饮欢歌，切磋诗词，其乐何如！今抚遗编，不免戚戚！忆其平素与诗友切磋唱和，其病中诸诗友温情问慰，其辞世诸诗友纷纷撰写诗、词、联、文深情志哀。因而本期特选三个专题并略加评点，以志哀思：离别相思、温情唱和、深情伤悼。通过这三个专题，亦可略窥当下学院诗词风貌。

一、离别相思

四万斋寄内诗词共20首，皆为刘扬忠教授爱妻郑丹女士而作，写于1978年至1982年，时作者在社科院读研。年轻夫妻天各一方，北京贵州二千多公里空间距离，经年一见，"相见时难别亦难"，酝酿了多少离别相思之苦。自古以来思念就是诗的温床，况且清贫的学生生活，专一而且漫长的守望，更为这些诗词平添苦涩。艰难困苦，玉汝于成，特别的分居玉成了四万斋凄美的诗词。如今的学子或许很难体会其中的况味了，但经历过那个时代、那种生活的人们，自有共鸣。

壬戌深秋之夜寄内十首，集唐人句（选五首）

二

一别黔南似断弦（温庭筠），出京无计住京难（杜荀鹤）。
且求容立锥头地（白居易），僻巷深居谬学颜（鱼玄机）。

三

三年已制思乡泪（李商隐），应有垂丝在鬓边（温庭筠）。
常共酒杯为伴侣（方　干），莫教愁梦到乡关（戴叔伦）。

七

每因时节忆团圆（李群玉），更上层楼望故关（李德裕）。
不醉黔中争去得（白居易），秋风回首泪阑干（李群玉）。

八

无由得与君携手（白居易），独上危楼倚曲栏（白居易）。
料得家中夜深坐（白居易），月明如素愁不眠（李　白）。

十

片烛光微夜思阑（陆龟蒙），素琴幽怨不成弹（唐彦谦）。

五更惆怅回孤枕（司空图），双袖龙钟泪不干（岑　参）。

评点：

借古人杯酒浇胸中块垒，且集句成诗，并非易事。前提是读得够多，有足够的理解与共鸣，此学者之长。其次是从浩如烟海的古诗中选出最足以表达自己心情意绪之句，如同己出，此诗人本领。最难的则是浑然成诗，了无隔阂，此大家之高境。那时候还没有电子文本检索之便，即便现在有了，头脑中毫无信息索引者也无法完成集句成诗这种较高难度的艺术再创造。以上五首皆写离别孤独相思，但每首各有侧重，依次为：难、思、望、愁、怨。这是相思心理的通常层次。援引古人诗句表达自己的心情，以一己之例写出普遍而且永恒的人类情怀。可见集句之作未必就是文字游戏，境界高处，也是富于创意的。

寄（赠）内词

浣溪沙

戊午年中秋之前夜，与丹同玩月于家门前，半夜月食，遂坐而待旦，看其重圆。时值余考取研究生即将赴京，今宵月食正预示吾夫妻别后必重圆也。感而赋此赠丹。

满地银霜兴正酣，忽惊碧海失冰盘。依依双影盼婵娟。

不信通宵长似此，夜阑终见再团圞。清辉澹荡洒人间。

评点：

将别而望月，骋怀于苦乐之间，立意新颖。相依的甜蜜马上就要变成相思的苦涩，辛苦的期待和期待的幸福将是漫长的。此词暗用东坡"人有悲欢离合，月有阴晴圆缺"之意。

西江月

戊午十月十四夜在北京师大寓所望月怀远,赋此寄内。

十载柔情蜜意,未尝顷刻分离。
何期中道雁孤飞,谙尽相思滋味。

无那清宵冷月,照人双泪横颐。
路遥归梦竟凄迷,何日欢颜重会。

评点：
用转折法,托出无限凄婉滋味。从"未尝"到"谙尽",乃至"无那""竟",几个副词愈转愈深切。

青玉案

己未四月十四日醉后书,步欧阳永叔韵。

落红成阵春余几。春已过,三之二。
踯躅长街无乐事。丝丝垂柳,牵衣欲语。
似笑人憔悴。

米珠薪桂长安市。争似家山育桃李。
当日从无离别泪。抛妻别子,而今悔矣。
惟有归来是。

评点：
"踯躅……憔悴",巧思。

兰陵王

己未年五一节独游颐和园作

天涯客。一向幽居默默。
无端被，黄卷青灯，长日强人耗筋力。
昏昏未顾得。窗外许多春色。
难堪事，异客他乡，只影茕茕度佳节。

寻欢只今日。喜十里熏风，满目新碧。
昆明湖畔人如织。最羡那佳侣。
联翩携手，双双俪影过不绝。
万人尽情悦。

情切。转凄恻。
恨万里关山，将人限隔。销魂两地愁肠结。
忆十载同赏，春花秋月。
湖边梦断，树影里，掩袖咽。

注：余所寄居之北京师大学生楼101室，逼仄而幽暗，白天看书亦须开日光灯。

评点：

三段二转折，悲欢对举。难堪而踏春，羡人而悲己，两地愁肠之凄恻，甚于周清真别浦之哀怨。

鹧鸪天

己未秋日登香山赏红叶有感，赋此寄内。

旖旎秋光独赏时。香山如画复如诗。
黄栌树上红云灿，青嶂屏间锦绣垂。

林下路,岭头枝。频添恨缕与愁丝。
撷回片叶和词寄,无限离情君定知。

评点:
下片好,由景及心,有次第有情味。"频添"句秀美。

风流子

庚申清明之夜,酒后无眠,因填是阕以寄内。

天际月昏黄。离情悄,酒力助疏狂。
叹象管蛮笺,难排春恨,荡魂游魄,怎守殊乡。
从别后,葬身书海里,生气半消亡。
万里关山,久违芳信,尺方蜗屋,困杀刘郎。

追思团圆日,逢良夜,窗下共理丝簧。
曼舞轻歌,欢情最是难忘。
问甚时再得,并肩携手,月前花下,同度韶光。
深恐重逢,双鬓都已成霜。

评点:
痛切!写尽负笈游子清愁,一往情深,句句发自肺腑。

少年游

己未年"五一"节独游颐和园,怅然而归,有《兰陵王》之作。倏忽一载,又逢"五一",不敢出门沾惹春光矣,因填此阕以寄内。

去年今日,昆明湖畔,众里独伤春。
今年又是,花枝照眼,窗下只微吟。

好景不堪愁中赏,何况别情深。
怎得来春同操桨,清波里,洗啼痕?

评点:
序云"不敢",是构思之关键。道尽伤春伤别滋味。

踏莎行二首

辛酉重九苦盼家书不至,入夜久不成寐,屈指独居京师已属第四秋,而家人团聚尚遥遥无期。感极而悲,徘徊灯下,因赋此二阕,以遣愁怀。

佳节重临,秋风四度。燕山黄菊开无数。
客中举酒黯销魂,登高赢得愁如故。

篱畔身孤,天涯日暮。羁情浩渺凭谁诉。
那堪静夜月华凉,望乡双眼迷烟树。

梦断如丝,灯昏似雾。中秋才记比肩度。
堪伤那日别家时,车前泪眼空相顾。

细检前书,重吟旧句。海山盟约全辜负。
当初不合慕虚名,儒冠自古将人误。

评点:
相思、愁苦、幽怨,四载离别情怀无解,唯凭词笔略寄缱绻,深得李义山、柳耆卿、晏小山之情思神韵,可知一样情怀不别于时空也。

二、温情唱和

壬辰冬日诗友唱和集

壬辰冬之某日深夜,余突发心肌梗死,家人急送进京城中日友好医院抢救治疗。手术后医生令戒酒,恰值兆鹏君发手机短信问候,余因戏步瞿髯翁论辛稼轩绝句韵吟此作答。众诗友得知此事,或打电话,或发电子邮件、手机短信,与余唱和。今将和答诸篇按写作时间先后连成一集,聊作纪念。

我本词坛一老兵,卅年凭酒畅豪情。
于今恭领岐黄令,暂歇歌喉待放声。

诗友唱和诗选十四首

词坛接力有新兵,马放南山适野情。
小待复苏元气后,再开疆域唱高声。(武汉大学　王兆鹏)

词老胸襟百万兵,雄深雅健尚真情。
偶因心事疏杯酒,不减书斋风雅声。(中山大学　张海鸥)

卅载词坛秋点兵,雄深雅健稼轩情。
人间已备万斤酒,稍息又闻钟吕声。(暨南大学　赵维江)

岁暮先生再点兵,东西南北至浓情。
兴风抖擞回眸处,正是人间大吕声。(吉林大学　王昊)

四万主人非弱兵,胸中凛凛有豪情。
已消心事添新作,最喜频传快意声。(云南大理学院　张若兰)

四万将军领小兵,沙疆醉卧骋豪情。
金汤洒尽传般若,羽钥悠扬倡众声。(浙江社科院 吴蓓)

注:般若汤,佛家称酒之谓。般若:智慧。《礼记》:"春夏学干戈,秋冬学羽钥。"干戈,象武,动作之时学之;羽钥,象文,安静之时学之。

人道重言善将兵,不如四万有诗情。
何妨大恙仍谈笑,枕畔轻吟出雅声。(中国传媒大学 王维家)

戒酒刘公洗甲兵,我居海外亦乏情。
元神亟盼重轩豁,浮白呼卢唱大声。(武汉大学 尚永亮)

久号词坛阮步兵,萧然不屑剪红情。
京华小歇屠龙手,天下犹期斫桂声。(浙江大学 陶然)

夜阅营中四万兵,笑谈诗酒畅豪情。
养屙暂牧南山马,寒尽黄钟又振声。(华东师范大学 朱惠国)

君是词坛掌舵兵,岐黄戒令有深情。
天慈灵肉时方待,更铸伟辞鞺鞳声。(济南大学 崔海正)

破阵拓疆麾甲兵,杯深盛得至真情。
苏辛本色长相许,诗酒风流著远声。(深圳大学 刘尊明)

弃疾旌旗拥万兵,知音唱和动真情。
新春更饮瓢泉水,笔挟龙吟虎啸声。(中国社科院文学所 陶文鹏)

我赞词坛此老兵,一收一放总真情。
稼轩自管东风令,已到春河冰下声。(潍坊学院 郭顺敏)

三、深情伤悼

2015年5月，刘扬忠教授因病辞世，享春秋七秩。学者、诗友痛之悼之，伤悼诗词如雨，兹谨选高校学者之作数首。

六十九年如电扫，词坛宿彦旗难倒。
仙化去兮几时还，辽鹤归来望华表。（广西师大　沈家庄）

一自高原入翰林，便从诗史探词心。
笔耕勘破三千水，身教挥成四万林。
道艺如山人景仰，襟怀似海世长歆。
如今鹤驾归文府，老酒清歌趣更深。（中山大学　张海鸥）

言诗佳句似宏钟，太白仙姿魏晋风。
天降斯人今远去，九原谁作仰长空。（山西大学　牛贵琥）

雨泪檐间滴到明，无端噩耗梦魂惊。
推窗北望云漠漠，五月情怀冷若冰。（贵州教育学院　周复刚）

最喜家山大纛兵，京华设帐咏真情。
先生四万高吟句，泽惠春风婉转声。（贵州教育学院　刘长焕）

金缕曲·痛悼扬忠师弟

常念君和我。
自师门、相承一脉，海宁词课。
楼角西南弦上下，莫使光阴虚过。
斋四万、春风入座。
两宋百家源流探，数从头、粒粒珍珠颗。

嘉绩载，惠音播。

几回聚首坦如磋。
记唐都同台演说，本科担荷。
又记韵文三零后，遍地黄花堆垛。
看岭外、杏坛功果。
同学少年皆期盼，竟匆匆别去携云朵。
双眸泪，为君堕。（施议对）

金缕曲·悼扬忠师弟

知汝难相别。
想当初、五人折桂，吴门立雪。
薪桂米珠蜗室小，也学韦编三绝。
别子抛妻愁万叠。
偶尔书生多意气，饮绿醑、诗韵分拈夜。
踏遍了，长安月。

而今莫道花香谢。
问词场、吴唐去后，谁持节钺。
晏柳苏辛重鼓吹，细探源流真诀。
数吾子、黄埔人杰。
纵使泉台风月好，莫留君，梦里成惊瞥。
泪沾袖，声呜咽！（雍文华）

注：1978年中国社会科学院研究生院成立，唐宋诗词方向吴世昌先生首届招收董乃斌、刘扬忠、施议对、陶文鹏、雍文华五人，戏称"黄埔一期"。刘扬忠著有《唐宋词流派史》。

声声慢

土家唱曲,彩带还披,梦令心花又戚。
劝酒几回歌起,几时宁息。
觉来欲觅梦迹,奈风传,鹤车行急。
学海阔,再茫然,怎似书中初识。

杰作解吾谜积。
忆那年,桐庐诗佳谁摘。
江水流悲,也怨老天手黑。
金陵凤凰寂寂,白鸥盟海上泪滴。
词派事,若问难,公应了得。(曹辛华)

蝶恋花·悼扬忠兄

庐阜当年随踵武。豪气干云,俨作青帮主。
呼啸词林真若虎。东坡气韵稼轩辅。

四万情怀安可睹。鹤驾从容,不踏人间土。
一曲悲歌成乐府。挽君聊弄班门斧。(周裕锴)

注:1985年江西修水举行黄庭坚学术研讨会,老先生戏称与会青年学者为"青帮",而扬忠先生为之首,会后同游庐山。

金缕曲·痛别刘扬忠大兄

痛矣吾心苦。
问苍天、奈何如此,遽呼工部。
从此京华凭谁解,李杜苏辛妙处。
翰林事,怎生分付。

谁共江山频执手，任长风、吹帽临洲渚。
公与我，心相顾。

海南万里初相遇。
最难忘、五指山前，深宵夜语。
岁岁切磋辞章事，常伴春来冬去。
二三子，酒朋诗侣。
赤壁舟横风雅气，数寰中、今古几人许。
约洱海，唱金缕。（张海鸥）

鹧鸪天·悼念刘扬忠先生

酒入肝肠气自雄。清歌一曲漾黄钟。
倚声犹带稼轩趣，挥翰时兼和仲风。

瓯水畔，北高峰。几回谈艺兴酣浓。
年前岳麓同留影，孰料今朝去绝踪。（刘庆云）

渔家傲

万里长空伤折翼。鲲鹏曾向南溟去。
起坐中宵垂两涕。长相忆，少年心事殷勤记。

不负天资千载遇。诗词唐宋耽佳句。
抵足同床相砥砺。逞胸臆，男儿应许立天地。（周复刚）

扬州慢

乙未京华，时临春暮，怎生还见风仪。
步长街十里，历旧景清辉。

想门下，初来访学，先生带病，沃启心扉。
散疑云，漫漫层层，还至些微。

手捧白菊，仰遗容，不尽悲凄。
极地远天高，寸心万语，难表哀思。
可奈玉楼新记，诸评议，亟待公词。
但南天一炷，心香长往依依。（昌庆志）

鹧鸪天

噩耗惊传岂堪闻。巨星陨落泪沾襟。
曾将词笔识青兕，端是辛公认后身。

词半阕，酒一樽。恩师暂步祭归魂。
谆谆诲教言犹耳，廿载风谊忍便分。（王昊）

金缕曲

晨信突飞告。
似奔雷、挟风裹雨，遽传凶耗。
昨日慈颜犹在眼，转瞬仙山路杳。
肝肠断、枯鱼泣号。
只道体征趋平稳，暂别离，岂料成哀悼。
悲切切，泪如瀑。

春风如沐品佳蓼。
想当初、程门立雪，殷勤问道。
解惑释疑倾囊授，只为顽石开窍。
十九载、几多聆教。
一代词杰今去矣，捧遗篇、宛见音容貌。

言在耳、虎龙啸。(王维家)

水龙吟

恩师头七,魂兮可归?七年前辞京,恩师以《水龙吟》赠别,敬步恩师原韵,送恩师仙行。

十年深荷师恩,殷殷烛照催花绽。
斋中初拜,慈颜馨欬,春风堂殿。
分饼中秋,赠行仲夏,系心如练。
漫苍山云涌,金江虎啸,携游遍,当无憾。

病势年来渐笃,语犹豪,心力仍健。
持身切嘱,传薪深愿,如珠如嵌。
泣血啼鹃,随风吟魄,化书千卷。
便思寻鹤驾,除非魂梦,更何时见。(张若兰)

(原刊于《诗词家》2015第4期)

尚永亮诗词

尚永亮是武汉大学二级教授，珞珈学院特聘教授，受聘为教育部长江学者特聘教授，兼任国家社科基金学科规划组评审专家、中国唐代文学学会副会长、柳宗元研究学会会长、中华诗教学会副会长、湖北省屈原学会副会长、武汉大学学术委员会及学位委员会委员等，以及日本京都大学、德国特立尔大学、法国巴黎第七大学等多所高校的客座教授。主要从事汉唐文学、中国文学批评史等方面的教学和研究。

永亮诗词思深趣雅，情怀馥郁，豪迈奔放，自然流畅，阳刚气十足。

别友人

脚下雷鸣走大江，临风倚柱看斜阳。
无边秋色涵天地，多恨人生历暖凉。
客里酬君三盏酒，旅途慰我九回肠。
自兹远矣一挥手，何处天涯不故乡。

评点：

此壮别之诗，效王勃、高适、李白诗意。第二句气韵特好。全诗个性鲜明，诗如其人，男儿英气充沛，豪迈奔放，在士气普遍颓靡的时代，振奋胸襟，难能可贵。颈联流水对，流畅自然，"三盏酒"对"九回肠"甚工，更妙的是同样的酒进入不同的肠，效果大不同。什么样的饮者才能激荡出英气豪情而不只是相思泪呢？

甲午夏游黄海槎山

盘旋一气入云中,海势山形万古同。
九簇峰峦成伴侣,重阳深洞转迷宫。
从来高士题名款,也许凡夫唱大风。
十里松涛催日暮,遥看新月正朦胧。

评点:
有气势。颈联有趣,尾联是盛唐诗的笔法。

闲居写怀

长安一别几经春,素业时时自奋身。
壶里乾坤常乐己,山林文字少惊人。
休将马齿论前辈,且许鸡头接后尘。
似水浮生趋甲子,逍遥齐物是通津。

评点:
此必近年之作,忖度知命知天耳顺从心之老境,诗怀馥郁文心渊雅,出入于儒、道哲学,时时奋身而心境逍遥,是有独立之心与自由之志者。此乃与"老干体"本质之别,非庸鄙之可望可解者。

永州柳学会感赋

雁峰壁立水分流,挥泪思君下永州。
拚以一身除国蠹,肯因万死悔怨尤。
孤臣自古多遗恨,词客而今欲白头。
手把危栏抬望眼,潇湘澄澈碧山秋。

评点：

前四句特好，极有文化品味，首联得太白神韵，颔联有老杜风骨。颈联"欲白头"未能转深一层，或许影响了尾联升华。

旅途得曹旭兄岁末感事诗匆和原玉兼以抒怀

几多往事似云烟，欲诉无言已黯然。
乱象离离非短夜，河清漫漫待长年。
拟持禅悦养心性，犹抱悲情对暮天。
沪上忽传新韵切，苦吟遥忆一灯前。

评点：

旅途唱和需要捷才。此诗于行走间抚今追昔，往事历历，却无具体情节，次第之间是一重重心情意绪，此李义山《锦瑟》笔法。颔联寄托忧世情怀，颈联转写心性之持守，尾联以"遥忆"扣题，并关合首联，结构自然流畅严谨。这是两位诗友间的心灵交流，读者能会其意却难解其中故事。

上野公园赏樱二首

一

云霞作盖玉为茎，笑舞蓝天照眼明。
接踵摩肩人散后，落花闲逐晚风轻。

二

二十年前此地行，春寒似水静无声。
而今赏尽花千树，但觉归来懒看樱。

评点：

"春寒似水静无声"是奇妙之句。尾句借俗语"黄山归来不看山"之说，表示既赏此地之樱，他樱难再入眼。此夸张之法，类似"曾经沧海难为水"之意。

祭　父

出秦十载更无暇，四海茫茫何处家。
忍痛再烧一片纸，顶风挥泪走天涯。

清明忆双亲

一樽薄酒醉清明，多少深衷欲放声。
日暮畏闻离别曲，春来每有断肠情。
几回梦里相依泪，何处寒原孤鸟鸣。
万里家山人在远，随风传语到西京。

评点：

以上二首抒写人子思亲之痛，真挚深长。同时寄寓漂泊情怀。漂泊者往往正是寻梦者，"顶风挥泪"四字道尽游子艰辛，"万里家山"句深寓思乡滋味。语意皆出自肺腑，真切自然，毫不做作，又涵养淳厚。

与啸龙兄荆楚一别垂二十载即将再聚诗以志喜

侠儒本色与君同，十八年前谈笑中。
对酒龟山听暮雨，弄潮峡口唱春风。
惊心岁月别来速，快意音书久未通。
不识故人今健否，明朝把手话飘蓬。

评点：

此诗情味极好，老友久别即将重逢，喜悦和期待之意流露于字里行间。颔联巧忆青春岁月知交故事，颈联转叙别情，结尾自然亲切。全诗字字妥帖，毫不做作拼凑。

殷　墟

漫把文明较短长，细看甲骨想殷商。
桑田沧海从来事，禾黍秋风动残阳。

评点：

历史沧桑之感。

河西纪行三首

一

万里河西九月寒，朔风扑面走祁连。
驱车乌鞘才过岭，前路已惊雪满天。

二

大漠茫茫嘉峪关，古来商旅此流连。
驼铃断续声犹在，梦断黄沙天外天。

三

销魂最是鸣沙山，石窟月泉万古连。
诸佛庄严凝睇处，九重楼外对苍天。

评点：

强劲的"西北风"，有盛唐边塞诗意。"雪满天""驼铃……梦断"好。

重阳日携诸生野游登高戏笔

山下无声走大江，山上西风舞斜阳。
斜阳如醉风如梦，催浓十里桂花香。
桂香菊艳九月九，携酒登高赏风流。
风流已逝情何限，举目望远倚层楼。
层楼凌云接楚天，天高云淡雁南迁。

雁去不知几时返，聊将此意寄秦关。
秦关渺，路途遥，蒹葭苍苍白露飘。
白露蒹葭催人老，掉头苦吟古歌谣。
歌谣调古知者稀，转忆唐人杜牧之。
牧之清丽饶俊爽，独爱江涵秋影诗。
秋影在水叶乱飞，转瞬西天已落晖。
落晖悠悠暂行乐，且慢插菊满头归。

评点：

七言歌行须有流畅的音乐感。此诗用顶真（联珠）格结构全篇，四句一换韵，势如贯珠，如行云流水，音乐感大增。将登高、赏秋、思乡、怀古诸意思层层勾连，自然舒畅。

秋登京都比叡山

一

晓雾蔽鸭川，凄风去复还。
欲观延历寺，远过鬼门关。
乱石塞斜道，清溪出草间。
登高一纵目，万里但云烟。

二

比叡秋登览，心胸何浩然。
情随征雁远，意在落红前。
古寺临崖壮，新亭带水妍。
振衣长啸后，袅袅满寒川。

评点：

"乱石""古寺"两联工巧。两首结尾皆唐诗笔法。

与天瑜教授游琵琶湖返京都遥寄伊源先生

伊原泽周先生二十世纪四十年代就读于武汉大学，战时迁乐山。后辗转由台赴日，任教于京都大学等国立、私立高校，著述颇丰。先生居海外五十余年，不忘故土，情系母校，将所藏珍籍批量寄赠珞珈山，其情甚可感也。乙酉初春，余与冯天瑜教授客京都，相约往访。先生亲赴京都俯迎，并伴游琵琶湖。登高把酒，云淡风轻，看海天相连，数十里樱花漫舞，其景壮丽，其乐融融。亮乃以诗纪行，并祝伊翁长寿。

一

跨海三千里，来参八十翁。
遥观比叡雪，醉卧落花风。
与我一相见，衔杯再鞠躬。
高情萦世外，烟雨话孤鸿。

二

立雪当年事，乐山兴学宫。
流离逢战火，砥砺见宗风。
地老关山远，天荒情意浓。
还将新汉史，遥补旧文丛。

评点：

珍贵的学人故事。结尾"还将"两句辞美意深，秀句！

乙酉夏留别特里尔友人

暮色苍茫立小楼，晚风拂面夏如秋。
千年古堡凌霄汉，十万人家枕碧流。
异域霜寒侵远客，新知义重破离愁。
雪泥鸿爪无堪赠，长忆天南海北头。

评点：

朴实亲切，温馨宜人。首联俊爽，颔联美丽，颈联义重，尾联情深，将德国特里尔大学写得令人神往。

厓山感怀

断雁寒空叫远林，连天衰草掩荒坟。
厓山碧血化鹃泪，南海悲风卷暮云。
自古败亡多迫促，此番板荡最销魂。
孤臣幼主知何处，翘首苍茫一问君。

评点：

当作于2010年3月，吾亦同吊于广东新会厓山。宋元古战场山河依旧，往事堪哀。"此番板荡"委实"最销魂"，以至学术界有"宋亡以后无复中华"之叹。结尾问得深长悲慨。

醉花阴·历险

戊寅夏陪远来诸公游小小三峡，遇礁推筏，筏忽脱手去，余独留水中，赖海鸥兄助而得返，次庆云教授韵以纪之。

峡锁清江分远岫。一唱群山吼。
远近任漂流，触目惊滩，舞急撑篙手。

轻舟忽逝湍声后。幸得鸥相救。
欲去屡回眸，满壑残阳，此乐君知否。

评点：

此事发生在1998年7月，许多年后成了我们共同的美丽回忆："海正兄泛舟小三峡，乘一叶扁舟顺流独去，身形潇洒，趁着碧水青山，蒹葭采采。我和刘庆

云、尚永亮诸教授惆怅地目送清流中伊人远去,一时难解其妙。"(张海鸥为崔海正作《芦影集·序》)

乙未秋离杭别友口占数绝记事志感

一

识面恍然四十秋,振衣再作武林游。
风荷柳浪浑如旧,西子无情笑白头。

二

时晴时雨晚凉天,湖光山色两留连。
之江最是风情好,小径闲心听暮蝉。

三

名剑古来出莫干,几回幽谷淬飞湍。
寒光日夜冲天起,碧透幽篁几万竿。

四

回首高谈意气浓,归程万里趁秋风。
与君暂定三年约,再聚南屏唱晚钟。

评点:

好性情!第三首最好。"三年约"暖心。

(原刊于《诗词家》2015年第5期)

程章灿诗

程章灿是南京大学二级教授，南京大学特聘教授、赵世良讲座教授、教育部长江学者特聘教授，现任南京大学古典文献研究所所长。他的学术经历显赫：北京大学历史学学士，南京大学文学博士，曾任美国哈佛大学、宾州大学、华盛顿大学、英国牛津大学高级访问学者，香港浸会大学、台湾中央大学、台湾大学客座教授。兼任中国《文选》学研究会副会长、中华诗教学会副会长。研究领域涉及中国古代文学、古典文献学（金石学）、国际汉学以及江苏地方文化学。

他的诗轻盈灵动，迅捷睿智，书卷元素丰富，但用典自然贴切。

乙酉岁末璞社诗聚以广式茶楼为题限五律

无须牧童指，长在此淹留。
活水斟还续，杯盘荐不休。
乐天安一饱，闲地话千秋。
怪道茶中客，何从得白头。

评点：

入诗极自然，如话家常，此大家诗法。用典皆信手拈来，如盐入水，无迹无痕，此学者诗家之高境。首句反用杜牧《清明》"牧童遥指"诗意。"活水"出自苏轼《汲江煎茶》"活水还须活火烹"。颈联用白居易居洛阳乐天知命故事，写"安""闲"之乐，对仗工巧自然。

既成意有未尽再赋一首

散热登楼去，吹襟粤海风。
浮沉添淡定，荤素各玲珑。
世味珍堪嚼，流波逐易穷。
把杯应久坐，功业太匆匆。

评点：

渐渐脱贫的国人，开始思忖慢生活的意义。其实古代文人更懂得"把杯久坐"的优雅和悠远。此诗如话家常，说的是人生哲学，有一种气定神闲、举重若轻的大家风范。

丙戌仲秋西雅图作

不见衔枚走万兵，忽闻夏国失千城。
风吹湛碧云无迹，叶踏红黄地有声。
鸥鸟翔湖疑大海，娜嬛筑室作飞甍。
天涯差可追贤圣，一霎韶华未许轻。

评点：

首句借用欧阳修《秋声赋》之喻。次句以"国"喻季节，"夏国"失而秋兵至矣。颔联秋色极佳。尾联陡然由岁华联想人事，将天涯情怀融进秋色，将个人行事嵌入秋思，写景之作便升华为生命感悟了。古今许多旅游写景之作不能感动人心，缺的或许不是工笔素描，而是写意之笔。写景诗不能缺少生命感悟。

再别西雅图

从此飞云向九州，几曾小别未曾愁。
最怜冬草罗裙绿，爱踏深林曲径幽。
一枕雨声敲梦湿，半城湖影接天浮。
图经地志藏归箧，他日摩挲认旧游。

评点：

回国途中，诸多眷恋。"雨声敲梦"是秀句。

己丑岁暮客座中央大学校园多榕树感赋八首

排窗绿影到书轩，叶动枝摇意若言。
客在天涯堪作侣，木经冷暖自知温。
美名故国传嘉锡，散质人间绝斧痕。
坐久忽听风雨骤，从来厚地结深根。

评点：

诗人的家乡福州别称"榕城"，因对榕树情有独钟。客里因榕起兴，思绪纷纷。"散质"即"不材"之木，典出《庄子·山木》：庄子行于山中，见大木枝叶盛茂，伐木者止其旁而不取也。问其故，曰："无所可用。"庄子曰："此木以不材得终其天年。""厚地深根"结得有力。

当衢应得号将军，老干能经野火焚。
树树落霞飞彩鹭，团团静气对浮云。
雨中叶密张青盖，日下风清灭暑氛。
何必深宫名刹外，一身自合受香熏。

评点：

此诗拟大榕树为将军，颇有崇拜之意。其实以树象征人类精神。尾联极好，得生存之高境。

立地端庄树影圆，绕身笑语剧堪怜。
依依离叶如行客，绺绺垂须证岁年。
枝翦旁权云路阔，薪供寒灶火温传。
萧萧入耳真天籁，伴我还家万里眠。

评点：

思亲思乡之意因榕而发。"端庄"二字气韵极佳，树与人、辞与意皆端庄。

> 易逝年光岁又穷，那堪海外对葱茏。
> 朝酣渴饮连宵雨，夜舞狂驱四面风。
> 拳曲骨筋惊鼠雀，贲张根脉看鸡虫。
> 凭谁寄语攀条客，应植扶疏满宇中。

评点：

榕树经历沧桑，是两岸60年历史之见证。攀条客，指桓温。植宇中意出《庄子》。尾句升华，大好境界。

> 苍苍树叶想罗裙，重见鲲瀛惜暂分。
> 风冽蓝天寒彻骨，雪消冠盖绿如云。
> 仆尘脉远盘成结，倒地根深立作筋。
> 后土皇天应有意，徒迷颜色太纷纭。

评点：

蓝、绿喻台湾两党阵营。隐喻极好。

> 狭室观书丙夜深，西风叩户叶萧森。
> 寒流肃杀青冥气，冷透离披碧海心。
> 壮岁柔条变枯树，成围墓木浸愁霖。
> 天连万里谁能断，一色云烟共霁阴。

评点：

柔条枯树，墓木成拱，寓意两岸分隔之久。组诗至此感慨难禁。

> 树木曾经几度霜，浓阴百丈赛甘棠。
> 青依井堞催城老，赋见道心知味长。

　　收雨转听声淅沥，随风变态意悠扬。
　　此身既惯无拘检，种向逍遥广莫乡。

评点：

此首借庄子逍遥境界自勉。"赛"字味稍薄，似不如迳用《诗经》"蔽"字。八首诗隐约有次第，此首有意放松，舒缓节奏。

　　亭亭翠盖遍南州，阅尽千冬复百秋。
　　叶拂春云飞燕翼，枝迎荡子系骅骝。
　　飘风地异旌旗色，历劫人同破浪舟。
　　衣带渐宽终有悔，何时得见海西流。

评点：

两岸虽若一衣带水，却如离人衣带渐宽，渐行渐远。此首总结，一样榕荫，两岸心思。大悲伤中有大愿望。

此组诗如杜甫《秋兴八首》，极用力之作。八首皆咏榕树，实皆寄托家国情怀。作者是榕城人，知榕树尤知闽、台。闽、台隔海相望，台湾多闽人，亦多榕树。八首诗中富含比兴寄托之意。此组诗或可视为近年程诗之代表作，才华横溢，诗思隽永，诗脉渊雅，远得比兴寄托之体，富含学人睿智之思。炼意、修辞、结构章法皆用心用力，严谨微妙，却又自然浑融，愈读愈觉精深老道。

咏金陵四十八景之石城霁雪

　　新朝颜色变山河，昨夜玉龙兵甲过。
　　乱后清明日高烛，妆成银素镜初磨。
　　等闲涂抹英雄迹，容易悲欢麦秀歌。
　　不为苍黄泣丝练，城头鬼脸阅人多。

评点：

借雪发挥，以雪思雪境对照纷纭世事。有杜诗沉郁顿挫之致。

游社雅集赋得落叶

若有风相唤,终还自在身。
不堪高处苦,来与旷平亲。
林下飘摇客,花间散淡人。
梦中天地阔,翠盖覆重茵。

评点:

此咏物言志之作。借题发挥最是章灿诗法,用得圆熟利落。落叶虽然飘零,却自有境界。颈联自许自持。尾联与龚自珍《己亥杂诗》"落红不是无情物,化作春泥更护花"意境相似。

赋得徇禄反穷海

人事有盛衰,阴阳相因革。
一麾来海滨,迢遥风波隔。
冷廨迎新主,空山纳幽客。
挹彼薪水资,造此登山屐。
拂衣过白岸,水宿陵赤石。
舟进寻仙岩,海游挂帆席。
周览犹清朝,归路当月夕。
何必居帝京,然后有开辟。

评点:

此赋得体,以谢灵运诗句为题,"徇禄"即享受俸禄。谢诗:"……徇禄反穷海,卧疴对空林。……池塘生春草,园柳变鸣禽。……索居易永久,离群难处心。持操岂独古,无闷征在今。"(《登池上楼》)大意是讲辞职归隐之人,可享自由之乐,但坚持独立的操守也是不容易的。程诗演绎谢诗之意。

鸡鸣寺访樱(五首)

穿城十里到山隈,谁种芳缘傍佛台。
人事不如花事好,一春谢尽一春开。

评点:

南京鸡鸣寺,南朝同泰寺也,故谓佛台。"谁种芳缘",雅语。后两句巧思秀句。

借湖为镜对梳妆,雾鬓云鬟出画堂。
莫是吴宫新演武,未须号令肃成行。

下帷陋室透风闻,偶拾闲情浴树薰。
压顶忽疑天俯就,举头片片是轻云。

评点:

"压顶"句太夸张,与轻云不谐。

雨夜风朝独自愁,凋荣去住两无由。
若能堕地成茵席,强胜前溪作水流。

芳菲堪掇荐清卮,骏足佳辰不可追。
最爱三春探花客,为伊珍重惜樱时。

评点:

感怀寄意,惜春惜花亦即惜时爱生之意。

初春晨入雪窦山夜雪初积旋消（四首）

一袭素衣云外归，闲潭野树共因依。
幽姿怕被花窥去，夜半无人独自飞。

白羽为谁私夜奔，江南地暖发春温。
问僧鸿印泥何在，无语空门自负暄。

人声地气两喧腾，扫迹何烦值事僧。
不摄银装花影在，一场春梦了无凭。

山外林中所见殊，纷繁物色变须臾。
佛头一捧谁持去，难为人间辨有无。

评点：

此组诗因雪意说禅理。禅意不假文字，意生象外。第一首拟雪景为素衣人，纯净素美。"幽姿"两句活泼灵动。第二首继续拟雪为人，三四句借苏轼"雪泥鸿爪"之喻，引出禅悟之意。第三、四首继续阐发禅理：有无变化皆是虚幻，难言难辨，唯禅心可悟。

游社雅集赋得秋风学柏梁体

羲和鞭日驰宇宙，茫茫六合恣巡狩。
逝者如斯流沙漏，春居夏徂岁渐旧。
天地噫气忽来骤，巨灵振衣舒广袖。
瀚海千里急奔救，旷野几部鼓吹奏。
木栉草梳水皮皱，云惨天淡秋容瘦。
屯如邅如原匪寇，白马逡巡归其厩。
猫去中庭迹难觏，犬不吠月觅其窦。
虬龙渊潜冷难透，寒云惟宜鹰与鹫。

芟繁就简见远岫，黄叶如茵地衣厚。
银汉分明廿八宿，仙娥无寐扪红豆。
气随霜露上井甃，声入观书秘室陋。
苍颜老者呼其幼，闺中促织鸳鸯绣。
声声入耳无句读，大块文章谁教授。
醪酒初温黄昏后，夜长釭明可继昼。
更深觅诗追逋寇，不思平明上封奏。

评点：

柏梁体句句押韵，一韵到底，多是文人游戏，考验学问和诗才。此诗学李贺风格，想象奇特，意象缤纷。"大块文章谁教授。醪酒初温黄昏后"，好句！

己丑初春返乡有三叠井之游游社雅集以故乡为题追忆旧游因成此诗

桃源幽径草萋萋，渔父重来亦自迷。
照影树持潭作镜，跳岩水夺壑成溪。
身忙惯被闲花笑，山静惟听野鸟啼。
最喜主人知客到，宅边挑笋带春泥。

评点：

三叠井在福建闽侯，地僻人少，境如桃源。诗人忙中得闲到此，体会桃源渔父之乐，欣喜溢于言表。颔联将人的动作"持潭作镜""夺壑成溪"赋予树和水，拟人奇特。"惯"字似可作"总"，意思更精确。全诗得盛唐王、孟田园诗之风神。

游社第三次雅集即以社名为题分韵得迟字（效西昆体）

附翼鲲鹏九万迟，且从濠上媚幽姿。
登台感物堪裁赋，浴水乘风合咏诗。
肯綮能容无厚刃，鹓鶵何必最高枝。
莫忧瓠落浮江海，自得飘摇自展眉。

评点：

虽是分韵命题之作，却见学富五车、诗家本色、哲人深致。既以游为题，便句句赋游。并非俗人之游，而是思想者优游人生，自得自由之意。1、2、5、6、7句皆用《庄子》典故，第4句或用《论语》"吾与点也"之意。第3句或与王粲《登楼赋》有关："登兹楼以四望兮，聊暇日以销忧。"全诗轻灵优美舒畅，深契智慧人类之情怀。

游社雅集赋得端午七律一首

饕餮非关有恶蛟，虚传角黍贡包茅。
门悬蒲艾应时节，榼注雄黄爱蕙肴。
长命争缘丝缕得，玉枹岂为楚魂敲。
嘉名肇赐浑闲事，付予诗人自解嘲。

评点：

近世端午忽有"诗人节"之称，诗人于此似有别解，故为骂题之作，但避熟反俗耳。

游清凉山

虎踞谣传莫认真，离宫歌舞早成尘。
山深久引观书客，径直方多问佛人。
半亩荒芜秋水远，数枝掩映鸟啼新。
英雄驻马无聊赖，梦失千年一欠伸。

评点：

清凉山曾有南唐离宫，亦有清末文人之扫叶楼，更有诸葛亮驻马坡，还有佛寺。虎踞龙盘之说由来已久，而诗人疑之，文辞与识见颇犀利。

喜闻香港浸会大学饶宗颐国学院成立

蜘蛛南粤集簧门，我献清歌酒满尊。
过眼百年洙泗在，还家三径菊松存。
东西爽气从山挹，今古人文置榻论。
积土莫辞崇一篑，巍巍他日有昆仑。

评点：

2012年12月，浸会大学成立饶宗颐国学院。此诗以"百年洙泗"等语一一赞之，渊雅含蓄，颇得庆贺之体。余亦曾应张宏生教授之命作小词，可为此诗注脚。《东风齐着力》："文化兴邦，千秋宏业，道艺巍峨。名簧浸会，树影最婆娑。荟萃中西学术，人才盛、远水清波。观塘路，饶公意态，庠序维摩。　孰与论渊皤。温且厉、圣贤气象平和。但忧近世，国学久蹉跎。此地书香墨趣，风怀古、好颂弦歌。宗颐院，芬芳舄履，允大其柯。"

（原刊于《诗词家》2015年第5期）

莫砺锋诗

莫砺锋是新中国的第一位文学博士（师从程千帆教授）。南京大学文学院教授，曾任南京大学中文系主任、南京大学中国诗学研究中心主任、梅庵书院首任院长。2014年被评为南京大学人文社会科学资深教授（文科院士）。兼任江苏省政协第八届、九届委员、江苏省政协第十届常委、南京大学党外知识分子联谊会副会长、教育部社会科学委员会委员、教育部人文素质教育指导委员会委员、教育部中文学科教学指导委员会委员、中国宋代文学学会会长、中国杜甫研究会副会长、中国陆游研究会会长等。

莫砺锋虽然年轻时就擅长写诗，却不常写。作品虽少，却是内行高手。所作皆雅言，意深语畅，格律精工。

赠顾树柏四首

萍踪漂泊苦匆匆，淮北江南一梦中。
重到君乡犹识路，村村竹树雨空蒙。

十年陇亩送年华，落尽旧时桃李花。
书剑无成农圃熟，相逢但解话桑麻。

杯盘灯火两如前，旧雨飘零又几年。
却话姑苏同学事，岂知一笑反凄然。

此夜连床听雨眠，明朝两地隔云烟。
祖生憔悴刘琨老，底事鸡声到枕边。

注：顾树柏是我在苏州高中同学，毕业后插队十年，后在张家港梁丰中学任教。

评点：

如促膝谈心，娓娓道来，自然流畅，朴实厚重，颇似杜甫《赠卫八处士》。最后两句用典也自然妥帖。可见作者四十年前已是诗词高手。

南京车站送母东归

又作异乡别，石城寒雨霏。
贫家多聚散，微愿每乖违。
梦绕故园路，泪沾新补衣。
自怜犹寸草，何以报春晖。

评点：

作此诗时，作者正在南大读研。开头看似突兀，却极自然。颔联极写贫家悲辛酸楚，叙说很朴实，却感人至深。尾联从孟郊《游子吟》化出，如盐入水，人子情怀深挚。

怀陈植锷

凌云峰顶共登临，指点江山慨古今。
三峡涛声犹在耳，十年尘事少关心。
辛勤著述兼文史，寂寞疗屙卧武林。
吴越相邻非绝国，秋江水冷鲤鱼沉。

注：去岁得陈植锷书索高丽好大王碑，复印寄之，久而无报。今忽闻其已于半年前病逝，感念旧游作此。陈植锷，杭州大学文学硕士，北京大学史学博士。

评点：

一代学人中两位学术天才，惺惺相惜，却忽然天人暌隔，遽成伤悼。前三联次第回忆往事，尾联忽从"非绝国"转出"鲤鱼沉"之绝唱，极沉重。"慨"字略生，且不如"论"意思丰富。前六句其实皆关系"论"事，非止"慨"也。

寄天水杜甫讨论会诸公

少陵诗里识秦州,首荐葡萄塞上秋。
三月寓居留胜迹,千年诗笔壮山丘。
前临蜀道千重险,却顾中原万斛愁。
今日群公凭吊处,滔滔清渭自东流。

注:时在韩国光州,未能参加会议。

评点:

作者是杜学专家,此诗内涵渊雅,叙事舒畅,尾句是盛唐诗法。

敬吊保钓烈士陈毓祥先生

蹈海鲁连不帝秦,惊闻噩耗泪盈巾。
金瓯忍使终亏角,玉璧须全宁碎身。
早著英名荣弱冠,壮凭正气斥强邻。
钓鱼岛畔千顷水,会作胥涛日夜瞋。

注:陈毓祥,中国香港人,曾获香港十大杰出青年称号。1996年9月26日往钓鱼岛宣示主权,牺牲于钓岛海域。此诗作于韩国光州,原刊于香港《星岛日报》(1996年11月1日)。

评点:

鲁连蹈海,典出《战国策·赵策》:鲁仲连对辛垣衍说,宁愿蹈东海而死,义不帝秦。金瓯:古人常以金瓯比喻国家疆土完固。《南史·朱异传》载武帝言:"我国家犹若金瓯,无一伤缺。"唐司空图《南北史感遇》诗之五:"兵围梁殿金瓯破,火发陈宫玉树摧。"清秋瑾《鹧鸪天》词:"金瓯已缺总须补,为国牺牲敢惜身。"第四句用完璧归赵的故事。第五句或从王勃《滕王客序》"终军之弱冠"化出。《汉书·终军传》载:汉武帝朝,南越政权尚未完全归附,终军自请出使南越,表示"愿受长缨,必羁南越王而致之阙下"。至南越后被杀,年仅20余岁。第六句当是借文天祥《正气歌》故事。胥涛,典出《吴越春秋·夫差内传》:传说伍

子胥为吴王所杀，尸投浙江，成为涛神。后人因称浙江潮为"胥涛"，亦泛指汹涌的波涛。此诗赞美英烈男儿家国情怀悲壮之举，连用典故，渲染深长的历史感，使读者从钓鱼岛事件联想甚丰，深得史论政论之体，渊雅厚重，是典型的学者之诗。中间两联属对精工。

光州除夜寄内

天涯岁末多霜雪，山色何时白转苍。
岂有三冬文史足，漫经半载稻粱忙。
朋交馈食粗成馔，妻女来书细作行。
独听邻家喧笑语，兹辰倍觉在他乡。

注：时在光州之全南大学任教。

评点：
深情款款而朴实平淡，平淡中见山高水长。

登武当山次张志烈教授韵

神踪何处觅，俗子上天关。
岂欲凡胎换，惟愁步履艰。
峰尖孤岛耸，雾涌海涛环。
却顾人寰远，平生不羡仙。

注：张志烈，川大教授。1999年10月往襄樊学院参加杜甫讨论会时共登武当山。

评点：
首尾转折呼应，全诗拗峭拔俗，或效黄山谷体。

林继中辞去校长职后作诗示予次韵贺之

案牍从今别,书窗度此生。
山如千骥走,江作九龙横。
文史随心检,丹青肆意成。
遥知风雨夜,自在煮春茗。

注:林继中为漳州师范学院校长,著名杜诗学者。师院校园在九龙江畔。
评点:
以文士情怀忖度辞职事,以自由读书为大乐,"夫岂庸鄙之敢望"。颈联极好!颔联似乎飘逸得远了点儿。

新疆行五首

初识新疆师大朱玉麒教授乃江南人氏也

江南才子海西客,气压班超笔未投。
学苑无边麟阁小,远征不复为封侯。

薛天纬教授陪同考察南疆

西出阳关见故人,薛君风义最相亲。
长车踏破天山缺,沙作波纹色胜银。

途中屡忆岑参诗句

万里西征向北庭,谁怜双鬓已星星。
平生喜读嘉州集,独立平沙泪自零。

克孜尔尕哈烽燧

千载霜风日夜摧，茫茫沙碛耸高台。
烽烟销尽英灵在，焉得醇醪酹一杯。

吉木萨尔道口别林继中

何事轮台作远游，书生意气老难休。
多情最是天山雪，偏照临歧两白头。

评点：
每首都于后两句转出巧思新意，此太白诗之长。

携内随林继中夫妇雨中游南靖土楼

初闻鸡犬便相亲，烟雨蒙蒙洗垢尘。
缭绕梯田秧正绿，奔腾溪水浪翻银。
古榕叶茂成车盖，老屋形圆似土囷。
已上归途复回首，前身应是此中人。

评点：
两位淡漠官职的学林高士，真能体会林下况味。结尾点题好，朴拙中大巧存焉。

结婚三十周年赠内十首

前缘休说三生石，不是冤家不聚头。
淮北江南行欲遍，却来白下结绸缪。

崎岖世路叹零丁，蛟失沧波鹤剪翎。

久惯人间多白眼，逢君始见两眸青。

钟山苍翠秦淮碧，暇日寻幽携手行。
细语温存惊我耳，刚肠忽觉有柔情。

家无四壁愧黔娄，搜索空囊鬼亦愁。
岂有瑶环定情物，嫁衣犹仗孟光筹。

秋霜春雨夏惊雷，黄卷青灯岁月催。
长夜感君相伴坐，剪刀唧唧把衣裁。

我居西海君东海，寄雁传书隔月回。
平日龃龉夺门去，此时翻愿梦中来。

少年陇亩度生涯，壮岁青灯映绛纱。
无限烟云都过眼，诗书说罢话桑麻。

君轻富贵若浮尘，我亦人间澹荡身。
淡饭粗茶皆有味，轻裘肥马是何人。

青丝忍看染秋霜，自嫁梁鸿日夜忙。
衣食渐丰人渐老，十年汤药侍高堂。

苍颜白发两相怜，细话平生叹逝川。
我向天公祈后死，伴君垂老坐炉前。

注：内人陶友红，1968年初中毕业于南京师大附中，到溧阳农村插队务农，七年后招工到南京第一服装厂。1977年高考进入南京师范大学中文系，毕业后分至江苏省委宣传部文艺处，2000年提前退休，照料其母多年（瘫痪在床）。我1979年考上南大研究生，1981年两人相识，1982年结婚。当时我靠助学金为生，

一无所有，婚礼时两人所穿新衣均由她操办。婚后多年全家的衣服都由她亲手缝制。第6首所写乃1986年至1987年我在美国访学时情事。

评点：

网称为"南大情书"。莫砺锋说这是他结婚三十周年时送给妻子的礼物："我问她想要什么礼物，她说你一直在研究诗歌，就写一首诗送给我吧。于是我写了这十首诗。"他说这三十多年的婚姻生活"很平凡，也很琐碎，就像千家万户一样"，"我俩都当过知青，能吃苦，都喜爱粗茶淡饭的简朴生活"，"在农村当了十年知青，本来应与青春同来的爱情一直与我绝缘。直到认识我妻子，我才品尝到温情的滋味"。"我向天公祈后死"是因为"妻子多年前就要求我死在她之后，我也郑重答应过"。妻子"一连读了好几遍，也许还是满意的"。

这是中国特殊年代婚姻生活之缩影，清贫到骨。在清贫的时代背景中，写出恩爱夫妻间特别的柔软温馨，写尽夫妻同甘共苦之细事。每首都用对比转折之法，炉火纯青，平凡中见深情，用柴米油盐的琐细生活写出人生之大爱、夫妻之深情、人类之温暖。依然是前两句铺垫，后两句升华的诗法，娓娓道来中总有高明境界，是学问与天分俱佳之诗。

（原刊于《诗词家》2015年第6期）

钟振振诗词

钟振振,南京师大教授、博士生导师、古文献整理研究所所长。兼任国家留学基金委"外国学者中华文化研究奖学金"指导教授、中国韵文学会会长、中华诗教学会副会长、全球汉诗总会副会长、中华诗词学会前副会长、中央电视台"诗词大会"总顾问、《小楼听雨》诗词平台顾问、国家图书馆文津讲坛特聘教授等。曾应邀在美国耶鲁、斯坦福等海外三十多所名校讲学。著有《东山词校注》《北宋词人贺铸研究》《词苑猎奇》等。

钟振振学富五车,天赋诗才,艺臻化境,诗多巧思妙语秀句华章。他在《格律诗词杂谈》中说自己创作旧体诗词50年,以古今好诗人好诗词为师,悟得立意最重要,词句次之,格律又次之。作诗词须求意趣真挚,词句新奇。

澳门妈阁

红阁存妈祖,黄轩有子孙。
易干沧海泪,难蚀故乡魂。

评点:

绝句不求对仗,但若作者喜欢,当然可以,如杜甫之黄鹂对白鹭。此诗二十字是两幅巧妙的对联,"红阁"对"黄轩","妈祖"对"子孙"。"红阁"指澳门妈祖阁,红色。"黄轩"却不是黄色的轩屋,而是指"黄帝轩辕氏"。此二句系流水对。由于澳门人还在拜妈祖(中国的神),而非天主、基督,可知他们自认是炎黄子孙。"妈"对"子","祖"对"孙"皆工,但"妈祖"并非"妈妈"与"祖父"。"易干""难蚀"处亦见功力。

红　豆

只身旅美，访学经年，祖国亲人，长在梦寐。偶过一中国餐馆，见壁钟有嵌麻将牌"发财"十二张以标示钟点者。莞尔之馀，忽发奇想：倘易以红豆十二，则我辈海外赤子思乡怀人无时或已之情，岂不尽见乎？

海外捐红豆，镶钟十二时。
心针巡日夜，无刻不相思。

评点：
诗思奇美温柔，将海外游子思乡情怀写得深细灵动，是诗中上品。

宋代文物展览有官窑青瓷数器甚佳

广腹圆坛直口瓶，有容无畏足仪刑。
而今正要陶钧手，烧此官窑一色青！

评点：
"有容无畏"最好，神韵极佳。"仪刑"即典范。《诗·大雅·文王》："仪刑文王，万邦作孚。"后两句若联想当下"官窑"之反腐，颇耐寻味。广腹能容。直口敢言。陶钧手，本义是制作陶瓷器皿的能手，比喻善于治国育人者。官窑比喻培养官员的机构。一色青，双关"青瓷"与"清官"，巧妙。

夜登重庆南山一棵树观景台看市区两江灯火

云台露叶舞风柯，快意平生此夕多。
人在乾元清气上，三千尺下是银河。

评点：
"露叶舞风柯"是雅语。"三千尺"之典用得巧妙自然。

松花湖

松花秋水一湖清,四百里山围玉枰。
最爱夕阳红湿处,渔船似在火中行。

评点:

尾句极美。

美国HOMELESS颇有以公园为家者

梨月絮风真浪夸,公园处处宿无家。
输他野老帝王梦,欲着黄金铸粪叉!

评点:

首句三拗五救,是标准的本句自救格式。用晏殊"梨花院落溶溶月,柳絮池塘淡淡风"典故代指富贵,贴切雅致,或稍嫌"缩略"。尾句俗语突兀,强调富与贫之差距。中国民间笑话云:农夫说我若当了皇帝,就用黄金铸一把粪叉!全诗意谓:晏殊自矜富贵,今美国流浪汉以公园为家,超过晏家园林,故曰晏殊"真浪夸"。然而美国流浪汉多为懒汉"野老",农夫固然过于质朴,却是勤劳本色。

西 湖

四时花气酿西湖,细雨噙香淡若无。
一似春宵少女梦,最温馨处总模糊。

评点:

二、四两句极美,细腻温馨,活泼隽永。将少女情怀和青春幻想写得真切又含蓄。

雁荡山大龙湫

一绳水曳素烟罗,百丈疑悬织女梭。
何必秋槎浮海去,攀援直上即天河。

评点:

奇思妙想,美丽新颖,真擅诗者。

登白沙桥望建德县城

作云水气与桥平,桥外山城列画屏。
看到屏山昏黑后,万窗媚眼向人青。

评点:

隔水看山城,很少人能想到"万窗媚眼向人青"这样美丽动人的意思,可与稼轩"料青山见我应如是"媲美。

成吉思汗陵

莽原曾此葬天骄,铁木真陵入望遥。
犹怖惊弦轰霹雳,春云寂寂不盘雕。

评点:

章法结构奇特拗峭。第二句用非常规音节,却极自然流畅。后两句着力于"怖"字,强调"天骄"之威、英雄之孤独。全诗大气磅礴,却以"寂寂"收之,有味。

汶川萝卜寨

一生仰止是高山,岷峡奔雷上九盘。
妒杀羌人云外堡,雪峰万仞欠身看。

评点：

此诗着力于"高"，尾句新颖。

北川废城春草

寂寂废城花不春，圮椽腐瓦久封尘。
生机最属无名草，挺出卑微傲岸身。

评点：

此诗前两句着力写"废"，衬托后两句之"生机"。全诗用对比结构，句句亦自成对照。对比既是宇宙万物存在的形式，亦是存在的内容，因而人之思维、科学之思维、诗之思维，最能于对比中见力、见性、见异同。此诗因对比而有劲道，后两句以高傲写平凡，有骨气。

过江油怀李太白

太白文章在，骊珠谁与探。
狂从天谪堕，气作海包涵。
欲障波澜倒，岂防豺虎眈。
萁煎新釜豆，缨濯旧江潭。
彼独悲清醒，吾尤恣酕醄。
风骚神莫二，人月影成三。
郁郁圌山翠，幽幽涪水蓝。
廿年劳鞠育，一舸下东南。
虽不鳞鳞返，终无碌碌惭。
声名满天地，旷世说奇男。

评点：

五言排律自杜甫始，中唐元白、韩孟酬唱造其极。因其据五律展开，所以除首尾两联外，皆须对仗，每两句为一联。对仗难度已大，更需学问典故，所以比

写作一般律诗难得多,古今作此体者不多。此诗"狂气"联、"其缨"联、"风人"联、"虽终"联属对颇工。诗之结构次第亦清晰紧凑,首尾呼应好。以二十句写李白一生,选裁尤见学者功力。

读新疆生产建设兵团战士诗词集《军垦颂》

中原虎旅定西陬,留戍天山五十秋。
解甲犹存精锐气,扶犁更任远深谋。
诗情竟与桑麻长,词采不随禾菽收。
鞅鞯一编军垦颂,盛唐谁数旧嘉州?

评点:

颔联、尾联最好。

沈　园

人间无物似情浓,故国思深初恋同。
未必风雷碍云雨,何妨儿女是英雄。
春波不改千秋绿,花信犹争一萼红。
天为九州留挚爱,典型只在此园中。

评点:

首句特好,"情浓"领起全篇。颈联好,意蕴深而造语自然确切。尾联关合甚佳,"典型"一词略俗。第三句可商。

谭嗣同

笑对斩刀呼快哉,浏阳有士戴头来。
事功莫以亏成计,辛亥须从戊戌推。
楚俗嗜椒风亦辣,湘人嫉恶火难灰。

至今土产冲天炮,掷地犹惊贯耳雷!

评点:

首联真好,"戴头来"气势十足,配得上谭诗"我自横刀向天笑,去留肝胆两昆仑"。"斩刀"见明唐顺之《武编》。颈联巧妙,尾联以俗为雅,新颖。

踏莎行·题章辉先生《诗的魅力》

和月分梅,带霜采菊。一肩挑出深山谷。
说诗人是卖花人,卖花声里幽香扑。

不拣怡红,不拈快绿。斑斓五彩全收蓄。
读诗人是赏花人,赏花莫厌通宵烛!

评点:

通篇巧思秀语,清新明快,人、事、语、境皆优美怡人。和月分梅,谓折梅花连月光也一并折取了。带霜采菊,谓采菊花连霜华也一并采摘了。不知"带"换作"披"、"谷"换作"馥"如何?

望海潮·海魂颂

纪念郑和七下西洋六百周年。郑和所驾宝船,造于南京龙江,工场遗迹犹存,今已辟为宝船遗址公园。海上丝绸之路,起点在此。

乾坤英气,炎黄俊裔,文明岂止农桑。
东渡鉴真,北追徐福,舳舻千载相望。
玉帛睦群邦。更郑和奉使,七下西洋。
廿八年风,十万里浪,只寻常。

今当,日月重光。看金镶浩瀚,银镀苍茫。

雅典开罗，悉尼纽约，都成隔水邻庄。
楼舶溯初航。问丝绸海上，路起何方。
雄魄来归，宝船编阵发龙江！

评点：
意远事丰，足见史识。歇拍好，举重若轻。换头二字似可斟酌。

望江南

沉沉夜，泼墨写千山。
重叠山如澎湃水，尖纤月是水晶船。
黑海钓波澜。

评点：
短章见巧，是作者之优长。山水月船之比喻精美。

行香子·梅

不近雕梁，不远泥墙。也不惹、蝶乱蜂忙。
只依竹户，只伴松窗。放几枝红，几枝白，几枝黄。

不仰韶光，不俯严霜。也不恨、深雪埋藏。
芳菲无数，细细平章。总输他瘦，输他拗，输他香。

评点：
由形及神，巧写梅花，不落俗套，寄寓雅人深致。唯四"不"句或可商。细忖作者之意，或许是以"不近雕梁"表示与富贵者保持距离，"不仰韶光，不俯严霜"表示无求于春光，不屈服于严霜。全词写梅暗寓富贵不能淫，威武不能屈，贫贱不能移之意。然而作者似乎拟人太过。其实梅之特性，首先是自然而然，可远雕梁，可近泥墙，或依竹户，或伴松窗，也惜韶光，也爱严霜。当然，这只是笔者之见，并非挑剔短长。咏物之词，因物见性，意趣和用意总是因人而异的。

西江月·五一二大地震四周年北川废墟中见红玫瑰一束盛开

四十九番圆月，一年一度春风。
红玫瑰似血鲜红，不省当时谁种。
未化双飞蝴蝶，定成并蒂芙蓉。
天崩地裂死生同，遮莫钗头孤凤。

评点：
意深味长。尾句惊心动魄。

（原刊于《诗词家》2015年第6期）

曹旭诗

曹旭,字升之,号梦雨轩主人,江苏金坛人,上海师大特聘教授、博士生导师、国家重大项目首席专家、中华诗教学会副会长、上海市文史研究馆馆员、中国作协散文作家。已出版学术著作《诗品集注》《诗品研究》《中日韩诗品论文选评》等;散文集《岁月如箫》《我是稻草人》《客寮听蝉》等。

曹旭是特富诗性的学者。他有时自介曰:"待人如赤子,演讲有激情,以真善美为宗教;喜欢书法、摄影,喜欢边走路边唱歌。"他兼擅自由诗和格律诗词,思想、学识、情怀、情趣、才艺俱佳。其作多绝句或律诗,少见长篇。

山 寺

独宿离群久寂寥,小楼闲倚一支箫。
京都夜半南禅寺,雨打芭蕉是六朝。

评点:

意境美丽。是客居寂寥之诗。乡愁缕缕,思绪乃从客舍京都远驰故国六朝。尾句用中国诗歌中的传统意象,不仅含蓄着乡愁,更隐喻历史沧桑之感。

春 居

文词郁郁苦难申,雨洗春衫旧酒尘。
负尽狂名花下客,一帘风絮病诗人。

评点：

龚自珍《漫感》诗："绝域从军计惘然，东南幽恨满词笺。一箫一剑平生意，负尽狂名十五年。"此诗借定庵诗意写自己胸中块垒。

自题小像

白川樱落断桥西，飞鸿足迹遍春泥。
纸窗高咏曹居士，闲处京都花满衣。

评点：

京都有水名白川。此诗文思馥郁，气象典雅，颇得文士赏樱之趣。

岁末感事呈诸兄

少年心事梦如烟，长夜不眠失怃然。
巴国红歌虽盛世，江南文化是荒年。
新开博客书环屋，更着离骚欲问天。
水火无情终乱象，讣闻又到短檠前。

评点：

"巴国红歌"点明写作时间，提示时代背景，时有地震灾害，讣闻不断。以"不眠"引起，以"盛世""荒年"对举承之，显示忧患心思，家国情怀，问天深意。尾联似谶似悲，寄寓文士心殇。

江汉别怀川兄兼呈昌平丹尼漳平啸龙稻田耕一郎诸君子

人生歧路别，挥手泪潸潸。
夜气横舟渚，江声咽故关。
天风分楚水，晓雾失狼山。
怅望情如寄，投诗赠素颜。

注：此诗与以下《登江陵北门楼》皆考取复旦大学博士研究生入学后作。

评点：

人情渐薄之世道，交通和通讯发达之时代，惜别之意已如远古化石般罕见。升之先生却有如此浓郁的古典情怀，绝非矫情，全然发自肺腑，从胸臆自然流出，特有一番雅人深致，真正是"待人如赤子"。

登江陵北门楼

江城五月梦曾游，千里平川一望收。
山带夕阳沉草市，江盘曲水入荆州。
苍苍树色浮天远，淡淡荷香侵客舟。
王粲骞时人未识，空吟秀句说新愁。

注：成为王运熙师首位博士，幸何如之！谨呈恩师，兼呈杜兰亭先生。

评点：

春风得意之际，不免自负。诗意流畅舒展，有李义山之婉转隽秀、杜牧之之矜持俊爽。中间两联对仗精巧。

纪念黄遵宪逝世八十周年奉和郑子瑜先生二首

地依人境结庐居，倚杖梅江羡鸟鱼。
百尺桐阴如有待，帘留花气袭人初。

百花洲畔独吟哦，满眼青山夕照多。
谁念神州成逐鹿，英雄老尽泪滂沱。

注：应郑子瑜教授之邀赴香港中文大学中国文化研究所访问讲学。

评点：

咏史之作，意味深长，有沧桑感。第一首三、四句优雅，第二首三、四句气韵沉雄。

与诸子登光华寮

光华寮上望神州，往事惊心只泪流。
读尽百年民国史，伤心不独为悲秋。

注：光华寮，京都大学中国留学生宿舍，日本京都法院判属中国大陆所有，大阪高等法院判属台湾所有，各执一词，官司纷争。唯危楼斜阳，无人叩门。

评点：

小诗而寓大感慨，意蕴深沉。

初　夏

京都五月枇杷黄，尽日飞花叩梦窗。
独有江南听雨客，箫歌倚剑任清狂。

评点：

美丽的孤独。二、三句尤好。少年读龚自珍，心仪其剑气箫心，至此依然。

中　秋

他乡又见木樨花，笛里关山梦里槎。
游子有情皆望月，中秋无客不思家。

注：1993年11月作于日本京都北白川上客寮。

评点：

优美舒畅之诗。三、四句对仗好。

京都地名漫吟二首

访学京都,讶其巷陌地名多存西京之旧,饶有唐宋古意,遂掇成绝句以遣闲暇。殆乏诗味,他日可作京洛旅行地图玩之。

紫野泉堂七本松,六轩町下御池通。
东山忽作左京客,北白川原鸟羽风。

二轩茶屋冷岩仓,宝宝池深泥地凉。
上贺茂前神社月,三千院里白如霜。

注:紫野泉堂、七本松、六轩町、御池通、东山、左京、北白川、鸟羽、二轩茶屋、岩仓、宝宝池、泥地等,皆地名。

评点:

巧妙有趣,舒畅自然,即使不知其地名,也可赏其诗趣,想像异域风情。

东瀛感怀五首

清水凯夫教授相邀与杨明兄同游京都岚山

一川红树半江岚,染尽京都雨后山。
最是消魂人指处,风光依约是江南。

评点:

此诗情韵意境俱佳。一、二句写京都红叶季节,传神美丽。"半""染尽"皆高妙笔法。三、四句转得更好,由他乡之美引发故乡之思,自然而深潜。"依约"二字妙,包含许多不确定性,启发想象空间。"指"字用力略过,换"望"似更蕴藉。

平成六年元月

千里云山入望迷,乡关别后梦依稀。
新年不觉钟声动,夜半归寮雪满衣。

评点：
客里情怀,雅人深致。

客中呈蔡毅兄

自别江城柳絮飘,清歌难解是无聊。
新晴小阁闲三月,客里春风吹玉箫。

评点：
同为异乡游子,客里情怀相通。"吹"若换"动"似略好。

赠内人

追忆情怀总不如,断肠春色满京都。
未歌先敛恹恹病,雪月风花两地书。

评点：
此诗用典清嘉,既见学问,更见性情。韩愈《早春呈水部张十八员外》："最是一年春好处,绝胜烟柳满皇都。"此处反用韩诗春意,"断肠春色"四字极深切,写出铺天盖地的相思之情,可与秦太虚"飞红万点愁如海"、贺梅子"试问闲愁都几许"意境媲美。第三句从欧阳修《定风波》"年年三月病恹恹"化出,点化绝妙。第四句化用鲁迅《两地书》故事,以"风花雪月"寓经年离别之相思,恰当。

客寮

书卷经年伴客寮，山窗听雨暗红蕉。
何时仗剑还中国，重过江东娶小乔。

评点：

第二句优美。三、四句狂放。"重过江东"似从项羽故事化出，"小乔"乃三国故事，入杜牧诗意，"剑"气似出自龚定庵诗。全诗或许只是思乡念亲之意，特别用一些重大故事、夸张之语，凸显归心，为平淡孤寂的书窗生活和离别相思的人之常情增加趣味，是一种幽默夸张的笔法。"娶"太贪心，曹师顽皮，当然也是男儿本色。若作"访"或"问"似更蕴藉。但升之先生常常是不太喜欢过分矜持含蓄蕴藉的，他似乎更喜欢率真，仗剑娶小乔，这感觉太好，矜持什么呢？平庸之辈才喜欢故作矜持呢，好性情好才华的人横溢就好。

香港回归感赋

岛屿层层倚画楼，珠崖割弃尽神州。
江山恸失千夫泪，云雨萧疏百感秋。
故国青衫催客梦，他乡白发待归舟。
于今喜庆欢腾日，紫树花开满玉瓯。

评点：

以香港回归为题的作品，多见喜庆歌颂之作。此诗感慨深沉，着意于历史沧桑，"百感"是诗眼，特见学者之覃思。中间两联属对精工，又如行云流水。

初见日本樱花

鸭川江畔独吟行，渐远家山云外轻。
忽见樱花如雪海，故乡明日是清明。

注：鸭川是京都城中河流，两岸古樱千株，樱花时节缤纷璀璨。
评点：
以"独"字引出故乡思绪，深长的乡愁隐约花海中，正是乡愁如海之意，诗味清美温润。尾句是盛唐诗笔法，由此及彼，将读者的思绪引向远方。

过南禅寺

寻春不觉路横斜，古寺登临景最奢。
过尽南禅抬望眼，青山一半是樱花。

注：京都南禅寺是赏樱胜地。
评点：
优美！如仙人游仙境。尾句实写，令读者如临其境。"抬"换"抒"可好？

梦　樱

清明草色绿如裙，游子携壶半已醺。
梦里千山飞绛雪，樱花涨断一川云。

注：梦中樱花纷谢，如绛雪之落千山。
评点：
既是梦境，则樱花如"绛雪"当然可以。结尾秀句，大妙！

月　下

蜗处京都鬓已华，木屋思乡不见家。
客子临风吹玉管，美人和月赏樱花。

注：1994年春夜与林祁、冯克瑞诸友游京都清水道，忆之景况如昨。
评点：
杜子美鄜州忆内笔法，杜牧之二十四桥神韵，曹升之客寓天涯深情。

别呈晓平、志啸兄

流寓东瀛车马迟,他乡执手故人知。
临歧一别东风急,大阪樱花暮雪时。

注:2001年余在京都大学访学,天津师大文学院王晓平教授在大阪大学任教,复旦大学徐志啸教授在京都外国语大学任教。三人相约在大阪城赏樱,又于京都酒肆小酌,他乡遇故知,皆乐不知南北矣。

评点:
三、四句澹荡、浑茫,好性情,好诗才。

客寮饯别张伯伟

帘间清酒半壶春,东国行吟旧雨痕。
今夜偏知有此醉,东山飞月照离人。

注:张伯伟妙人也,南京大学著名教授,人品、酒品、学问俱佳。

评点:
永葆赤子之心,是诗人特质。客里相聚又离别,最是古今诗人之老生常谈,但如此预设一醉的巧思妙笔,实在新颖别致。厚意深情又以月照离人收束,韵味飘逸悠长。

独 宿

独宿西池人不眠,情怀缱绻五更天。
春风晓寺愁如许,多病诗人似去年。

评点:
天涯风雅一升之,孰与春风共此时?孤独!

别冯克瑞兄

檐下风铃独自鸣，中年哀乐况班荆。
客中送客飞鸟外，大阪长风千里行。

注：冯克瑞，中国留日学生，时有赴美国之念。余回国时相送至大阪国际机场。客中送客，有班荆道故之谊。

评点：

三句"鸟"拗，四句"千"救。客中人送客，去留各异而情怀相通。漂泊天涯的孤独感借"风铃"鸣奏之。"中年哀乐"典出《世说新语·言语》，谢太傅语王右军曰："中年伤于哀乐，与亲友别，辄作数日恶。"王曰："年在桑榆，自然至此，正赖丝竹陶写。恒恐儿辈觉，损欣乐之趣。"况即比况。班荆典出《左传·襄公二十六年》："伍举奔郑，将遂奔晋。声子将如晋，遇之于郑郊。班荆相与食，而言复故。"杜预注："班，布也。"伍举与公孙归声是好友，二人不约而同都准备到晋国去，在郑郊相遇，扯几把茅草铺地而坐，边吃东西边叙旧。这是一个患难漂泊中不期而遇的温馨故事。中年哀乐和班荆道故两个典故组合连用，在此诗的语境中十分贴切恰当，意蕴大增。

乙未酬王立群兄

不堪世事淡如烟，偶病江南亦可怜。
海内亲朋惟旧雨，天涯微信到羊年。

评点：
老朋友未必经常谋面，但情怀并未随岁月推移而淡薄。赤子真情。

（原刊于《诗词家》2016年第1期）

胡晓明诗

胡晓明师从王元化教授获文学博士学位，现任华东师大终身教授、图书馆馆长、华东师大文学研究所所长。兼任中国古代文学理论学会会长、中华诗教学会副会长、中国美术学院南山讲座教授。曾获香港大学同学会（UGA）研究奖金、上海市优秀论文成果奖、宝钢全国优秀教师奖等。曾任哈佛大学东亚系高级访问学者、法国巴黎国际艺术城访问学者、香港中文大学中国文化研究所访问学人。在近代诗学、思想、江南文学等方面有系列研究成果。著作有《中国诗学之精神》《诗与文化心灵》《文化的认同》等。曾应邀到德国、新加坡、加拿大、中国香港、中国台湾等地讲学。

作诗喜为七绝，尚哲理玄思，风格轻灵优美，颇有名士风范。

无　题

己亥冬游西湖。

琅琅遗章梦旧游，两峰清气想风流。
无边衰柳枯兰意，又是湖边第几秋。

评点：

己亥是1996年。这首小诗具有学人诗的特点。首先是有很多问题待解：有琅琅遗章的旧游是谁？苏轼般的古人？还是青春牵手的红颜？"第几秋"之问与序文"冬游"不合，当是故事时间，故事中人必已沧桑？然而"衰柳枯兰"来自陈寅恪，陈寅恪的古典又来自陶渊明，则不是一般的记旧游，当有深隐的兴亡古今之感。"衰柳枯兰"是一把解题的钥匙，在西湖想起陈寅恪，必然与《柳如是别传》有关。

柳传中谁与西湖有关，必然是柳如是。原来，"琅琅遗章"和"两峰清气"，都来自柳如是在西湖写的书信。此诗古典今典融合，用李商隐"无题"诗法，更是学陈寅恪诗风，隐约其事、朦胧其美。

壬午深秋暮雨长风公园湖畔偶作

空湖如梦思，细雨散成丝。
一绕一回久，长条折几枝？

评点：

长风公园离华东师大很近。作者以王摩诘般空灵之笔写禅悟之境，心或在渊远温柔处：细雨如丝，柳条如丝，思绪如丝。"折几枝"之问味道隽永：其岁月耶？故事耶？故事的主人公是谁和谁呢？

三月十日晨起大雪只身游西湖唐玲老师忽唤往老龙井兴尽而罢

玉树琪花第一伦，自将单骑尽佳辰。
冲开东舍篱前地，分得西湖雪里春。
二老招魂歌凤岭，子猷乘兴醉湖滨。
从今记得南山好，清景素心长作邻。

评点：

此诗清高窈纱，一尘不染，得魏晋雅人之高致。颔联精美，"分得西湖雪里春"是秀句。"东舍"或亦暗喻作者工作之地。尾联以陶渊明诗意作结，使全诗结构紧凑、意趣浑成。

讲学中国美院与杭州孔庙一墙之隔唐玲老师陪同参观

万古斯文万丈尘,湖边过尽听莺人。
飘零苍豆埋荒径,残断晓星没远津。
长忆返魂香聚窟,肯将心血唤来春。
依依门外万千柳,无限殷勤向客亲。

注:杭州孔庙在柳浪闻莺附近,然人迹罕至。孔庙藏有六朝石刻二十八宿图,为国内最早,已断裂。《太平御览》卷九五二引《世赞记》:"聚窟洲中,申未,地上有大树,与枫木相似,而华叶香闻数百里,名为返魂树。於玉釜中煮,取汁如黑粘,名之为返生香。香气闻数百里,死尸在地,闻气乃活。"余于去年秋美院讲读陈宝琛《落花》诗时曾讲及此典。本次讲座一项内容题为《孔子的文化心灵》。

评点:

孔庙在西湖胜景旁却人迹罕至,文物残破,是斯文之悲、儒者之悲。参观者偏偏又是讲孔学的儒者,其悲慨何其深重。全诗以智与愚、雅与俗、有情柳与无情人对举,凸显作者对儒学幽渺、斯文不昌之悲。

四月二日与妻儿游湖作

人间何处是归途,如此云山如此湖。
湖柳依依晴亦雨,云山渺渺有还无。
两峰人物缤纷玉,历代诗篇烂漫珠。
今日衔杯相忘后,臣本烟波一钓徒。

评点:

劈头叩问生命归宿,从容以联珠语答之,流畅自然。颔联承此展开,先写自然之永恒,对仗轻灵飘逸。颈联继续回答首联之问,转写人事之无常,而无常中亦有不朽。尾联自然转向自我审度:我之所爱、所乐又如何呢?我的自由和超脱在哪里呢?庄子说"相濡以沫,不如相忘于江湖",江湖钓徒有什么好?自由。可见同是游览西湖,有哲思的诗家与庸俗诗家大不一样。

对雪（选二首）

薄暮潇潇寒气生，鹅毛漫漫舞檐楹。
凭窗试向天边问，风雪劳人第几程。

征夫自古最情痴，归梦依依总阻迟。
心似漫天铺地雪，飞花日夜岂无时。

评点：

因风雪而问人生之艰辛，一问艰辛之远近，二问艰辛之始终。风雪是人生时空中一切艰辛之隐喻。两首皆忖度"风雪夜归人"这个普遍而永恒的人类故事，问得苍茫，问得深切，却没有终极答案。哲思的诗人，诗意的哲人。

咏汶川母亲二首

地裂声中抱子存，汶川有母八方闻。
如何不管身将碎，犹写惊天泣鬼文。

注：有母于危急时以身护幼子并写遗言：如果你活下来，你要记住，妈妈永远爱你……

护子拼身总不迟，也难母爱永相持。
不知此夜娘归后，哺子余温到几时。

注：有母于危急时长跪哺婴，废墟中长跪如石，婴儿独活，尚自吮乳。

评点：

2008年5月12日汶川大地震，大灾难中有大悲伤也有大感动。诗写两个感天动地的慈母故事，用"如何""不知"二问，写母爱之伟大温馨。这是泪目暖肠淑世美心之诗，是用人类良知写成的。

乙未春香港塔门岛踏青呈同行宏生春泓蒋寅雁平诸兄（五首选二）

无主群牛寂寞行，有情芍药绕枝生。
旧时牧笛飘何处，祇听风涛答岸声。

密林缠径脱身难，巉壁畏途力已殚。
最是彷徨歧路后，风柔浪静海天宽。

评点：
或许是现代都市人回归自然的感受吧，隐含着对静谧平和的心仪。短诗尤重转折，此诗家要诀，作者深通之。

庚寅年七月二十三日由西雅图飞上海，机上不寐有作（五首选二）

知更尽日放歌痴，蜂恋花丛蝶恋枝。
从此相思难再见，春风周末唱诗时。

长忆春深草递迢，飞花万片似鹅毛。
何人踏雪寻春去，寻过星城路几条。

注：小城春天有一种白花，漫天飞舞，天地为之旋转。

评点：
第一首写离人对花鸟的留恋，借花鸟以写离人对某地的留恋。表面上看，这似乎是一种有寄托却无具体对象的眷恋，但细看题目"西雅图"，联系到末句"周末唱诗"四字，可能是指教堂里的唱诗活动，因而相思的对象可以想象，即是这个唱诗活动中的人。第二首更是借特别的当地春天飞花的风景，不仅将此相思之情，化为漫天飞舞的雪花，更进一步想象寻春之人，踏过深深的积雪，去探望记忆中美好的星城。两诗皆能点出本地风光，又含吐不尽，语近情遥。

辛卯台湾中央大学诗草（选三首）

松苞坠偃草，蝉壳抱柯枝。
雨过碧山远，天边看一眉。

石龙不避走，田犬入徐门。
流水松林路，蝶禽合断魂。

注：石龙即蜥蜴，中大多榕树，蜥蜴亦多，往往于树旁昂首向人。蜥蜴古称虺蜴。《诗经·小雅·正月》："哀今之人，胡为虺蜴。"孔疏："虺蜴之性，见人则走，民闻王政，莫不逃避，故言为虺蜴也。"这里反用其意。徐门：中大校园野狗甚多，为保护动物，绝不捕杀。至有狗踱入徐教授教室听课之景观。教授有文章记之。中大校园有百花川松林步道。

案牍抛却后，人亦跃于渊。
记得灯明灭，腾波庋九天。

注：中大温水游泳馆，每天都去，最后一个离开。令人难忘的是，闭馆熄灯之前，灯光有无之间，潜于水中，如云海苍茫，伸开双臂，恍然飞鸟腾于云层之上。

评点：
客座教授别致的观感，自注已详。"天边看一眉"新奇。"腾波庋九天"气象不凡。

上海世博园梅赛德斯中心登临四首壬辰夏

一片柔蓝万里天，浦江俯望思翩翩。
何时风景长相忆，最是江春入旧年。

星斗阑干缥缈间，大江奔涌不回还。

谁家风笛残阳处,忆得涛声第几湾。

飞榭临空几往还,乡思迢递隔重山。
如何独立天风里,犹恐缁尘点鬓斑。

黄浦江东望帝京,千层云绕万重城。
清风不用一钱买,明月何时浩荡行。

评点:

　　中年襟抱,沧桑蕴藉。"柔蓝"新颖别致。一个很刚性的男人,偏偏喜欢体会万里蓝天之柔,真有趣!"犹恐缁尘点鬓斑"是组诗中最美之秀句。四首四问,各臻其妙。第一首登高俯瞰,问旧时风景情怀依旧否?沧桑之感蕴含其间。第二首问大化驰轮,人类记忆能存几许?无奈之意隐约其中。第三首问宇宙无垠,斯人如何洁身独立?第四首问自由何在?四问之际,将诗思哲理置于宇宙自然、社会人生之中,反复斟酌,仔细考量,从容说与会心人。这才是哲人之诗学者之诗,不只是美丽,还山高水深呢。

(原刊于《诗词家》2016年第1期)

汪梦川诗词

汪梦川在南开大学攻读本、硕、博,师从叶嘉莹,2007年6月获文学博士学位,7月留校任教。现任副教授,兼任中华诗教学会理事。既治诗词之学,又擅诗词创作。专著《南社词人研究》获中国韵文学会主持评定的"龙榆生韵文学奖"一等奖(首届,2016年)。整理注释汪精卫《双照楼诗词稿》,受到陈永正佳评。其诗词颇多史论体,富含家国情怀,肝肠似火每如稼轩,诗律细密,风格沉郁顿挫有似老杜。

上迦陵师杖朝之寿

家隶镶黄旗,名著纳兰籍。
莲花是化身,降作京华客。
雏凤啭新声,辅仁初拔戟。
发轫便轶群,驼庵常啧啧。
南下已传衣,西游再展翮。
历劫见真如,功成在开辟。
嗟尔前贤书,妙论总难释。
言简同无文,行远意恐隔。
良工善择器,不囿绳与尺。
此玉费琢磨,更取他山石。
大道无东西,奇正各有益。
庖丁运牛刀,指麾皆中隙。
东坡抚髯叹,梦窗手加额。
静安如有灵,海宁起潮汐。

自从一苇来，所至设讲席。
授受并忘年，谈艺每竟夕。
非好为人师，但愿振文脉。
廿年张一军，构厦赖老柏。
仁者靡所求，方寸自安适。
中寿望期颐，神采仍奕奕。
予生愚且晚，何幸得亲炙。
愿我小子行，长沐君子泽。

注：业师叶先生讳嘉莹，号迦陵，蒙古裔满族镶黄旗人，本姓叶赫纳兰，生于燕京旧家，诞辰恰值莲花生日。毕业于辅仁大学，顾随（驼庵）先生许为衣钵传人。曾任教于台湾及美国、加拿大等地。后回大陆讲学，于南开大学创立中华古典文化研究所。

评点：

杖朝之寿指八十大寿。《礼记·王制》："五十杖于家，六十杖于乡，七十杖于国，八十杖于朝，九十者，天子欲有问焉，则就其室以珍从。"为老师颂寿之诗，亲切典雅、朴实庄重，非常得体。我一直认为，弟子之于业师，是一种终生的阅读。梦川博士对老师阅读忖度如此深细，才有这样的"兴发感动"（叶师语），才能写出如此既真情又优雅的诗篇。五古诗通常不换韵，娓娓叙说，如促膝倾谈。此诗用入声十一陌韵，与现行国语声韵大异，读者不可以新韵求之。

谒黄花岗

神州半沉沦，梦梦几人觉。
沈疴既难起，施以虎狼药。
浩气为之引，病夫奋然作。
南天发惊雷，一声动河岳。
热血沃羊城，荒岗收毅魄。
士为天下死，不负平生学。
独惜英雄冢，百年亦萧索。

游屐尽纵横，黄花何寂寞。
江山自有灵，是处能寄托。
君看珠江头，木棉红灼灼。

评点：

家国情怀，男儿血气，英烈风骨，沧桑感慨。

绮　怀

梦遇知音者，恍惚在咫尺。
一笑若倾心，倏忽逝无迹。
焚香虽欲续，佳境莫可觅。
眼内杳斯人，惘惘复向壁。
幽怀那得眠，辗转念往昔。
推枕起彷徨，太息意未适。
开户出前庭，路转入阡陌。
中宵听虫声，四顾颇清寂。
香风时时来，池月如沉璧。
大士即现身，莲花映夜白。
值此好天然，何由失魂魄。
嘉辰不展颜，既去良可惜。
乃知菩提心，总为多情隔。
振衣方自哂，鸡鸣已终夕。

评点：

片时春梦，惝恍迷离，中夜徘徊，无端惆怅，终悟得菩提之心"总为多情隔"。一段情趣浓郁、风格绮丽的青春心理故事。文士多情，如欧阳子夜闻秋声纷至，徒叹童子何知。

新乐府一首并序

序

人间此何世,悠悠天知否。
虎豹据其上,豺狼居中守。
狐鼠亦跳梁,伙矣此群丑。
吮血复磨牙,万姓如刍狗。
小民何哀哀,所望仅升斗。
视其水火中,孰忍掩面走。
我有菩萨肠,恨乏金刚手。
我无倚天剑,惟以笔代口。
文字或无功,良知不敢负。
人心岂尽死,存之以观后。
此意何区区,识者为吾友。
乙酉癸未间,鄂东某某某。

卖瓜农

农家住城郊,谷贱将农杀。
思举数亩田,种瓜以为活。
苍天不绝人,今岁颇多结。
晨起驱牛车,上市趁时节。
彼亦父母生,岂不畏天热。
只忧瓜价贱,惟愿日更烈。
彼亦父母养,瓜前岂不渴。
道上人苦稀,叫卖声已竭。
忽有猛士来,钱包劈手夺。
彼秤坚且粗,砉然应手折。
百战好身手,踏瓜犹踏雪。
事了拂衣去,是何雄且杰。
观者无奈何,巧言轻以蔑。

瓜皮不识相，大人慎莫跌。
瓜籽如彼牙，瓜汁如彼血。
狼藉复淋漓，吞声敢呜咽。
多谢好心人，论斤买瓜屑。
何如卖炭翁，心酸不忍说。

评点：

杜甫"三吏""三别"、白居易新乐府之情怀笔法。写"猛士"数句反讽笔法。"踏瓜犹踏雪"与老杜"吏呼一何怒"异曲同工。好心人"论斤买瓜屑"，见世间犹有温暖在。冷暖善恶对比分明，朴实叙述中足见肝肠馨烈，系于斯民，当世罕见矣。以诗代序，别致。

初冬重游蓟县盘山二十韵

京东有好山，誉声追五岳。
昔年故往访，历历全如昨。
道旁识老树，枝头数野雀。
闻名柿子黄，其大皆盈握。
口腹犹未足，累累满囊橐。
只今一身轻，来践前时约。
山藤援我手，巉岩苦我脚。
路尽转欢然，迎人见丘壑。
孤峰突作主，四围天漠漠。
登高思游仙，云中觅黄鹤。
径曲隔烟尘，洞深省帷幄。
松下垒白石，拾柴煮奇药。
回看林莽间，影动成斑驳。
凉风飒飒起，残叶纷纷落。
日暮归途远，渐觉衣裳薄。
游女不肯留，秋士悲怀作。

物性随时迁，此身竟安托。
出山何茫茫，古寺隐城郭。
独善固小乘，我愿求大觉。
收拾去住心，夷然与众乐。

注：蓟县有寺名"独乐"。

评点：

游山而思"与众乐"，圣贤忧乐之心也。诗中深蕴古文士悲悯情怀、安身托命之心志。

灾雪吟

三楚之地年前暴雪成灾，奇寒为近五十年所未有。困居无聊，作诗以纪之。

我闻燕山雪，其大曾如席。
十载羁津门，未睹此神迹。
北国多暖冬，温室信亲历。
徒忆儿时乐，颇叹今非昔。
谁知玉龙群，掉头忽南适。
兹游兴正酣，兼旬战犹激。
阴云未曾开，大幕沉沉幂。
遂令三楚间，千里裹素帛。
清野何萧萧，不辨阡与陌。
夷险安可知，浅深凭摸索。
池冰厚可行，檐溜长逾尺。
水寒凝不流，炊爨时蹙额。
闭户进羊酒，冷气犹夺魄。
围炉嘘残灰，拥被捱长夕。
因念道中人，愁怀更难释。
铁蟒困穷途，银鹰敛长翮。

进退不得所，四顾茫茫白。
迟迟行路难，凄凄陈蔡厄。
左右皆怨嗟，乡心远暌隔。
孤城各相望，路阻不可擘。
生资绝流通，万众争囤积。
行市失平准，物稀金如石。
祥瑞乃如此，群情转戚戚。
问天此何为，佥谓人之责。
尔性妄且贪，惟知眼前益。
透支每无厌，后祸非所惜。
戾气乱天和，既坏不可逆。
一旦变起时，应对乏良策。
人生天地间，小大岂可易。
浪言人胜天，天威人莫敌。
我愿地球村，人人常悚惕。
须留子孙田，慎勿恣开辟。
苟能顺自然，乐土犹可觅。
不然思去汝，永为外星客。

评点：

思深意永，警世恒言。

惘惘诗

为生何不乐，劳劳亦可怜。
谁云小有才，自问颇茫然。
学书难五体，学诗阻三关。
论史不入时，掩卷每长叹。
人心日沦夷，自保犹胆寒。
厚黑通古今，变化穷万端。

持此照世俗，历历见群奸。
遂教孽海底，了若燃犀看。
我欲求解脱，一念犹未坚。
嗔痴俱不免，去住日纠缠。
偶惭自了汉，还慕地行仙。
天人颇交战，方寸剧忧烦。
下士愿闻道，私淑五千言。
新来亲藏密，修梦弃南禅。
因缘窥本末，生死解连环。
才知我非我，已惊山外山。
何当合佛老，性命两成全。
逍遥游大象，破碎虚空间。

评点：

"为生何不乐"？这是古今文士恒长之问。诗有"十九首"之悲慨，左太史之沉郁。

咏清遗民三首

大厦方倾孰与支，纷纷冠盖竞奔驰。
心头万绪成缄口，笔底千秋续谤词。
太上忘情期此日，小斋有酒忆当时。
人前何限龙钟态，为问炎凉总不知。

日沉天际几归鸦，白发东陵学种瓜。
旧垄久违能荷莜，郊原向晚忍驱车。
老臣多病难持重，少主无愁只坐衙。
高论清谈竟何用，中宵心事对灯花。

连编恨史看从头，一姓谁能万世谋。
胡骑窥江终有汉，洋船横海岂从周。
方悲乃辈成猿鹤，又痛斯文伍马牛。
彻耳鸡鸣犹未已，伴他风雨哭神州。

评点：

借遗民酒杯，浇胸中块垒。"为问炎凉总不知"，无奈之悲。"中宵心事对灯花"，无用之悲。"又痛斯文伍马牛"，无解之悲。斯文虽然扫地，家国情怀难泯，有大悲大忧者，盖因风骨未堕也。此非写诗，乃以心血写心殇也。至于平仄格律，已至从心境界矣。

咏南社三首

高楼醉饱自狂呼，眼底千人付阙如。
意气便申黄石略，纵横欲请孟尝车。
移山力尽身填海，说剑心灰手著书。
汉祚重光才几日，不堪寥寂子云居。

文章自古不封侯，漫说南山牧马牛。
虎豹当关羞北面，英雄入彀恨东流。
销沉万口横磨剑，辜负千金大好头。
经国奇功终一梦，初心谁在悔依刘。

几复风流应不输，半称名士半江湖。
武功文学皆家事，宋调唐音俱野狐。
党社自来申铁血，词章空使费工夫。
书生大业谁成就，老却高阳旧酒徒。

注：几复，南社每以明末几社、复社自况。

评点：

二十世纪初，南社是当时中国最大的诗词社团，名士云集，革命倾向鲜明，是辛亥革命的文化羽翼。梦川博士精研南社十余年，深体时艰，知人论世。此组诗实乃史论体，风格亦似南社名家，奇情壮采，颇有"不负少年头"之雄风伟气。

咏维新三首

神州人物漫追思，百日风云剧可悲。
节度尽为蛇鼠辈，书生空作帝王师。
真龙海上囚鱼服，国士刀头剩豹皮。
去住苦心谁识得，无多豪杰半迟疑。

注：谭浏阳尝云"不有行者，无以图将来；不有死者，无以酬圣主"，惜其苦心，会者几何！

梦梦天道已乖张，济世何从问药方。
漫看千秋成走马，且依三世说公羊。
几人跃跃称盟主，一士栖栖慕素王。
涸辙难容南海水，江湖曷不亟相忘。

举国汹汹若中风，斯人独立自称雄。
新民尽把遗民逐，今我还将昔我攻。
集矢献身心已遂，饮冰疗热愿无穷。
书生吾亦为倾倒，一代销沉果念公。

注：梁任公《自励》诗有句"十年以后当思我，举国犹狂欲语谁"，念之慨然。

评点：

百日维新，百年沉思，史论深沉，诗笔老辣，非精于学深于思者不能为。

所 思

经年寥落甚,五内似弹棋。
盛气非关酒,穷居不怨诗。
情深妨学道,魔重转生痴。
欲作冥鸿逝,人天有所思。

评点:
书斋寂寞原本也是书生之所爱,但制度使读书人"经年寥落甚",也就难免有变风变雅之音了。

崖山吊古战场

龙战当年剧可悲,孤臣敢死力难支。
中原已久亡秦鹿,南徼如何拒佛狸。
水德方开胡虏运,人心空念汉官仪。
海潮磨洗无虚日,谁护遗民血泪碑。

评点:
一代痛史,千秋感慨,"宋亡而无中国"之论良有以也。

读南明史

太息朱明三百秋,乾坤又见海横流。
亡羊已恨牢难补,养虎犹思皮可谋。
乱世士民真共死,偏安将相岂同仇。
秣陵王气终消歇,天命而今兆建州。

注:努尔哈赤起自建州女真。

胜败徒然一局棋，千秋无奈党人碑。
患生肘腋平无望，变起关山应已迟。
局促偏能争拥戴，蜩螗终未释猜疑。
家居大好谁撞坏，阉竖清流两不知。

天道微茫此日知，兴亡有数到无迟。
匹夫几处标奇节，君子何从乞义师。
薙发不妨留贱命，埋名未许试鸿词。
黄书空自成心史，此后休论夏变夷。

注：《黄书》，王夫之著。

评点：

咏史诗古亦有之，唐刘禹锡李商隐杜牧尤擅。梦川以诗论史，体近杜甫，神似刘、李、杜，反思深意，可鉴之今后，咏史之作正当如是。

甲午盛夏朝峨眉

长驱迤逦入三巴，天府佳名岂浪夸。
暂得乐山兼乐水，会须餐馔更餐霞。
新知如故情何切，蜀道云难兴未赊。
换着缁衣明远志，遍寻遗迹访洪崖。
麻鞋初踏身尤健，竹杖亲扶趣益嘉。
消夏凉风吹猎猎，洗尘时雨洒些些。
龙潭直渡绳桥阔，兰若旁通石栈斜。
无始劫来生宝树，不经意处放奇葩。
山开一线凭神斧，径转千回走怪蛇。
隔涧腾猿真地主，在林啼鸟比频伽。
清音洗耳山僧磬，殊味留唇野店瓜。
古洞斋心思隐士，寒溪濯足近仙家。
便登弱水回头岸，已见恒河到底沙。

天半飞车劳接引，云中辟路省攀爬。
高台眼外看明灭，积雾身傍幻迩遐。
宝顶流光金约略，烟峦沐日翠交加。
望峰能即心随息，向佛如归思不邪。
圣地庄严铸香象，福田清净种莲华。
愿行广大施援手，觉海宏深导泛槎。
最是人间善男子，几番低首舍身崖。

注：得本家汪泅殷勤接待。

评点：

此七言排律。五言排律始自杜甫，元、白多以唱和玩之。排律之难，不仅在于篇幅，尤在对仗，除首尾两联外，中间每联皆须对仗。五排已难，七排更难，故古今人皆少为之。梦川特意为之，且每联对仗工整，篇章圆熟流畅，次序井然，描述过程真切瑰丽，如引领读者同行，又由表及里，思忖人性与佛理，足见才华、学识、诗性诗思。

恭贺迦陵师九旬寿诞

人境藏书舍，高楼辟讲筵。
何时来海客，此地有词仙。
论学参西哲，持身象古贤。
金针随手度，家法用心传。
指点廓迷雾，神游入太玄。
妙音除俗谛，大力破狂禅。
阅岁盟三友，弘文任一肩。
九如希白叟，千叶证青莲。
乐道成孤往，营生笑十全。
小休曾未赋，知我者其天。

注："人境"句用陶渊明"结庐在人境"诗意。"何时"句谓先生海外归来，

又用姜白石《翠楼吟》句"此地宜有词仙"。"妙音"句,佛典载有"迦陵频伽"鸟,又译作妙音鸟,谓其声音极为动听,此以喻先生之讲课。"俗谛"则谓世俗浅陋之理。"狂禅"本谓学禅不当而流于狂妄,亦以喻学术之悖理者。三友:岁寒三友松竹梅。九如:祝寿之词,出《诗·小雅·天保》连用九个"如"字。千叶:《大般若经》载佛尝以千叶莲花授菩萨。十全:乾隆晚年自诩为"十全老人",此指追求世俗生活之所谓完满者。小休:《诗·大雅·民劳》,"民亦劳止,汔可小休",此谓先生至今勤于教学科研,未尝有小休之意也。知我句,《论语·宪问》:"子曰:'不怨天,不尤人,下学而上达,知我者其天乎?'"

评点:

师八十而寿之,弟子之幸事。师九十又寿之,更幸事也。今年春节吾于南开大学谒迦陵师,如沐春风,再读此诗,感同身受。念吾之业师,多已仙逝,幸半肖居先生健在,年逾八秩而不肯小休,偶与门弟子聚谈,孔颜乐处融融。愿普天之下,师生之乐皆能如是。

蝶恋花

窈窕吴娃年二九。何事伤情,杜宇声中瘦。
镇日山眉如水皱。春眠懒起愁阿母。

悄典金钗偷学绣。尺幅香罗,着意消清昼。
一对鸳鸯嫌未够。添双蝴蝶花间逗。

注:梦中得上阕之半,醒为足成。

评点:

此青春绮梦,芬芳悱恻,活泼有趣。梦里吴娃春情浓郁,意态天真。可与次年所作五古《绮怀》(见前)诗并读。

水龙吟·南社百年纪念

百年箫剑无双，定公而后知谁者。
丹心侠骨，经文纬武，共推南社。
绝域招邀，中原奔走，术传王霸。
论封侯骨相，凌烟座次，声名在、倾朝野。

不尽书生身价。战欧潮、扶轮风雅。
蛮笺铁笔，古愁新恨，疾书闲写。
士气摧残，骚坛零落，此才今寡。
欲高悬众像、时时展拜，倩何人画。

评点：
首句言龚定庵之后，丹心侠骨首推南社诸公，真南社知己！"士气"乃全篇神韵所在。

浣溪沙·为中华诗教学会作

岭外熏风早送春，南天花雨看缤纷。高情东道比东君。

四海骚人临此会，千秋诗教感斯文。一杯谁醉杏花村。

评点：
风雅人有感风雅传续之事，清丽雅致。当时会间晚宴用酒，正"杏花村酒"，记录于此，有亦虚亦实之妙。

水龙吟·崖山吊古战场

战场依旧腥风，岭南痛史今登览。
崖山鬼哭，海门潮涌，恍然犹感。

铁马冲关,楼船断锁,水惊云惨。
念哀兵死志,负隅心力,兴亡恨、归销黯。

那有倚天长剑。剩孤臣、尽抛肝胆。
田横壮士,鲁连高义,千秋光焰。
三尺之孤,一抔无土,怨魂难遣。
问何人到此,将胡灭汉,汉张弘范。

注:当年崖山一战,宋军民蹈海死者甚众,堪与田横五百义士、鲁连蹈海不帝秦相比。"三尺之孤"谓少帝赵昺,陆秀夫负之投海,无地安葬。骆宾王《讨武曌檄》:"一抔之土未干,六尺之孤何托。"宋少帝年方九龄,故云三尺。

评点:
《水龙吟》词牌宜写激越情调,梦川每用之,可知善审音律。尾句似嫌过于坐实。

西江月·甲午冬日东湖宾馆泛舸

迤逦行舟欲稳,空蒙望眼都迷。
穿林时有好风吹,嗅得梅花香未。

草没英雄别馆,人留天宝谈资。
野凫呼趁日斜归,闲却一池寒水。

注:武汉东湖宾馆中尚存毛、邓诸公旧居。

评点:
歇拍问得隽永。"天宝谈资"好深意思。结句意味无穷,得"要眇宜修"之体。

西江月·偕内子武汉江滩漫步

云鹤何年重到,楼台几度新涂。
河山无恙迓今吾,吾更携来仙侣。

放眼晴川澹澹,同心微意区区。
临流弄影抑观鱼,咫尺大江东去。

评点:

这位梦里梦外许多年的佳人终成仙侣内子,可以"同心微意、临流弄影"了,多少快意舒怀驰荡于澹澹晴川大江东去之间,酣畅淋漓。诗词正当如此从胸襟流出,非为文而造者也。

(原刊于《诗词家》2016年第2期)

陈伟诗词

陈伟，字渺之，执教于韩山师院中文系。自幼研习国学、诗词学，尤其在饶宗颐研究方面造诣丰厚。其才其学颇得方家看重。饶宗颐尝叹人才难得，诗才难得，乃力荐大学教席。其诗词道艺精深，情怀渊雅厚重，颇得李商隐诗之神韵。其人却无意张扬，与今世一般叫嚣诗坛刻意扬名立万者大异其趣。

雪中登恒山醉赋

噫吁嚱，君不见长天绝塞一剑擎。寒芒万丈气纵横。
君不闻舜王于此曾阻雪。隔空遥望祀恒岳。
我来又逢雪如倾，振衣千仞且独行。
龙蛇壁走蟠仄径，树巢老猿鹤不惊。
攀岩惯听飙风吼，摩崖试剑字如斗。
散花天女舒广袖，纷纷万朵鬼工镂。
路转九折忽仰头，仙观嵯峨来豁眸。
斗角飞檐红欲舞，古柏插天翠自流。
紫气生宝顶，雄光射斗牛。
悬渡蹑屐过，乱霰披襟浮。
骑驴万一逢果老，犹可掀髯诵黄庭。
隐约芙蓉空外见，更接道心入杳冥。
弹指灭没邈无迹，黄仙吕祖亦何有。
琴棋台上唱大风，万山足下尽俯首。
天籁寥寥破冰弦，谁与同横扫愁帚。

醉酣抱云上峰巅，笑把岱宗呼小友。

吁嗟夫，雪扬酒热风抖擞。为尔荡残涮尽万古人心之腐朽。

注：舜王阻雪，相传舜帝过恒山，阻雪而罢登，望祀而去。此言其登临之难也。摩崖试剑字如斗：山上有太白"壮观"二巨字，犹如剑削。骑驴万一逢果老：恒山上有果老岭。相传八仙之一张果老曾骑驴过此。琴棋台：恒山上有琴棋台。扫愁帚：酒号扫愁帚。

评点：

此诗效李白《蜀道难》，亦真亦幻，想象瑰奇，辞采壮丽，不唯章法句法笔法似之，壮浪情怀尤神似。结尾忽然转出荡涮腐朽之意，可谓深得李太白之精神，并且蕴含着强烈的现实感。

沧浪亭

小坐沧浪好濯缨，波光飞白入长亭。
背人野鹭冲烟去，一角湖山自在青。

评点：

清奇隽秀。

杨　花

吹老相思坠梦愁，飞飞临去几回眸。
化萍惯是逐流水，渡尽荒波始自由。

注：此作学晚唐体。杨花即柳絮，传说杨花落水便化成浮萍，故用一"惯"字，强调柳絮漂泊的千古宿命。人类不亦如风中柳絮、水中浮萍一样在宇宙中漂泊吗？末句是对生命归宿的领悟：既然生命都是如此漂泊不定，那么一己之生命何去何从？回答便是："渡尽荒波始自由。"生命漂泊的过程往往不由自主，但自由无疑是终极的归宿。

评点：
难得作者如此细致地注解创作构思过程。"飞飞临去几回眸"秀美绰约。

夜饮赠乐山王军兄

围炉陈榻话兴亡，断棘披荆剑有霜。
斗酒平生求一醉，君能慷慨我能狂。

评点：
好情怀，好意气，好情趣，好诗才！"剑有霜"传神，尾句得意。

失 题

投梦荒江任化沤，逝波日月只东流。
行云有泪皆成雨，滴作空山一夜秋。

评点：
此诗似写恋情难达之苦衷。三四句出神入化，得李义山神韵。

对 月

偶然开醉眼，沧海几扬尘。
容我春云懒，还卿面目真。
三杯遥接古，万里近随身。
恍入清凉国，葛天归旧民。

注：葛天归旧民，上古葛天氏之民，无忧无乐。此句为倒装，意为：葛天旧民归来。

评点：
有劲道。佯醉佯狂，怀古伤今。

枯　草

荒原馀鼠迹，毒日逞龙鞍。
叶病虫仍噬，风威露久干。
同尘千里贱，守绿一朝难。
身萎犹能忍，根枯地共残。

注：此首为同情草根民众之作，通首以枯草为喻。神话云羲和驾六龙拖日，此言日毒也。

评点：

有家国情怀者，乃有此深忧巨叹。斯民之忧，与孟子、范仲淹同。

沽上访李师海涛

远山青待故人来，舟到津门郁塞开。
此日移樽思北海，当时抚剑说南雷。
飘萧柳带摇秋去，浩荡鸥波载梦回。
雪夜一灯听旧史，冰窗珍重岁寒梅。

注：孔融，世称孔北海。有联曰："座上客常满，樽中酒不空。"黄宗羲，号南雷。

评点：

"山青待故人""柳带摇秋""鸥波载梦"等句，句意、句法皆新颖脱俗。尾联遒劲。全诗既得晚辈访师之体，又渊雅隽秀，才华横溢。

春　尽

坐老湖山略欠伸，风前待卜去来因。
江涵古月初沉影，石炼流星未烬身。
九壤先埋千里马，百花特供一家春。
不知沧海浮根后，来日栽桑有几人？

注：末联用陶渊明《拟古》"种桑长江边，三年望当采……本不植高原，今日复何悔"诗意。

评点：

自负自伤，有李义山"莺啼如有泪，为湿最高花"之自怜自守。"供"字平仄可商：读去声，属宋部，同贡，名词，供品也；读平声，属冬部，动词，供给也。此句意思亦与全诗稍隔。

题徐公战前《山程水驿诗草》

陈榻长为孺子留，记曾说项啸云楼。
秋风匹马阳关道，片雨春帆白鹭洲。
杯底江湖供笑傲，眼中人物孰曹刘。
徐吟一卷消残夜，别有心光射斗牛。

注：首句用"徐孺下陈蕃之榻"典。啸云楼主刘梦芙不轻许人，然屡称徐战前之诗。

评点：

徐战前，诗杰也，豪爽磊落，恃才傲物。此诗深相许可，尽倾惺惺相惜之意，气象不凡。用典亦恰当。

无　题

太息风前散作尘，月腰瘦损晓星沦。
萤消碧落无明火，燕剪平芜有限春。
铜绿结愁除更密，泪红滴梦恐成真。
从来怯过城南路，坠尽桃花只一颦。

无　题

栖老修梧凤未安，断云零雨遇何难。
愿收月窟千秋白，来守梅心一寸寒。
风里青衿初定格，梦中红豆久成丹。
遥知此夕琼枝瘦，可有清光护玉栏。

评点：

以上二首似皆关乎恋情。佳人一顾，才子倾心。用李义山"无题"诗法，写哀感顽艳、泣泪成珠之情思，笔法曲折婉约，绮丽新颖。两首皆从"怯"字生发，皆以"梦"境收拢。二诗颔联皆奇秀，颈联皆深婉，尾联皆幽远。可置玉溪生集中矣。

冬儿贻野生山茶用大谢《瞿溪山》韵

隔江有桃叶，熏风来南浦。
花囊贮云腴，素手叩荆户。
眷言昨踏青，芳洲骞宿莽。
持此龙团献，愿得知音睹。
初泛绿浮杯，远寺传暮鼓。
香野愈温柔，嗅花思猛虎。
七碗笑卢仝，一滴味净土。
本自异俗甜，故留三分苦。

注：卢仝有《七碗茶》诗。

评点：

古朴。"远寺""嗅花"二句宕得开。写茶事得雅人深致。黄山谷《双井茶送子瞻》诗云："我家江南摘云腴，落硙霏霏雪不如。为公唤起黄州梦，独载扁舟向五湖。"此诗效之。结尾两句点化全诗，炼得脱俗意趣。

临江仙

又是小窗寒寂寂,飞来数点愁红。
酒阑无力问东风。忆花人自瘦,听雨夜谁同。

欲抱瑶琴忘旧曲,仙源路杳难通。
可堪灯下认初逢。秋波才一剪,心雪已先融。

鹧鸪天

终古波流听悔音,风樯阵马逝骎骎。
藏楼玉老云先避,隔浦鱼疏信自沉。

兰芷契,海桑心,人间久碎伯牙琴。
一杯春露冰同冷,落尽灯花月在襟。

踏莎行

坠絮逃空,落红谁主。悯然片片凌波去。
索春还我旧韶光,风兰一剪初成慕。

病久忘形,愁来无据。等闲检点当时语。
念奴此夕不胜衣,为郎听尽江南雨。

谒金门

花魂小,犟浅绿波缥缈。
乍雨乍晴天不晓,去来都是恼。

岁月当时静好,记得人人轻道。

醉里留春真草草，旧愁和梦扫。

评点：

以上四词似皆绮怀苦恋之作，可与《无题》诗二首并读。《临江仙》歇拍秀，煞拍痴。四词结尾皆秀句。蕴通篇之力，逼出结句之幽远，深得李义山之诗法。

百字令

辛卯仲秋与持社同人游九寨沟用厉樊榭月夜过七里滩韵

还山两屐，借沧浪，来洗云游尘躅。
晞发阳阿招鹤侣，坐听霜空吹竹。
快涧弹秋，老鱼剪碧，花梦波能续。
人间何世，空桑留我三宿。

好趁白社初盟，题襟印月，销尽平生独。
色色灵幡风自转，梵唱疏林茅屋。
天漏星流，舟藏海易，谁劝杯中绿。
萤开青眼，一双飞入深谷。

注：白社初盟，东晋慧远居庐山，与刘遗民等同修净土，寺中有白莲池，因号莲社，又称白莲社。

评点：

持社成立于2010年，首批社员（齿序）为：陈永正（顾问）、王翼奇、滕伟明、王邦建、蔡淑萍、杨启宇、王玉祥、熊盛元、王蛰堪、刘梦芙、陈仁德、段晓华、王燕、龚鹏程、吴金水、汪茂荣、魏新河、景蜀慧、张青云、潘乐乐、陈伟。这个名单中有十二位是《海岳风华集》（初版）成员，多为当下诗词界之大腕，弄潮诗坛。陈伟以年轻晚辈列名其中，可见前辈之期许。

此词写持社事。因与前辈诗家相聚唱和，所以多用典故以见渊雅诗才。"两屐"言人生苦短。《晋书·阮孚传》：阮孚爱屐，喜自制。曾叹曰："未知一生当著

几两屐。"沧浪"句言洗涤尘俗。《孟子·离娄》载《孺子歌》曰:"沧浪之水清兮,可以濯我缨;沧浪之水浊兮,可以濯我足。"孔子曰:"小子听之:清斯濯缨,浊斯濯足矣,自取之也。""晞发阳阿"句指文人雅集。《楚辞·九歌·少司命》:"与女沐兮咸池,晞女发兮阳之阿。"陆云《九愍·行吟》:"朝弹冠以晞发,夕振裳而濯足。"屈大均《登浴日亭》诗:"谁与同晞发,苍凉若木东。""霜空吹竹"句亦言雅集。唐薛能《秋夜山中述事》:"初宵门未掩,独坐对霜空。"又《赠禅师》:"夜堂吹竹雨,春地落花风。""快涧"三句亦言雅集弦颂之事。李贺《李凭箜篌引》:"吴丝蜀桐张高秋……李凭中国弹箜篌……梦入神山教神妪,老鱼跳波瘦蛟舞。"九寨沟正多清波快涧。"空桑"指琴瑟,此处引申为雅集。《周礼·春官·大司乐》:"空桑之琴瑟,咸池之舞。夏日至,于泽中之方丘奏之。"《楚辞·九歌·大司命》:"君回翔兮以下,逾空桑兮从女。"《汉书·礼乐志二》:"空桑琴瑟结信成,四兴递代八风生。""题襟印月"指雅集诸人抒写胸怀。温庭筠等有唱和集名《汉上题襟集》。"青眼"是欣赏的眼光。《晋书·阮籍传》:籍见俗士,以白眼对之。见嵇康,遂以青眼待之。黄庭坚《登快阁》:"朱弦已为佳人绝,青眼聊因美酒横。万里归船弄长笛,此心吾与白鸥盟。"

此词写"销尽平生独"之快意。结尾"萤开青眼,一双飞入深谷"是奇思妙想。就构思巧妙、修辞渊雅、表达老练而言,当时现场之前辈,亦当瞠目。

探春·有赠

用蒋鹿潭己酉秋暮韵

霞晕红羞,秋波绿瘦,罢琴人弄瑶柱。
袖薄欺云,窗虚让月,坐久盈鬟凉雾。
难共春风说,但浅笑,暗香微度。
看到芷醉兰愁,广寒输与眉妩。

听涩冰弦误否,怕环佩重来,啼鴂春暮。
烛剪心花,身披凤翼,今夜星辰无数。
一点灵犀在,直待把回肠深诉。

后夜传书,梦中或有鸿去。

评点:

此词牌又名《探春慢》,双调一百零三字,前后段各十句四仄韵。清蒋春霖《水云楼词》有《探春》词,因怀阿素而作。此词效之,所赠之人必亦情之所钟者。词之下片檃括李义山《无题》"昨夜星辰"诗意。李诗乃写苦恋难成之隐衷,此词似之,唯不知本事如何。

满庭芳·康乐园留别燕师

碧海吟龙,疏桐引凤,敲春竹杖堪追。
聚匆分骤,把盏数低徊。
歌阕泪汍如雨,任凉月,湔净青衣。
恐前路,波荒云渺,此去几时归。

离离。延帐下,卅年桃李,一径芳菲。
叹立雪迟来,老大空悲。
千载圯桥犹在,待明日,拾履如期。
长珍重,西风古道,折柳更依依。

注:圯桥拾履,用张良圯桥为黄石老人拾履典。

评点:

珍重相逢,忘年相许,敬重意味深长。并"老大空悲"、前路渺茫之感,依依离别之思绪,皆发自胸襟,至情至性,无一字敷衍虚饰。

(原刊于《诗词家》2016年第2期)

赵松元诗词

赵松元现为韩山师院教授、硕士生导师、文学与新闻传播学院院长,兼任韩山师院学术委员会副主任、韩山师院诗歌创研中心主任、《诗词学》主编、饶学研究所副所长、中华诗教学会副会长、广东中国文学学会副会长。室名瑶光阁,著有《古典诗歌的艺术世界》《慵石室诗钞点注》《选堂诗词论稿》《增订注释全唐诗·高蟾卷》《增订注释全唐诗·黄韬卷》《走进书法世界·书法欣赏》等。

韩师乃百年学府,远绍韩文公之文脉,近得潮州人文荟萃之助。松元主政多年,置诗词写作为必修课,这在目前中国大陆高校是罕见之举。又设诗歌创研中心,遍邀四海名家举办诗词讲座,主持多种诗词赛事,主办《诗词学》期刊。韩师学子受益多多,每于诗词赛事频频获奖。松元为人真诚豪爽,好友尚义,又多才艺,诗、书兼擅。其诗词旷放学苏东坡、辛稼轩,晓畅如白香山、刘梦得。

秋怀二首

一场秋雨一场诗,廿载分飞重聚时。
珍重人间情谊永,沧桑阅尽问谁知。

秋深爱晚总催诗,犹忆湘江横渡时。
且任朱颜半憔悴,当年意气最君知。

评点:

"廿载重聚"是叙事缘起,"秋深爱晚"是诗意发动的契机。青春岁月转眼就换了中年珍重,流逝的时光中富含深厚情谊。松元笃情尚友重道,于此可见。

中秋感怀

照眼繁华倦倚楼,聊凭杯酒度中秋。
青天碧海谁知我,望月心情遍种愁。

评点:

"倦倚楼"有味,"遍种愁"微妙,"谁知我"关键。此愁或非一己儿女之小愁,余与松元交久,知其有家国文化之志,难能可贵!

希拉穆仁草原策马

绿满草原蓝满天,迎风策马向云边。
茫茫大野任驰骋,一发轻狂学少年。

评点:

轻盈狂放,好心情。静安诗曰"一事能狂便少年",信然!

草原日出

草原凌晨五时即已天色大明,日出霞飞,晨起观之,虽严寒亦无惧矣。

江南报晓鸡犹梦,塞北霞飞天欲丹。
守得高原红日出,苍茫独立任风寒。

评点:

三、四句别有怀抱,一"守"一"立",特见意趣。

登韩祠侍郎阁

一阁巍然对混茫,登临兀自起彷徨。
文衰道溺今犹甚,寂寞秋江冷夕阳。

评点:

彷徨乃因文衰道溺。苏轼称韩文公"文起八代之衰,道济天下之溺"。今世衰溺尤甚,而振起者安在?所谓家国情怀、忧患意识,正如此也。末句"冷"字或不如"对"冷峻含蓄。则首句"对"字似可换作"出"。

壬辰冬日即事

闻道阴霾压朔方,凭栏无语立苍茫。
澄清玉宇终相待,谁挽南风过大荒。

评点:

有寄托。

潮州滨江路漫步

去岁冬日,北方雾霾严重,余尝有句云:"闻道灰霾压朔方,凭栏无语立苍茫。澄清玉宇终相待,谁挽南风过大荒。"吴君览之,曰:"苍茫无涯,甚佳。……南方亦有灰霾,玉宇澄清何时?奈何奈何!"甲午春来,雾霾笼罩潮郡,连月不散。一日薄暮,余漫步韩江之滨,既伤灰霾沉沉,又睹木棉花落,满地残红,感慨系之矣。

南国谁忧霾雾天,九州何处共澄鲜。
春怀寥落韩江上,剩有东风谢木棉。

评点:

"春怀寥落"是关键。可与前首并读,风神绵渺,寄慨尤深。

东丽湖枯荷（辛卯岁末）

韩山师院东丽湖中有荷田两方，夏日湖波微漪，莲叶碧绿，荷花婷婷，时见白鹭低飞，风景绝美。秋冬之时，则翠叶枯萎凋残，白鹭亦难见踪影，心戚戚焉。曹旭教授寄《读龚自珍集》诗，因用其韵。

徘徊湖畔意迟迟，忍看枯荷瘦若诗。
白鹭不知何处去，倩谁同咏绿波词。

评点：
"枯荷瘦若诗"秀句。

广岛和平纪念公园有感

相生桥下水东流，夕照废墟如血稠。
忍看风中摇曳处，梅花含泪伴人愁。

评点：
心事复杂。第二句"如血稠"似用力略过。

日本上野国立西洋美术馆观罗丹雕塑"吻"

神斧堪传不老情，千年一吻众生倾。
如何恒久成朝暮，窗外风寒听雨声。

评点：
第三句好，于朝暮与永恒之关系间着"如何"一问，味道隽永。尾句宕开，将人事引入风雨中，唐诗笔法。

桃花潭

澄澈波心漾碧天,桃花潭上忆诗仙。
踏歌人远千年后,红落缤纷独怅然。

评点:
后两句句法别致,意思悠长又轻灵洁净。

天 道

平远县五指石景区属丹霞地貌,栈道全长8.7公里,高悬千仞绝壁之上,人称"天道"。2013年12月14日下午与广东中国文学学会诸君同游得句。

谁言天道渺悠悠,踏破苍茫自可求。
云栈萦纡行绝壁,丹霞一片供清游。

评点:
"踏破苍茫"好。"自可求"有反求诸己之意。

甲午晚秋出海环游饶平汛洲岛

海碧天蓝波细细,二三白鹭自飞飞。
轻舟飘过汛洲岛,更向空明载日晖。

评点:
轻灵隽秀。"载"字似太实,"日晖"略重复。若作"惜落晖"或许更合此诗格调。

凤凰山访宋茶王文国伟先生

一路清风上凤凰,白云乡里访茶王。
茗香品罢舒青眼,坐对千山接混茫。

评点:

自然流畅,尾句有高远意。

平江石牛寨

丹霞峭壁插苍穹,鸟道攀行有爽风。
霜鬓安知老将至,齐争好汉过青峰。

好汉桥以铁索为之,高悬两峰之间。

评点:

劲爽,松元格调。

访克昌

甲午重阳后三日偕元雄杨鹏良争庆和国辉子平玉珍梦希游石牛寨后至平江访克昌。吾与昌别三十年始得一见,慨何如之。

一别卅年今始逢,相看鬓白染秋风。
汨罗江水悠悠绿,最忆麓山枫叶红。

评点:

与前"廿载重逢"诗并读,可见作者湘粤历程朋友深情。作者好友尚义,真性情人也!第三句转折力度稍欠。

西湖有怀

甲午闰重阳,参加杭州首届传统诗词节并谒两浙词人祠,后游西湖。

霜降钱塘意惘然,一湖寒玉笼秋烟。
词魂漂渺归何处,船在波心月在天。

评点:

后两句好。"归"若作"知"可好?结语一片澄明,有禅味。

春日有怀酬梅大圣教授

摇落天涯久,陶然学守贫。
涉江无桂楫,渡海有阳春。
萧艾熏宜远,木兰幽可邻。
至今思畹亩,芳意共良辰。

评点:

梅大圣教授亦吾友人,二十多年前识于沪上。其人质朴仁厚,勤勉又淡泊,良可交也。精研苏轼数十年,又自黄州至潮州,莫非循苏子之路耶?今虽已荣休,大隐于兰蕙芳沚,然笃好苏学或未尝稍减。瑶光阁此诗清淡雅致,正宜所咏之人,风义感人。

天涯海角辛卯秋末

身到天涯外,依然觅自由。
涛声清俗耳,椰影画高秋。
鱼跃心同远,鸥翔意共游。
行行沧海向,破浪御飞舟。

注：饶宗颐有"水到天涯更自由"句。

评点：

此诗特具刘梦得秋词神韵。

潮州紫莲山

吾道沉沦久，溯回何处求。
紫莲开浊世，翠巘供清愁。
石态奇尤峭，云心静且悠。
登临消垒块，岩上啸寒秋。

评点：

恍如屈子悲慨。

潮州寓居感怀

半日窗前看远烟，桥横秋水水连天。
沙洲风冷传箫管，鳄渡星稀泊客船。
从此乡关成怅望，而今海角是家园。
丈夫自有江湖意，无奈梦中听杜鹃。

评点：

漂泊是智慧人类生存之常态。此诗情怀佳，趣味雅，中间两联好意趣，唯"从此"似宜作"夙昔"。尾联转折顿挫有力。

海 天

海天浩渺野云高，同上翠微诗兴豪。
因是书香培玉树，竟从石砚种蟠桃。
蓬蒿岂自无才俊，碧海由来有玉蛟。

　　我最怜君中夜舞，银河一挽起仙涛。

评点：

此亦刘梦得秋词风韵，境界空灵飘逸。

香港旧体文学研讨会奉和黄坤尧教授

　　炼石安辞暑气熬，香江慷慨聚群豪。
　　风来海上澄天阔，云起山间逸兴高。
　　横笛赋诗肩道义，放言论学竟风骚。
　　秋心岂共年光老，会掣鲸鱼挽碧涛。

评点：

2007年8月香港中文大学黄坤尧教授召集举办"旧体文学国际学术研讨会"，会前作七律，唱和者众。吾亦有诗云："老火清汤细细熬，诗人自古远粗豪。切磋旧体精神贵，砥砺新风法度高。已有前贤存雅颂，能无后辈续诗骚？香江又见兰亭会，一写胸襟翰墨涛。"自分不若松元诗豪迈壮阔。

甲午重阳登清凉山用杜甫《九日》韵

　　落叶盈阶待谁扫，携壶相与上高台。
　　层楼隐翠参差过，丛菊怀馨自在开。
　　蟹酒风流天欲醉，诗书清朗梦尝来。
　　应怜海上鱼龙舞，白雁横空暮色催。

评点：

大历二年（767）重阳节，杜甫在夔州，时客寓夔州已二载，登高望远，自不免感慨身世，思亲念远。王维《九月九日忆山东兄弟》诗有"独在异乡为异客，每逢佳节倍思亲"之名句，杜甫必知之。其《九日》诗云："重阳独酌杯中酒，抱病起登江上台。竹叶于人既无分，菊花从此不须开。殊方日落玄猿哭，旧国霜前

白雁来。弟妹萧条各何在,干戈衰谢两相催!"多病之身,飘零之感,艰难困苦之处境,国家战乱之忧,弟妹离散之痛,百感交集。松元无此伤怀,故虽用杜韵并写秋意,但自在风流,心境清朗,与老杜之沉郁顿挫有别,盖人之处境、心境、性格气质不同,诗境自如其人。

调寄临江仙·将迁潮州次韵答山木老人

万里携雏迁岭表,临歧谁最相怜。
无言挥手碧云天。人生长跋涉,抚事百忧煎。

挹露栽桃同九载,当时情景依然。
也宜珍重晚霞篇。多情明月在,南北共婵娟。

评点:
松元离湘迁粤已是二十三年前事,其时方值青年,此词却颇老道。"临歧谁最相怜"用情深长,意甚珍重。前后片结句皆作旷达语,效东坡词意。

浣溪沙·访泉州师范学院赠校长黄子杰教授

2013年1月17日,韩山师范学院林伦伦校长率重点学科负责人访泉州师范学院,黄子杰校长设宴刺桐酒店,林同华副校长邀余赋诗。

好似桐花处处香,情浓于酒暖洋洋。韩江水碧晋江长。

海抱云霞成壮阔,心怀兰蕙自芬芳。相持若木共徜徉。

评点:
应景之作难工。借酒店名称入词,巧妙。全词雅致温馨,得宴乐之体。

八声甘州·甲午闰重九杭州传统诗歌节谒西溪两浙词人祠次颖庐啸云韵

挹湖山秀色涤襟尘，相邀上层楼。
怅芦花添雪，荷衣损翠，霜染眉头。
剩有金英烂漫，高抗对寒秋。
且就幽香饮，暂减闲愁。

千古词魂应在，问龙蛇争舞，雅韵谁酬。
向清溪十里，蜿曲有轻舟。
水波开、涵空摇碧，更纵心、天际与云浮。
苏堤畔，待团圞月，好放吟讴。

评点：

2014年逢甲午并闰九月，杭州有诗歌节，诗人聚集，期间有谒西溪两浙词人祠事。颖庐段晓华教授作《八声甘州》："唤无边画稿水风开，袷衣上高楼。正云思天外，寒来袂底，鹜起滩头。满荡芦花酿雪，簪取一枝秋。莫笑人先醉，醉好题愁。　　记否当关叩指，问词魂安在，梦影谁酬？又红曛冷浸，碕岸系扁舟。料鱼龙、腥波斗罢，更几番、断梗逐沉浮。惊鸿唳，听声声远，渐入渔讴。"啸云楼刘梦芙先生次其韵："甚沧桑未死楚骚心，空中幻琼楼？笑湖边诗侣，约来多半，雪已盈头。漫惜荷衣碧损，疏影最宜秋。掬取清清水，一浣离愁。　　遥指南屏山色，待披云绝顶，素愿能酬。况烟波浩渺，正好放轻舟。唤双鬟、红巾揾泪，送箫声、忽化剑光浮。残阳坠，望玲珑月，且作吴讴。"三词并读，颖庐词清泠幽雅见淑女本色，啸云词刚健婀娜有骚客风流，瑶光词则依然舒畅旷放，深蕴豪士情怀。乃知词如其人，非虚语也。

（原刊于《诗词家》2016年第3期）

易闻晓诗词

易闻晓，教育部特聘长江学者，贵州师大文学院教授、院长、博士生导师，兼任中国赋学会副会长、贵州省古典文学学会副会长、贵州省国学研究与传播中心主任。主要著作有《公安派的文化阐释》《中国古代诗法纲要》《中国诗句法论》《诗赋研究的语用本位》等，个人诗词文赋集《会山堂初集》等。

闻晓博士学缘浙大复旦等名校名师，博学多才，治学为政之余，诗、赋亦丰。其为赋家，恃才运典，渊雅宏富，动辄洋洋洒洒，长篇短制得心应手，当世罕见，颇得辞赋界美誉。其为诗词，才思敏捷，趣味高雅，每有汉、魏、晋诗歌感伤生命之况味，庸常诗者难望其项背。其为中华诗教学会理事，主诗教于一方，令校园诗风浓郁，诗才频现，风雅赓续。大学有如此师者，国学之幸，诗词之幸，莘莘学子之幸也！

己丑平韵春日漫成四首

漫斟美酒夜吟诗，料想春风不自持。
一梦元知人未老，窗前玉树已横枝。

频厌啼莺睡起迟，晴窗尽日卷香帷。
春光一入芙蓉镜，羞落风花玉树垂。

绿柳门前暗碧蹊，桃花浓湿压窗低。
不辞鹈鴂芳年妒，早是春风上玉笄。

孤窗早负梦魂邀，曾是江南客里招。

相对黔山同一怨，不堪和月教吹箫。

注：芙蓉镜，铜镜，背面铸芙蓉花。典出唐段成式《酉阳杂俎续集·支诺皋中》。鶗鴂，即杜鹃。屈原《离骚》："恐鶗鴂之先鸣兮，使夫百草为之不芳。"《周礼·夏官·弁师》："皆五采玉十有二，玉笄朱纮。"

评点：

逢春叹老，心有未甘。最后两句情味幽深雅致。"料想"二字似欠安。

和　作

折取金秋桂一枝，韶华三十八年时。
关山一望晴空上，为倩青云寄我诗。

评点：

爽气逼人。

秦　川

秦川驰辙望苍茫，黍稷初收柿子黄。
一抹青山秋色里，周陵汉阙对残阳。

评点：

写出秦川特别秋意。第二句以具象对苍茫，映衬得好。尾句转得悠远。

戊子中秋感怀

世间无奈又西风，岁岁光华与恨重。
已历残荷秋雨后，故寻芳桂月明中。
谢家赋罢音尘绝，汉苑人归词客穷。
一枕黔山长夜梦，茫茫今古俱谁同！

注：谢庄《月赋》，"美人迈兮音尘阙，隔千里兮共明月。临风叹兮将焉歇，川路长兮不可越"。《文选·司马相如〈长门赋〉》序谓孝武皇帝陈皇后别在长门宫，奉黄金百斤请相如为文以悟主上，复得亲幸。

评点：

引两位赋家事，或含自况自负之意。然无奈年华，又叹知音难觅，唯孤芳自赏耳。文心诗趣馥郁。

辛卯新春律句

岁寒堂上写东风，籀作梅枝太古松。
积雪千年明月白，浓脂一点破春红。
依稀倩笑诗编在，仿佛披香汉苑空。
梦到天涯花发后，洛城载酒共从容。

注：赵孟頫，"石如飞白木如籀，写竹还应八法通"。潘天寿："偶然落笔，辄思古人'石积太古雪'……不胜悁悁。"庾信《春赋》："披香殿里作春衣。"

评点：

自况也。观其用典，可知自视自期甚高。

塞 雁

闻道胡天八月霜，秋来塞雁到衡阳。
关河极目弦频断，梦泽沉云影独伤。
已赴湘原菰膳约，不留雪爪蒟酱香。
盛生解悟长门赋，惯识悲声泣夜郎。

注：嵇康《四言赠兄秀才入军诗》之一，"目送归鸿，手挥五弦"。盛览，牂牁名士，学赋于司马相如。

评点：

孤鸿漂泊之意，清高激越之声，名士情怀。起承转合细密流畅。

黔灵山和周兴禄先生用老杜原韵

黔山急雨暗惊心,落木疏钟暮色临。
百代萧条同此夕,平生感慨到于今。
消磨风月诗怀老,浪迹天涯鬓发侵。
新句裁成难入梦,铜环蟋蟀助沉吟。

注:姜夔《齐天乐》,"露湿铜铺,苔侵石井,都是曾听伊处"。

评点:

见落叶而知秋,听急雨而惊心,文士中年敏感,诗怀渐老鬓发渐苍,正不免思前想后。颈联意深语工。尾联诗人本色。

次韵周晓明先生《五十述怀》

宿世元神幻亦真,此生端合住凡尘。
只因晓觉庄周梦,应是前缘皇甫身。
汉有仁明烹走狗,国无不召逸闲人。
管城一境非荤食,何处清风少谓贫!

注:周晓明好古文,为中国骈文网总编。《史记·淮阴侯列传》引谚语:"狡兔死,良狗亨,高鸟尽,良弓藏,敌国破,谋臣亡。"《孟子·公孙丑下》:"故将大有为之君,必有所不召之臣。"黄庭坚《戏呈孔毅父》:"管城子无食肉相,孔方兄有绝交书。"苏轼《前赤壁赋》:"惟江上之清风……而吾与子之所共适。"

评点:

驱遣典故,含蓄心曲,圆熟老练。颔联、颈联对仗欠工,用意似亦稍隔。

都匀斗篷山纪游

北阙迢遥废五噫,满川幽韵息心机。
故生香汗迟光景,漫步芳尘转翠微。

红叶不曾题故事,清流真合浣征衣。
一饮三江渊水尽,倩谁扶得醉人归。

注:汉梁鸿作《五噫歌》。黔南有剑江,东入沅江,再入洞庭湖,终入长江。又有红水河、都柳江流入珠江。

评点:

斗篷山在贵州都匀,古木阴翳,云雾缥缈,多溪谷瀑布,有古驿道。梁鸿,字伯鸾,东汉扶风平陵(今陕西咸阳西北)人,家贫好学,尚气节,与妻子孟光隐居,耕织自足,咏诗书,弹琴以自娱。梁鸿过洛阳见宫室豪华富丽,帝王奢侈淫逸,民生劳苦憔悴,乃作《五噫歌》:"陟彼北芒兮,噫!顾览帝京兮,噫!宫室崔嵬兮,噫!人之劬劳兮,噫!辽辽未央兮,噫!"汉章帝为之不快,下令搜捕之。不知作者用此典何意?尾联酒趣浓郁。

黔 中

天涯零落复西东,客里相逢感慨同。
幸有青峰留夜月,故因红叶约秋风。
夜郎不似胡沙远,交甫曾经汉水逢。
一枕寒山长夜梦,情怀已托楚云空。

注:晋王嘉撰《拾遗记》,传郑交甫汉水遇女神。苏轼《西江月》:"高情已逐晓云空,不与梨花同梦。"

评点:

客里心事,行走生涯,五味杂陈。知遇往往如梦,情怀每每成空。

双峰故里

渊明回望处,仿佛是匡庐。
水尽桃溪远,烟分榆火初。
故山犹社月,宿雨自彭湖。

竹不输弓弩，空传国属吴。

注：《周礼·夏官·司爟》，"四时变国火"。郑玄注引郑司农说以鄹子曰："春取榆柳之火。"吾乡三国时属孙吴。

评点：
细数乡贤乡史乡俗，故乡山水牵扯故国情怀，渊远典雅。

感　旧

蓦然回首处，卅载邈音尘。
名逐浮云远，鬓添白发新。
可怜今夜梦，犹是少年人。
多谢春台柳，年年拂锦茵。

注：吾乡属宜春，城内有春台，现辟为公园。

评点：
思乡怀旧，无奈岁月，结尾宽语转出，情调温厚。

水调歌头·癸巳除岁感怀

岁暮寒凝重，怅望感思时。
萧然尘镜行色，漠漠野云知。
伫轴河阳晚照，系马江南垂柳，渺渺雁归迟。
寂寞黔山远，夜月冷胭脂。

冰河解，冻雷近，马蹄催。
劫灰散尽，春风一枕梦初回。
人世悲欢聚散，生事东西南北，零落不堪栖。
万里共杯酒，笑倩折梅枝。

注：伫轴，盘桓。南朝齐萧子良《与荆州隐士刘虬书》："固已伫轴深衷，倾筐遐路者矣。"江淹《别赋》："君居淄右，妾家河阳。"李贺《雁门太守行》："塞上胭脂凝夜紫。"

评点：

刘义庆《世说新语·言语》载："谢太傅（安）语王右军（王羲之）曰：'中年伤于哀乐，与亲友别，辄作数日恶。'"此词写中年感慨，情调凝重，似多回首往事，历数漂泊聚散，不免"零落不堪"之伤。"萧然尘镜行色"特有风尘感。煞拍强自宽释，蕴藉。

浣溪沙·滇西道中

西出夜郎更向西，万山转复去途迷。夜凭星月寄相思。

不惯蛮风闻鸟语，每惊边俗着花衣。天涯望断草萋萋。

评点：
不知旅次相思者何人，引发如此天涯芳草之叹。

浣溪沙·丽江

滇北高原驿马啼，玉龙山下绿荫低。古城物色动相思。

风柳摇晴春水碧，瑶窗映雪夕阳迟。梅花吹落小桥西。

评点：
"风柳摇晴"好，尾句隽秀。

天仙子·海棠

独伴幽帘疏影倩,解向黄昏开晚艳。
薄凉新浴怕经风,云鬟乱,芳香漫,雪染胭脂羞自看。

惯爱华清春水浣,闲惹昭阳秋夜怨。
梨花梦醒月当楼,烟雨散,孤灯暗,点点落红愁不断。

注:白居易《长恨歌》,"春寒赐浴华清池,温泉水滑洗凝脂"。汉成帝宠赵飞燕,为建昭阳殿。苏轼诗"一树梨花压海棠"。

评点:

苏轼《贺新郎》写石榴花有"晚凉新浴""待浮花、浪蕊都尽,伴君幽独"等句。又苏写海棠花有"只有名花苦幽独""只恐夜深花睡去,故烧高烛照红妆"等名句。此词亦以幽独起兴,以美人为喻,铺陈海棠之美。"雪染胭脂羞自看"句奇特,"点点落红愁不断"句有韵味。

(原刊于《诗词家》2016年第3期)

韩倚云诗词

韩倚云,河北保定人,斋号倚云轩、倚梅书屋。北京航空航天大学机械电子工程专业博士,华中科技大学机械制造及其自动化专业博士后,发表论文与专著多种。擅诗、词、书、画、琴。书画习陈少梅、王叔晖一路。北京诗词学会常务理事兼副秘书长、陈少梅诗书画院院长。曾发表关于诗词书画的论文多种。荣获《诗刊》2015年度陈子昂诗歌奖之子曰青年诗词奖。

倚云行事如风,性情刚直,诗多率性,有豪放气。

马年咏马

天地真龙性,逍遥自不群。
千金堪市骨,万古洗空云。

评点:

作者是幽燕人,满族裔,又是画家,所以对马尤有会心。她不像杜甫那样关注老马长途,也不像李贺那样关注"瘦骨铜声",而是想象马的"龙性",关注其"逍遥不群"的万里品性。诗中隐喻着人类与马之生命契合处的英雄情怀和自由意志,哲理和诗思出自庄子和李白。"洗空云"三字过于高远,略费解,但与全诗风格谐调。

偶　　然

偶然荒径入,山水未知名。
风得郢中质,时传击筑声。

评点：

诗人进入一处无名荒径，思绪忽然飘到远古南方的楚国，又飞到北方的燕国，联想到什么呢？仁义悲情还是英烈壮举？这是天马行空的诗法，无拘无束。是陆机所谓"精骛八极，心游万仞"的创作状态。二十个字领你神游千秋历史万里江山，没什么不可以。写诗一如弹琴作画书法，法度内外，想象就是了。"山水未知名"值得玩味，是否隐含以无名之自然纯粹反讽"知名"之深意呢？

不　必

不必丝弦弄，空山已湿云。
庄生秋水意，都向涧边闻。

评点：

是在想象嵇叔夜"手挥五弦""游心太玄"吗？还是体会王摩诘"空山新雨""空翠湿衣"？庄周《秋水》中的河伯怎么跑到韦苏州幽独的涧边了？诗琴书画，千秋万里，在想象中通融着。"空"可能是关键。

作者自述：此诗写绘画之虚无境界。弦未弄而云湿，夸张琴艺高超，臻于天籁。画面只用湿云与涧水表现琴艺，是避实就虚之法。比如画"深山藏古寺，竹林锁酒家"，画面山林间只有水僧酒幌即可引发想象，这就是"空"的妙处。

咏　竹

气韵常离俗，超然迥出群。
平生唯向直，不觉已干云。

评点：

咏物之作贵在与人的心灵沟通，言志抒情。然而所咏又必须是此物而非它。此诗深得竹意又妙写竹形，气韵不俗。后两句挺拔警策，磊落新奇，隐喻某种人品，那一定是作者十分心仪的。

绘事散录

潜生慧叶在残春,瘦石寒柯墨更珍。
茶冷应催俗客远,知交唯剩二三人。

评点:

水墨人独特的感觉。"慧叶残春"好悲凉!冷茶送客有点高傲,影视剧里常见的八旗贵族礼数。结句点出孤独之意。

作者自述:这首借芳草美人抒发自家不幸之情怀。美人迟暮便无俗客来扰,茶凉则远名利之徒。而在此时能以慧根相通者,是为知交,是至真至情至性之人,是最能经得起风波的真友人。

自题《中秋无月图》

琼楼把酒殷勤待,何故婵娟独自伤。
万里此情难寄意,窥人不若倚云藏。

评点:

给自己的画题诗,自然会心会意。尾句微妙,巧用自己的名字,点染出女性特有的羞涩婉约。与前几首十分男性化的诗相比,此诗略见女儿本色。"情"与"意"略嫌重复,"此情"换作"霜天"或"关河"之类可能更好些。

乙未中秋次日月残

吴郎轻别因何故,宫阙悠悠风冷贮。
离恨清愁有几多,长霄羽化光无数。

评点:

中秋次日月儿怎么就"残"了呢?不是说"十六圆"吗?别是心情"残缺"吧?吴刚和嫦娥的神话传说,隐喻着人类对"圆"的珍重,对"残"的无奈,与

孤独的厮守。后两句立意不错，但"恨"与"愁"重复。"因何故""有几多"太口语化，也欠蕴藉；"风冷贮"生涩，"光无数"直白。

无 题

严寒极至转温和，猎猎西风动眼波。
之后三天为圣诞，炎黄也作大年过。

评点：

季节感真好，中西文化之敏感碰撞也有劲道。过于口语化。

重游西湖

烟波斜日共凄迷，漫步双堤畅远思。
垂柳清波应蘸饱，湖中自写宋人词。

评点：

尾句巧思。用词似太用力，不够"凄迷"，如"畅""饱"。

残 荷

葱袂缃裙乱一塘，歌残舞冷月昏黄。
纵然慧藕通灵气，谁解丝丝情意长。

评点：

很有灵气的诗，后两句有巧思。唯前后联系似欠紧凑。细审诗意，是说荷之色貌虽残，但根性通灵，因而可喻人心。后两句是否可以改得更紧凑呢？比如"无伤慧藕通灵气，能解丝丝断续长"。如此也就点化了藕断丝连的成语，隐喻情意缠绵，难以断绝。当然，原作是率性之作，这样改有点婉约，欠冲击力。作者用力之关键可能是"谁解"，强调苦无知己之意。

自题《江南春图》

雨调青绿净嚣尘,洒向江南又一春。
自信山河能解意,风光偏爱种田人。

评点:

这是画家的心得。然而多数画家往往不善于用诗阐释自己的画意,有能以诗解画者,也难得好诗。倚云偏能。她的画好,诗亦好,清新雅致细腻传神,又舒畅自然。"雨调青绿"是很别致的诗语,不懂画的诗人很难想出来。第二句特别畅快淋漓,极潇洒的画笔兼诗笔。第三句是画家与自然的默契。结句有点奇特,通常是"更爱远行人"吧?想来画中人物可能正是"种田人"。

自题《仰斋品茶图》

松鹤仙风念亦亲,清茶素卷养精神。
二三子聚敲吟处,管领江西一段春。

评点:

仰斋是江西傅义先生斋号。傅先生是丰城人,1923年生,曾任宜春学院教授,是江西当代诗词名宿。著有《郑谷诗集编年校注》《两宋四大家词劄记》《仰斋存稿》等。倚云为之作画并题此诗,传神写照,前两句得体,后两句既得雅趣,又有力度。

题当今书画伪象

腕悬一纸炫挥毫,谄媚庄周浊气高。
且看庙堂拍卖处,桂冠乱向沐猴抛。

注:现书协主席居然说"天行健君子以自强不息"是庄子的话,咋当上书协主席的?京城有"九死一生"之唯一"生者",名满天下,而口德不彰,常以

"大师"自居。某日悬腕炫技,有后生质曰:"炫技乃江湖艺人所为,先生何屈尊为之?"

评点:

鄙视需要才、学、识,更需要勇气。当代文艺界普遍欠缺正气、骨气、勇气,倚云有之。侠义才女,肝肠似火,疾恶如仇,如古燕赵人。

五律·谒易县荆轲塔

燕原多侠士,慷慨放悲歌。
一塔经长咏,千年泪入河。
太行存史迹,易水化干戈。
雨后谁同在,寒鸦自此过。

评点:

红颜爱悲壮,是人类文化中两性想象中共有的英雄崇拜。女诗人凭吊英雄故事发生之地,想象"壮士一去"的悲壮场景,将自己融入其中,惜古伤今。这是很性情的写法。

与外子大觉寺品茗(用词韵)

微雨初晴后,新凉近水边。
此情归我有,是物待君怜。
兴共诗书尽,心同鸥鹭闲。
湖山添佛性,滋味似乡关。

评点:

如话家常,娓娓道来。以朴素语写日常事,亲切自然。

听宋克礼先生弹古筝

指下花飞妙曲成,高山流水远传声。
绕梁三日开晴旭,趁拍千番闭夜莺。
君拂冰弦臻化境,我听天籁悟禅情。
空灵原本真于色,再扫尘蒙放眼明。

评点:

第七句好。倚云擅琴,但听琴之作似不如下一首自弹之词。

鹧鸪天·弹古筝

柔指难停抚素琴,可传高意越遥岑。
情经磨折方能久,爱遇迷离始可深。

来世愿,此生心,倩谁独领泪盈襟。
江湖水竭冬雷响,为伴云儿不绝音。

评点:

将琴心与情爱并写,自然融洽,最能动人。歇拍两句极深至,换头两句极专注。倚云诗词并不刻意用典,但凡用典,皆信手拈来,自然妥帖,如此词中暗用高山流水、水竭冬雷之类典故。倚云诗词的风格比较率性。此词如汉乐府《上邪》风格,推赤诚之心置人腹中。

甲午西湖竹枝二首

红尘一梦护芳林,几世痴情合此心。
若换颦颦眉黛展,甘抛何止是千金。

注:漫步苏堤,因病未愈体力不支,以至晕倒被外子背回住所。外子素未工

诗,却得句云"若换颦颦眉黛展,甘抛何止是千金",因补成。

一瓢清饮两同分,谁道天真似我真。
再跪佛前求一愿,来生君我我为君。

注:余多愁多病,常累外子守护,此生无以为报。

评点:

"外子素未工诗"?未必吧。或者也是一位诗与情兼备者。赵义山教授称此诗"深于情、专于爱、巧于思、富于才",是知者之论。"一瓢饮"典出《论语》,暗示夫妻间同持清高趣味。尾句造语简洁新颖,将儿女情长展示得活灵活现,天真又娇痴,是可以感动人类的诗句,有冲击力。

菩萨蛮·航天

绮云装点银河路,无边尘障凝稠雾。
逆势破千层,更何羁大鹏。

但凭双羽翼,挣脱球心力。
回首满天星,所牵唯剩情。

注:地球大气层范围内航行是为航空,挣脱地球引力之大气层范围之外是为航天。

水调歌头·航天探源

宇宙混成久,万物自然生。
惯看今古贤哲,探赜语纵横。
幻想九天揽月、入眼三星照彻、乘雾踏沧溟。
谁驾木鸢起,遥望鹊桥澄。

天与地，相对论，世间情。
西方莱特，也曾插翼试飞行。
今夕天宫腾越，回首嫦娥传说，曾是梦经营。
摆脱力牵引，一切化无形。

水龙吟·咏龙

水天如意回旋，祥云暗助腾飞势。
蜿蜒挺脊，筋强骨健，绵延万里。
十载神舟，三曾绕月，天宫恁倚。
看威仪首尾，骚魂楚魄，径探海，深潜底。

几度伤痕累累。
百年间，任炎黄地。
狂魔乱舞，海妖翻浪，频催固垒。
轩辕三尺，妖魔斩尽，雄图高绘。
更劲鳞虬角，带将儿辈，驭风云气。

评点：

倚云是航空与航天专业学者，以上三词写航天事，情有独钟，会心会意。《水龙吟》可称力作，将科学事写得有文化，富于绮思遐想。题作"咏龙"，实涉航天航海诸事，借中华文化龙图腾说起，又联想骚魂楚魄及近百年民族屈辱史。铺叙好，次第清晰从容。想象奇特，气势恢宏，风格雄丽。

清平乐

新风诗卷，枕上堆凌乱。
引得涌潮生一线，飞作天山雪片。

三分助写新词，七分染上青丝。

剩有神魂不定,行如烟水凄迷。

评点:
下片有巧思。换头两句巧用具体数字,构成妙句。尾韵轻灵悠远。

菩萨蛮·看京剧《长生殿》

焚香乞巧长生殿,向天只问情深浅。
然诺自君王,未成连理长。

月光寒似水,流照兴亡事。
倾国一魂牵,江山去不还。

评点:
词气舒畅而结构多转折,有力度亦有深味。

庆春泽·咏海棠

西府闻莺,东山吹雨,依稀玉润灵根。
羯鼓齐天,声声拨动春魂。
舞风回雪胭脂落,似纷纷,蝶吻芳尊。
掠心田,依旧多情,依旧骄人。

平生阅遍芳菲路,笑蜂围蝶绕,环顾时伦。
真水无香,携壶问字先芬。
倚阑更待清蟾约,捉寒光,欣赏休辰。
最怡然,褪了红颜,净了乾坤。

评点:
叶嘉莹曾为第六届恭王府海棠雅集赋《水龙吟》词并序云:

2015年秋，南开大学迦陵学舍落成，北京恭王府友人移植府中瞻霁楼前之海棠二株相赠。瞻霁楼者，我昔年在辅大女校读书时女生宿舍之所在也。怅触前尘，感赋此词，并向恭王府友人致感谢之意。词曰：

迦陵学舍初成，迎来王府双姝媚。长车远送，良辰共咏，桃夭归妹。沽水萦迴，燕云绵渺，意牵情系。想古城旧邸，南开新寓，身总在，黉宫里。 老我飘零一世。喜馀年、此身得寄。乡根散木，只今仍是，当年心志。师弟承传，诗书相伴，归来活计。待海棠开后，月明清夜，瞻楼头霁。

叶作之后，和作甚多，尤多劣作。近年自媒体发达，更助跟风唱和之恶习，因有诗家叹曰："饶了雅集吧！"

倚云似亦鄙其事，特以《庆春泽》自写怀抱。她没有叶老的年龄和名气，因而也没有那么多岁月感、沧桑感，也没有那种享受荣宠的庆幸感。但她有青春优势，更有资格不施粉黛不事铅华，如此也就更容易把海棠写得更海棠，更活色生香。"声声拨动春魂"句极美丽。"依旧多情，依旧骄人"句深得海棠神韵。尤其下片"笑蜂围蝶绕，环顾时伦"，高傲、自信。"真水无香……最怡然，褪了红颜，净了乾坤。"赞美自然纯粹的境界。"真水无香"或取意于《老子》自然哲学，大美无名亦无形，与前《偶然》诗"山水未知名"意味相通，隐含着反讽名利社会崇"名"之弊。

玲珑四犯

风约寒来，正石转江流，波漾云月。
望断晴空、星曜远山如铁。
时见雁影翩翩，却不是、故人情切。
念那时把盏扶醉，犹记隔车挥别。

菊黄曾赴长城窟，觅仙踪、染眸回瞥。
焚心蚀骨深深处，谁更相思烈。
犹叹翠篁泪斑，已滴过，初冬时节。
看落梅笛弄，吹又起，霏霏雪。

评点：

周啸天教授评此词："倚云为词，宗清真、白石、玉田一路，亦颇较真。如'犯调'说出隋唐，指调域或调式之变换。元稹诗云：'能唱犯声歌，偏精变筹义。'宋人已不甚了了。姜夔引唐人乐书云：'犯有正、旁、偏、侧。宫犯宫为正，宫犯商为旁，宫犯角为偏，宫犯羽为侧。'宋后唱法失传，读之如对天书。此屠龙之技，倚云亦习之。"

赵义山教授评此词："《玲珑四犯》，北宋徽宗时大晟乐府提举周邦彦所创。其上、下片调式各异，'四犯'（截用四调之乐句组合而成）之迹依稀可见，而词乐无存，其'玲珑'腔调只可遥想了。倚云此词，深情雅韵，不可多得。"

二位内行之评，可助读者理解。唯音乐失传，后之作者只能据谱填词，平仄可循，长短句可依，乐曲之"四犯"却无从把握了。倚云此词用周邦彦谱式，效姜白石《暗香》怀旧伤今词法，因"寒来"而望而见，"却不是、故人情切"。此一转折，逗出"念"中"犹记"之旧时情事。这是自然铺叙的结构。下片继续用"曾"字领起，层层铺叙"相思"，全然凄苦格调，极似姜白石《暗香》之凄然怀旧叹老伤逝。美才女多情善感，虽然年轻，经历未必简单，说不定所写都是真情实感呢！有机会"八卦"一番此词的叙事背景，必有助于理解其中深意。少女情事，或许比白石道人合肥之恋还复杂凄艳。作者过于用情，初冬时节看落梅是"穿越"了季节吧？

望海潮·登崂山看东海

晴波云敛，澄光天接，无垠碧水苍苍。
漫道濯缨，闲思濯足，随风欲下沧浪。
石壁刻尘霜。静观片帆远，影没斜阳。
万里江山，物移星转古难量。

龙盘虎踞沧桑。叹浮沉几度，异代谁王。
乌桕树前，诗仙梦里，依稀旧迹余香。
淘尽似寻常。几滴儒冠泪，流到帆樯。
鸥鹭翩然不语，振翼入苍茫。

评点：

不太像女词人登山看海。上片像曹孟德又来了。"古难量"费解。下片像王安石写扬子江。东想西想的，思绪过于飘逸。

浣溪沙·题自写《离居图》

镜面风荷绽翠翘，兰舟容与任逍遥。涟漪拂处是柔条。

分袂长存千里念，离情唯付一支箫。絮棉暗逐水迢迢。

评点：

很本色的题画词。将画与词对照看，真是贴切吻合。"涟漪拂处是柔条"，读者如临其境。四五句巧思工对。结句有远韵。

译词两首：

鹊桥仙·译拜伦《兰叶清泪》

幽幽兰叶，溥溥零露，都在罗兰娇靥。
清扬巧笑闪灵光，任流眄，人间风物。

纤云抱日，绮霞染水，化作斑斓一抹。
欢颜暂借悦双情，更些影，深心珍摄。

金缕曲·译歌德《恨别》

策马心驰远。
越群山，树笼秦栈，岭云疏卷。
入目迷茫层槲立，辽阔霜天横雁。
念去去，无为泪眼。
红叶秋江凝碧思，可阻拦，襟抱兰香散。

鸦过处,助天晚。

凭栏再忆桃花面。
笑春风,催鬓飞雪,故颜偷换。
些许旧愁都消去,莫使新愁弥漫。
化意绪,成诗绻绻。
信有飞鸿城隅过,望君怀,与我同肝胆。
分辉月,共流盼。

评点:
译词风格依然是倚云本色。理工科博士英文好,但多数不懂诗词。倚云精通英文又懂诗词,不必像林纾译小说那样先听别人讲再自己创作。不知以上两首译词可得内行认可否?

(原刊于《诗词家》2016第6期)

张一南诗词

　　张一南，本科至博士就读于北大中文系，师从钱志熙教授，研治六朝及唐代文学。从本科开始创作旧体诗词，曾任《北社》主编，多次为师弟师妹举办诗词讲座。博士毕业后进入中国社科院文学研究所从事中古诗歌研究，主持国家社科基金青年项目《晚唐齐梁诗风研究》。其微博"齐梁后尘"，因普及诗词文化而广受好评，2015年获得"诗词中国最具影响力诗人"网络影响力奖。2016年调回北大中文系执教，从事中古诗歌及当代诗词的研究与教学。

　　一南书卷气浓郁，谈吐温婉。其诗词偏古雅，诗风近魏晋六朝，词采时有奇异处。她的诗首先是给自己看的，是自我之形与神、灵与肉、情感与理性的对话。与许多急于发表于江湖的诗人不同，她不浮躁，不媚俗，放任自己的作品充满浓郁的六朝文人气、古典学者气。诗友们能看懂就看，看不懂就不看。中古名士诗人往往秉持这样的创作态度。这可能与她长期研究这一时期的文学文化相关，也与北大学风有关——我在这里，你懂吗？

次韵刘师培《读〈天演论〉二首》

蓬蒿笑桃李，旦夕复苍翠。
积霜能坚冰，敢轻君子志。
仙灵长不灭，千载犹互媚。
空谷爱遗音，未惜身憔悴。
细缊以类化，久视讵称贵。

芳兰怨愁谢，列艮变咸池。
商风吹亿劫，华胄各离披。

　　两美易为并，卑高恒相持。
　　形神皆可袭，善志不堪贻。
　　睿然忘父子，逍遥逐世移。

评点：

絪缊，指天地阴阳二气交互作用的状态。《周易·系辞下》："天地絪缊，万物化醇。"讵，岂。艮，山岳。商风，秋风，西风。东方朔《七谏·沉江》："商风肃而害生兮。"

刘师培原作《读〈天演论〉二首》："园柳转微黄，堤草弄新翠。感此微物姿，亦具争存志。春风动和煦，桃李竞争媚。繁华能几时，过眼伤憔悴。长松傲岁寒，物以后凋贵。""芙蓉何青青，铅华冒芳池。秋风一以起，花叶何纷披。岂无向荣志，摇落不自持。吾欲涉江采，芳馨将谁贻。莲子堕寒波，苦心终不移。"

刘诗主要有二意：物竞天择，无奈岁时。张诗未同此意。她认为生物和人文之存续演进各具形态，各有意趣，这形态和意趣是存续之道，而不是存灭之因。比如刘说"物以后凋贵"，她说"久视讵称贵"。刘认为差别导致存或灭，她认为差别并非或存或灭的原因，而是存与灭的方式和意义。我赞成一南的观点，如"卑高恒相持"之客观理解，"善志不堪贻"之精神持守。

二诗皆以议论为诗，又皆以草木为话题，因自然风物而及于生命与人文。风格比较接近汉魏古体。

坠　发

　　坠发悬丝若，镜边纷骇瞩。
　　蚯吟伤肺肝，天道变寒溽。
　　在掌已轻断，来年空可续。
　　乃知贤叔夜，慎不勤汤沐。
　　毛血自乖恩，敢悲时命促？

注：人言常洗头易脱发。嵇叔夜自称不常洗头。

评点：

此诗或仿韩愈《落齿》诗，以戏笔寓真言。常言一叶惊秋，作者因坠发而惊心。年轻轻的怎么就如此心力交瘁呢？字里行间透彻着一种痛心和时不我待的促迫感，很有力度。"敢悲时命促"是题旨所在。

秋日和老兔渴酒诗

祇余秋赋作流年，三秋但共狸奴懒。
长安栋宇学秋山，触处割肠都甚剑。
出门不见携手友，蛰居故园如再贬。
白袷持螯课楚辞，骎骎已过红霜晚。
平湖宜有旧诗笺，当风无声斜阳染。
陈王昔夸挹北斗，于今止酒忧蓬转。
又闻美人封云端，固知造化龙蛇惯。
把盏不进晦丝弦，醒醉形神各分散。

评点：

"三秋"或许是实指一段经历。长安当指京城。作者觉得北京城的高楼大厦像柳宗元笔下的"尖山似剑芒""处处割愁肠"。这一定是十分不堪的感受——我、不、开、心！

"白袷"，白衣。李贺《染丝上春机》："白袷玉郎寄桃叶。"诗中隐约的古人屈原、曹植、陶渊明、柳宗元、李贺等，都曾有怀才不遇的自负和郁闷。"美人封云端"或有所指；"造化龙蛇"早已司空见惯。唯作者深陷在"如再贬"的郁闷中——我、不、开、心！

燕台春曲

弱水犹沉三月雪，海西已作玉楼春。
东邻小女发垂额，不知身是忆中人。
璧车攘攘长安陌，青衫年少问相识。

昆明湖水净于茶，嫩雨绝踪且山色。
飞飞蝶粉杂蜂黄，同时异类未成伤。
梢头豆蔻争如语，侵晓花香应几许。
展尽桃红不见诗，夜风欲访相思树。
少男风动梅花散，孔雀堂前新却扇。
地久天长或有之，一生只得一初见。
听冰顾影各堪疑，终信此心有所思。
宁谓天上无再遇，不谓人间会别离。
香风一瞬千万转，漫道秋如今日变。
何限花枝与柳枝，江头渐为归帆断。

燕台夏曲

麝雾冥冥锁翠翘，泪枕痕消夜未消。
空闺瀡酒不知醉，太液池头莲欲娇。
池光正满芙蓉树，谢桥失却归时路。
宣室言成已衔恩，敢向孤帷问轻负。
皎如清昼昼何长，自倚朱颜弄霓裳。
谁能盛年忧弃掷，舞袖曾波剑气凉。
冰盘朝餐调玉屑，至尊居处深于月。
日色无情庭户闲，暗减胸前一寸雪。

燕台秋曲

一枕月明清似碧，巫云入梦作奇色。
当年裘马共游人，点检今谁同此夕。
炎榴落径朽红满，闺中绛袖犹轻浅。
叶走桐阶睇未消，凉蟾已背纱窗转。
露寒如血金天早，俗世再逢心渺渺。
万里客归门不开，故庭未忍去衰草。

故庭新梦两成欢，焉知两处笑啼难。
鹊或无知应无悲，人非相负不相思。
相思相负便天涯，往来河汉空银槎。
秋池岂不多莲藕，澹荡难为并蒂花。
东风吹藿桃李改，西风吹石裂犹在。
砧声不寐问哀心，秦楼举烛初有待。

燕台冬曲

莲屦氍毹慵懒红，越妃骨怯秘椒宫。
席珍覆久无遗箅，代马不眠思朔风。
朔风其来忽冷烈，水上于天玄夜结。
为云为雨历高堂，归欤终复作冰雪。
纷纷霰雪落层冰，四野千山一望凝。
行商屏迹空岩峭，隐梅孤月不相照。
冻盐乱洒羊车迟，斛珠未及挽一笑。
短梦无欢讵可思，妖狐中宵听冰疑。
邅徊欲卜长河泮，白窗竹影先参差。

评点：

以上燕台四首是以四季为结构的组诗，次第井然，联贯成章，抒写一段心路历程——期待、郁闷、失望、皈依。组诗的风格一如李长吉，词语意象押韵都比较奇异，甚至光怪陆离。

春曲写入职社科院之初，既怀念在北大读书的日子，又对未来充满憧憬。春天是万物萌生的季节，此诗亦写多种初心。一切都萌动着、交织着、期待又忐忑着，可能或不可能着。

夏曲出现了郁闷，"麝雾冥冥锁翠翘"笼罩全诗。失路、失望，因而空闺瀹酒、孤帷失眠。但还是默默地期待着，守望着，"自倚朱颜弄霓裳""暗减胸前一寸雪"——好艳丽的仲夏夜之苦闷！

秋曲写"忍痛与某位学生时代的挚友绝交"，因而诗中充满了痛心和不忍，

进而感慨世事无常亦无奈。"一枕月明清似碧。巫云入梦作奇色""露寒如血金天早""澹荡难为并蒂花""西风吹石裂犹在"等句,皆李长吉风味。"故庭"两用颇奇异,大概是强调怀旧之意吧。

冬曲隐约透露出绝望的孤独,类似屈子《离骚》意味。"代马不眠思朔风"语出《古诗十九首·行行重行行》"胡马依北风",应该是思归之意。作者心系何处呢?是她魂牵梦绕的母校吗?"代马"即北马,"朔风"即北风。看来作者真的是有"思北"情结。"为云为雨历高堂,归欤终复作冰雪",或许她是在苦苦追寻灵魂的家园吧。

赋得思君令人老

乍辞怀抱出,已在远行道。
愁日须臾度,新缣点检少。
勤劳渐觉迟,生意不能葆。
鬓发失膏沐,衣裳任颠倒。
见机常苦深,厌世独伤早。
斯恨萦千念,譬风摇百草。
既辜白首盟,何用红颜好。
黯黯居幽昧,茕茕未异老。
梦魂随路尘,目力愧邻媪。
谁信我无寐,当时长谑笑。
望秋终有节,蒲柳宜枯槁。

评点:

《古诗十九首·行行重行行》:"思君令人老,岁月忽已晚。"此诗拟"赋得"体,写时不我待的青春焦虑。"见机常苦深,厌世独伤早"是真心话,"望秋终有节,蒲柳宜枯槁"是失望中的希望之语。所思之"君"未必是一个具体的人,也许更是一个理想。这一定又是她的"思北"情结。

赋得故池不更穿

适逢新秩满,来与故园期。
翼翼熏风起,粼粼吹我池。
他乡或如是,夙梦但因兹。
素履伤初斁,幽蹊幸尚知。
认花无异色,辨柳更长垂。
投石忆孩幼,息阴怀祖慈。
只如三日别,曾谓一生离。
饮啄甘其乐,情言报所私。
科头揖山水,自此罢哀诗。

评点:

这是入职北大之作,故云"适逢新秩满,来与故园期"。"幸"是诗眼,欣喜庆幸的心情充溢全诗,"夙梦但因兹""自此罢哀诗"——太、开、心、了!特别选用谢灵运还旧园诗句拟赋得体。谢诗《还旧园作见颜范二中书》:"……曾是反昔园,语往实款然。畚基即先筑,故池不更穿。果木有旧行,壤石无远延。虽非休憩地,聊取永日闲。……夫子照情素,探怀授往篇。"

"赋得"是限题作诗,题意通常是全诗叙说之意。以上两首"赋得"诗,未拘泥于次第,但写其意,类似写意画的笔法。

戏成寄外

初婚作寄外诗不成,托言病酒。今止酒矣,而诗仍不成。

绝国书窗匿绮思,含毫非复酒为辞。
谁言十载轻恩爱,自是三生惯别离。
眠浅已无连日醉,劳深终误付君诗。
陶情恒恐儿猫觉,安处清琴时欲遗。

评点：

一南的丈夫是读书时结识的清华大学诗友。调皮的新娘，诗写得非常优雅活泼，对仗工巧，起承转合自然流畅，严丝合缝，是"造内法酒"之高手。

秋柳诗次韵王渔洋

其一
月露风云洗旧魂，微闻宿燕议高门。
影垂似悼香无迹，春去虚言梦有痕。
几日随时飞冷絮，一生信水到荒村。
毵毵万缕徒金线，愁谢诗情谁与论。

其二
弱质先秋知履霜，病来眠起负池塘。
自无红粉堪临镜，但有青袍未入箱。
前世簪缨遗一谢，新时风景泣诸王。
男儿二十心如朽，独载离歌过市坊。

其三
明妃着尽汉家衣，无那寒城物事非。
翠袖偏从风里薄，盛鬟长向月中稀。
良宵宿露泞泞住，永昼归云细细飞。
岁暮行人攀欲尽，终朝相挽却相违。

其四
楚泽宫腰讵取怜，远山眉黛隔非烟。
千岗木落成金死，一搦丝存拂水绵。
舞按清商犹妙曲，天居无色亦华年。
江潭引泪亭亭甚，迎送流光画舸边。

评点：

清初王士禛作《秋柳》诗四首，哀明朝之亡。其一云："秋来何处最销魂？残照西风白下门。他日差池春燕影，只今憔悴晚烟痕。愁生陌上黄骢曲，梦远江南

乌夜村。莫听临风三弄笛,玉关哀怨总难论。"比兴寄托,怀旧的意味浓郁深长。

此四诗用王诗之题目,并一一次韵,但所写情怀并非咏史怀古,亦无关朝代兴亡。那么她在写什么呢?第一首借苏轼"春梦了无痕"句,感慨"愁谢诗情谁与论",当是孤芳自赏而未遇知音之意。第二首暗用李商隐"青袍送玉珂"诗意,也是未遇之意。第三首"无那寒城物事非""终朝相挽却相违",侧重写无奈。第四首"千岗木落成金死,一搦丝存拂水绵""舞按清商犹妙曲,天居无色亦华年"写失意而未失望。

大约又是成长之纠结吧。四诗皆因柳起兴,但并不刻意于柳之形态,唯借柳故事写柳心情,作者以谢家女咏絮之才自怜自负,寄托遥深,感慨幽远。这有点像玉溪生无题之诗,刻意隐约其事。

菩萨蛮·夜宿红螺寺

曲房灯白层峦紫,诗心可可游程里。
身寄晚来风,树高山月红。

寂寥频中酒,萑苇衰于柳。
归路问谁家,秋原淡淡花。

评点:
景中有素心人,有雅致情怀优美意趣。两组五言句语淡味长。
这样的游程之作,大大有别于时下许多诗词发烧友天天自炫"考察",脱口而"占",其实不过整齐押韵的风景行程说明而已。

菩萨蛮

临窗无意参佳句,窗前点滴清明雨。
又有杜鹃声,当春归未成。

踏青还向酒,暂可深眠否。

八苦尽宜诗，偏多爱别离。

评点：

上片清丽。"当春归未成""偏多爱别离"应是叙事背景吧？"八苦"即释家所谓生、老、病、死、爱别离、求不得、怨憎会、五取蕴之八种辛苦。见《法苑珠林》。南朝梁简文帝《菩提树颂序》："悲哉六识，沉沦八苦。"

蝶恋花·赋林夕乐府《富士山下》于积石山

几日游魂伤落景。几里归程，一念苍山迥。
长呗不堪愁里听，飞光未问来时径。

衣带无情销故茗。留得佳人，共坐金车冷。
年少诗篇空记省，天涯行尽身为影。

注：《富士山下》是林夕填词的一首粤语歌，歌中写到驾车、情侣出游等意象。当时我与外子在甘肃自驾游，看到某些宗教现象，不便明言，乃借男女之辞为喻。"长呗"指清真寺傍晚礼拜之声。"金车"用《周易·困卦》"困于金车"语，指所驾汽车。

评点：

"衣带无情销故茗"句好。"天涯行尽身为影"有味。

蝶恋花·丙申初夏失寐

茶与玻璃窗渐冷。楼外孤灯，杂梦来时径。
有限残更高下影，浅深月色无名病。

生怕天明临晓镜。些许愁怀，说共诗笺省。
忽念荼蘼应独醒，醉香春后稍稍整。

评点：

结尾陡然转出荼蘼独醒意思，妙！"玻璃窗"语俗。"稍稍整"太口语。

玉楼春

啼痕渐满天涯路。远望空时山水暮。
樽前已自许三生，梦里如何还又负。

情知此别无真处。起坐含悲思不语。
奴奴长是薄情人，为子初翻团扇句。

评点：

梦里梦处许多忐忑，似真似幻，恰是青春纠结。笔法转折灵巧。"奴""妾"之类自称太隔了，今人已不宜使用。

御街行·迟外子电话不至戏赠

连宵兀在屏前坐。话与信，都无个。
吉隆城外雪山头，还是晚晴天么。
夜风凉了，我思君处，不问君思我。

乏茶谪向咖啡左。我未倦，猫儿卧。
斯人自许久离居，岁月离中轻过。
论文成矣，销闲是事，只有诗书可。

评点：

辛弃疾曾称"效易安体"，或即此也。口语入诗，未妨雅致。巧思妙句生动活泼。吉隆城在西藏。

长相思

石依然,柳依然,诗未成章人已还。西风又一年。
窗中天,水中天,草上狸奴故故眠。谁侬发早斑。

评点:
"诗未成章人已还",以反常句写恒常情怀,妙。"又一年""发早斑",惜时忧远之意。

洞仙歌·未名春阴

秦台气冷,咽萧条楚管。抛却三生彩书怨。
正留连,尚惜春表孤花,临驿路,摇落晴光无算。

几人歌复谑,山上幽亭,索坐东风忆魂断。
柳老不吹绵,怕道春归,刚道是,春阴未散。
日没处,凭谁议寒温,但记得当时,一波如幻。

注:北大毕业前,伤感作别。

评点:
上片平平。"柳老"一韵好。

洞仙歌·闻林夕乐府有感复次未名春阴韵

死生契阔,总依然弦管。凤曲吹来是何怨。
不相思,阆苑如海仙门,独背立,屈指千春暗算。

色天缘与劫,浩浩无期,只是姑从此生断。
石上旧精魂,再作初逢,莫笑看,风流云散。
留不得,徒留亦伤心,且慢道朱颜,衰容更幻。

注：听林夕《下一站天国》等歌，与心境合。歌中有佛教语，涉及前生后世之类。毕业将离北大，以为是"一生离"，故有"色天"一韵。我平时读诗悟诗，自谓在"色天"之境。

评点：

伤感之辞。结尾一韵好。

摸鱼儿·读叶广芩先生《豆汁记》

问红尘，伤怀多少，讵关沧海深浅。
斜阳不欲香魂驻，何况落红庭院。
风亦断。谁记取，初花未识熏风面。
当时媚婉。岂不有危巢，乌衣非是，谢客少年燕。

宣城圹，明婢舞腰娇软。轻红轻素幽怨。
劫灰冷矣犹成爱，忘却来生无愿。
佳人远。蓉帐老，歌梁映日金离乱。
蛛丝难绾。但恨春心在，风流还向，梦里依依见。

注：感伤家中民国旧事。

评点：

词意温婉灵动。"劫灰"两句有力。结尾"但恨"三句怀旧意味浓郁。

永遇乐·蜀中寄外

闲枕香销，落花声断，秋到寒处。
黯淡云涯，支离日色，凑泊成新句。
少陵逃席，东坡漫迹，百代光阴逆旅。
卜归魂，繁华锦里，离群固为前数。

征行倦矣，江山南北，总是一般朝暮。

未壮何游,多情难别,观国原无据。
垆边皓腕,琴边蝉影,翻使兰成忆楚。
梁园策,千金不抵,尔侬情语。

注:"兰成"即庾信,其诗常以"楚"指南朝,以"秦"指北朝。

评点:

人在蜀中,寄与丈夫,不只是诉说逆旅情怀,更道人生感慨。流畅雅致,有清真词风韵,如"征行倦矣,江山南北,总是一般朝暮"。

水调歌头·平山堂步苏子韵

薄暮已轻月,尺水更澄空。
平芜寒树如齿,乱嚼晚霞红。
一去洛阳花径,来对海西帆影,万里各宾鸿。
物色疑唐宋,灵憩六朝中。

山在面,青眼外,更无峰。
只如常日诗酒,成此醉仙翁。
异代几回题壁,又是他生语业,世世为谁雄。
幸有檐间铁,与共塔前风。

注:平山堂侧有栖灵塔,刘宋所建。

评点:

苏轼谪居黄州时,张怀民(名梦得,又字偓佺)谪居黄州齐安,修建了一个亭子,苏轼为之取名快哉亭,并作《水调歌头·黄州快哉亭赠张偓佺》:"落日绣帘卷,亭下水连空。知君为我新作,窗户湿青红。长记平山堂上,敧枕江南烟雨,杳杳没孤鸿。认得醉翁语,山色有无中。 一千顷,都镜净,倒碧峰。忽然浪起,掀舞一叶白头翁。堪笑兰台公子,未解庄生天籁,刚道有雌雄。一点浩然气,千里快哉风。"

平山堂在扬州,欧阳修任扬州太守时所建。苏作此词时欧阳修已去世。他此

时此地忽然提及平山堂和恩师醉翁，或因张与欧亦曾有交往，或因快哉亭景观有似平山堂处。

苏轼援道家乐生哲学以宽慰自己和朋友。一南到平山堂而念及苏子，或亦对庄周苏子之乐生哲学有所领悟。"只如常日诗酒，成此醉仙翁"，即追慕之意。"幸有檐间铁，与共塔前风"两句得苏词神韵。

寿楼春·赋《禁色》

知余生无欢。奈香埋旧曲，风弄新蟾。
看过三春花事，几回流年。
红玉冷，青衣单。却凤钗，慵垂双鬟。
任暗尽银釭，抛残金饼，不遣卷重帘。

形尚在，魂长捐。纵羊车我顾，鸾影谁怜。
况复巫山云灭，景阳钟寒。
琴瑟迥，哀音传。问所依，椒原萧然。
自罗帐横陈，中宵骨惊犹梦天。

评点：
何以慵倦无欢忧思如此？"形尚在，魂长捐"，莫非当下文人之写照耶？"中宵骨惊犹梦天"，莫非李长吉之忧思郁闷耶？

乳燕飞·有寄

重按霓裳彻。
忆当年，清扬剪水，落梅如雪。
梦里楼台渐行遍，为问色天缘劫。再幻作，身轻魂灭。
敢倚朱颜邀一醉，敢三生，抛尽思君血。
不敢信，君思妾。

四时花气都愁绝。
独蘅芜在处相警，最难言别。
犹疑诗灵未歇。且暂把，金樽虚设。
算此际，罗衣缝就，人闲却似树杪月。
只影惯，莫若阙。

评点：

"敢倚朱颜邀一醉，敢三生，抛尽思君血。不敢信，君思妾。"与前《玉楼春》词"樽前已自许三生，梦里如何还又负"似有异曲同工之处。作者梦里梦外"许三生"之君，或即母校北京大学？则此词当与从社科院调职北大有关。"忆当年，清扬剪水，落梅如雪"句极清丽，或即回忆大学时光。"犹疑诗灵未歇。且暂把，金樽虚设。算此际，罗衣缝就，人闲却似树杪月。"满满的期待。"色天缘劫"如前注，依然指自己与北大、与文学、与诗歌的缘分。

兰陵王·题《琅琊榜》次美成韵

暮烟直。梦里音容化碧。
飘零久，江雾山霏，改尽当年旧颜色。
新衿满故国。谁识。白衣归客。
思成病，佳节又怨，汨汨光阴问刀尺。

无言步陈迹。忍深揖伊人，空复同席。
莼鲈忽见儿时食。
唯我笑长敛，我弓长挂，我生到处长似驿。
转蓬失南北。

天恻。前尘积。纵璧信终还，珠彩先寂。
随身但有情难极。竟自赋鸿影，自吹梅笛。
兰膏能几，料不许，到晓滴。

注：电视剧《琅琊榜》虚构南朝梁故事，说赤焰军少帅林殊历经生死劫难，改变容貌，化名梅长苏，回到金陵城帮助童年好友、皇子萧景琰夺取太子之位。因剧中人及演员与我年龄相仿，且剧中有重返故乡、心愿达成等情节，因有感慨。词以林殊视角写成。因林殊容貌改变，与兰陵王戴面具指挥战斗相似，故选此词牌。全词用《琅琊榜》情节，关涉自己的经历。如"梦里音容化碧"是剧中情节，使我联想到与故友绝交之事，难免感慨。

评点：

周邦彦《兰陵王》词写游宦生涯，倦客孤怀，怀旧心情，别离滋味。作者借《琅琊榜》故事写自家胸中块垒。"飘零久""思成病""转蓬失南北"，或皆青春歧路之纠结。"我笑长敛，我弓长挂，我生到处长似驿"，南人北漂之感。"自赋鸿影，自吹梅笛"，引曹植《洛神赋》、向秀《闻笛赋》之事自喻。

（原刊于《诗词家》2016第6期）

胡可先诗词

　　胡可先成名甚早，后师从吴熊和教授。师徒皆学界敬重之实力派名家。可先博士毕业后执教浙大中文系，已经二十余年，是资深博导。兼任中国唐代文学学会理事、中国杜甫研究会理事、中国刘禹锡研究会副会长、中华诗教学会理事、浙江省文学学会理事。长期从事中国古代文学与中国古典文献学的教学与研究工作，主要著作有《杜牧研究丛稿》《中唐政治与文学》《杜甫诗学引论》《政治兴变与唐诗演化》《唐代重大历史事件与文学研究》《唐诗发展的地域因缘和空间形态》《出土文献与唐代诗学研究》《考古发现与唐代文学研究》等。目前正主持国家社科基金重大项目《考古发现与中古文学研究》。著作和论文多次获奖。诗词风格温润典雅，意趣丰厚，一如其人。

　　胡可先、陶然并肩执教治学，又共同指导浙大学生晨钟诗社，常弄诗词于堂奥园林、水滨湖畔、山程水驿、弦歌茶酒之间，为名校添风雅，为学子树楷模。

秦淮杂咏酬邵炳军博士

　　炳军及廷信学兄于国庆游览秦淮，观夫子庙，通宵达旦，兴致盎然，愚则未与斯游，颇感遗憾。返校后炳军学兄诗情勃发，作诗一首以咏怀，并以示赠。感其雅意，酬答一首，聊供一哂。

　　　　秦淮烟雨接江头，朱雀桥荒草树愁。
　　　　王谢浮名真一瞬，杜刘诗作自千秋。
　　　　前朝才子空遗恨，旧国佳人有画楼。
　　　　黄绢初裁传雅意，待君何日更重游。

评点：

此诗佳处在于熟，不佳处亦在于熟。熟则有自然之句，过熟则有常套之句。（浙大晨钟诗社学生们以闵沢疆笔名评点老师的诗词，持论虽未必完全精准，却颇见才、识，尤其批评指摘之语并不因尊师而隐讳，着实难能可贵，诗词江湖乏此久矣。以下简称"闵评"）

舒畅！起承转合从容自然细密。首联打开了诗意叙事的时空。中间两联对仗各以对比手法凸显短暂与恒久、虚无与实在。结尾雅致绵长。"浮名"可商，应该是"荣华真一瞬"吧？王谢之名并非与身俱灭的。可先兄于王谢与杜刘难不成有偏爱吗（一笑）？"前朝""旧国"有合掌之嫌，若以"清高才子"对"粉艳佳人"可能更风情性感（哈哈！不是玩笑）。（中山大学中文系教授张海鸥评点，以下简称"张评"）

神农架行

武汉大学文学院举办"刘永济与词学国际学术研讨会"及"文学遗产论坛"，23至26日游神农架。

君不见炎帝烈山尝百草，一生只向山中老。
春花秋月未移情，时光潜伴啼莺了。
手把耒耜亲耕稼，耘田结屋过冬夏。
虽经沧海变桑田，至今犹存神农架。
我辈驱车赴神农，来绕云山百二重。
未到峰巅先一笑，已有风雷荡此胸。
词学精英与同游，千岩万壑几回眸。
虽无苏黄数子伴，也应高咏镇横秋。
山岳钟情伟人出，当代声名震楚鄂。
辞章千载日月悬，冰心更兼江水濯。
牢愁怫郁著天问，上下求索谁共论。
惟将一己赴潇湘，才为后人留遗恨。
香溪泉水更宜人，孕育美人王昭君。

昭君青冢连朔漠，空有琵琶寄归魂。
魂归故土岂无愁，入宫恨不居上游。
天有阴晴人有恨，无怪恩怨属名流。
极目风光真堪画，绝处更在风景桠。
万重云海胜黄山，层峦迭嶂收目下。
攀岩直上野人洞，不见野人空说梦。
惊雷急雨忽然来，洗尽胸中愁万种。
野人足迹留榛莽，游人过处增惚恍。
影形千载已成谜，几根毛发供猜想。
入山未得野人踪，结伴同上神龙峰。
重重石林削不成，岩壑只将一线通。
溯流寻得香溪源，胜似仙人濯清泉。
须知混茫人间世，怎抵山中百重岩。
君不见神农祭坛立山前。杉松已过一千年。
回首人生浑似梦，归来把酒酹苍天。

评点：

长篇歌行难写，神农架著名景点更难写，此诗自然而奔放，化难为易。（闵评）

我是此行亲历者，更是此诗第一位读者。当时就觉得可先兄好诗才，深得唐代歌行之神韵。

全诗以行程为次第结构篇章，但并非简单纪行绘景，而是边走边看边想——这就便于深入一层展开。展开什么呢？当然是历史、社会、人生。这就与许多只看不想、只是肤浅地描摹山水之作有了重要区别。当然，就算进入历史、社会、人生的层面，思想深度和审美高度也大不相同。

此诗劈头便从神农说起，非常爽劲。神农氏又称烈山氏、炎帝，是上古部落联盟首领。传说他教人种植五谷、豢养家畜，并亲尝百草，辨别药用，故称神农。前八句咏神农，颇见史学涵养，但并不沉闷滞涩，反而诗意盈盈，轻灵优美。第七八句自然一转，进一步引出以下的游观思绪。"来绕云山百二重""已有风雷荡此胸""千岩万壑几回眸"都是好句，有气韵，毫不做作。但我不喜欢"百二"这个词，每次见到"百二山河"几个字都觉得有点"二"。"也应高咏镇横

秋"又是很好的承启枢纽，引起下面对屈原、王昭君的咏叹和对野人传说的议论。"牢愁怫郁"句渊雅，"入宫恨不居上游"句太直白。"天有阴晴"以下十句写游观感受，夹叙夹议，从结构看，是疏宕之法，使诗脉丰富多变，不单调不沉闷，虽无奇秀之句，却得章法之妙。"惊雷急雨忽然来，洗尽胸中愁万种。"这是真实场景。当时一行人多无雨具，被"楚天长短黄昏雨"浇得痛快淋漓。雨中雨后发生了许多故事，比如红梅舍伞护途老、晓岚借衣暖湿鸥等。传说中的野人当然无影无踪，几根毛发徒增惚恍，真的是"人生浑似梦"。只有香溪清沏真实，还有那株千年老杉树，见证着人类来来往往。全诗以"归来把酒酹苍天"收束，有韵味，好文气！（张评）

京都行

2005年2月17日，静冈县立大学佘项科助教授开车带我去京都市，18日下午，到京都大学文学部拜访木津祐子助教授，她陪我到文学部图书馆。19日，秋田博士又陪我游览了京都天满宫、金阁寺、银阁寺等地。20日，我独立游览京都名胜清水寺、南禅寺。21日下午一点半，在同治社大学钱鸥助教授陪同下，到京都大学人文科学研究所拜访金文京先生，金先生领我参观了研究所的书库。22日与佘项科回静冈。

大唐开盛业，德泽润邻邦。
日本京都市，千载犹驰张。
纵横长安道，棋盘当中央。
两翼金银阁，古树郁苍苍。
镜湖中心地，池泉增清凉。
国宝观音殿，壁绘金凤凰。
同仁斋北面，更有东求堂。
天满宫北野，宝物正琳琅。
天神缘起画，时代亦伊唐。
追忆千年事，兴衰原非常。
感慨不能已，吾道待时昌。

评点：

下笔从容老成，大处起笔，小处落笔，有次第。五古中之上佳者。诗序如用文言，则与诗搭配起来更加自然。（闵评）

结尾两句有深意。（张评）

秋兴八首

湖畔风高满树林，灵岩松柏已森森。
海门峰接青萝带，江上烟笼古木阴。
闲思出门追笑语，更兼秋兴感吟心。
即收万象归胸次，抛却悲怀与暮砧。

评点：

此组诗全用杜甫《秋兴八首》韵。但并非写一地一时一事。灵岩在今温州市乐清境内雁荡山区。"海门峰接青萝带"句好。"即收万象归胸次"似有领起以下诸篇之意。（张评）

黄楼长映夕阳斜，廿载彭城感物华。
竖子功名三尺剑，英雄霸业九秋槎。
云龙好水喧岩壑，戏马空台隐暮笳。
梦里情怀何处在，春衣试过看春花。

评点：

彭城即徐州市。黄楼是北宋时苏轼所建，是徐州五大名楼（即彭祖楼、霸王楼、燕子楼、奎楼、黄楼）之一。作者自1978年在徐州师大读书，后来入杭州大学读博并留校执教，至此已经二十余年。他所感之"物华"，既包括个人从青春到中年的变化，更有历史之沧桑。楚汉战争时期的彭城之战发生在公元前205年。项羽率三万楚军，千里出奇兵，迅速击溃汉军56万之众，创造了以少胜多、逆境速胜的战例。然而速胜并非终胜，几年之后，刘邦终于战胜项羽成就帝王霸业。戏马台是徐州现存最早的古迹之一，项羽灭秦后自立为西楚霸王，定都彭城，于城南山上构筑崇台,以观戏马,故名戏马台。

颔联好,对仗巧妙,气韵深沉刚健,意味隽永。(张评)

> 三年负笈沐春晖,觅取名山眺翠微。
> 冬尽未知梅已绽,秋来惟羡雁初飞。
> 不辞好梦时时换,未达佳期事事违。
> 钝拙文刀常惨淡,终裁新绿雨中肥。

评点:

杜诗此首较弱,但"清秋燕子故飞飞"句流丽,"匡衡抗疏功名薄,刘向传经心事违"句顿挫有力。

此诗写杭大读博三年的感受,因有"三年负笈沐春晖"句,令人怀想吴熊和先生。中间两联顿挫有力不亚杜诗。颔联写时序匆匆,读书岁月辛苦勤奋之状隐约可感。颈联最得老杜转折顿挫之法。第七句自谦自嘲,托出结尾妙句,将含辛茹苦读书岁月终成正果的欣慰之情不露声色地含蓄其中,须会心人方解其意。(张评)

> 胜负从来似弈棋,金陵数载亦堪悲。
> 仍闻商女狂歌夜,便是秦淮水涨时。
> 为忆家山常北望,漫携书剑更东驰。
> 梦回且把珠帘卷,独上层楼有所思。

评点:

可先是江苏灌南人,对南京自然有丰富的感受,唯不知在这里何时曾有"数载"经历?此诗也效杜诗从世事如棋说起,但重点是将自己负笈漂泊的感受放在故都的沧桑中,这是大中见小的衬托笔法。颔联是流水对,借用杜牧诗意。可先兄是杜牧研究专家,可谓心领神会,灵犀相通。"携书剑"句可商。周裕锴兄或许会提醒当今旅途兵器之禁。简锦松兄也可能会有过分拟古之评。盖书剑飘零的意象,在今人诗词中如何处理,值得商榷。(张评)

试望西湖岛上山，但将心寄水云间。
无云峰影波中见，尽日松风鸟语关。
逸共梅妻同鹤子，奇翻雨态胜晴颜。
他年换骨寒灯下，为赋秋怀效马班。

评点：

尾联奇情壮志，气韵高远。研治文史之学者，敢效司马迁和班固者鲜矣。可先兄治学深细精审，加之天赋和勤奋均皆不寻常，有如此襟期，令人信服钦敬！（张评）

未尽诗书早白头，年年不觉几深秋。
摧花风雨频添恨，绕梦烟云似带愁。
肝胆向人常削简，机心忘我更盟鸥。
虽同陶令荒三径，也盼惊雷动九州。

评点：

哈哈，说到我了！特别喜欢这首，流畅温润刚柔兼济。首联"中年伤感"颇似汉魏晋宋间人，颔联行云流水似中唐诗笔。颈联顿挫超逸，尾联转折跌宕，以龚自珍诗意收尾，刚劲有力。后四句回肠荡气，深得杜诗转折之妙。可先有专著《杜甫诗学引论》，其于杜甫诗法，显然很有会心。（张评）

诗国常称李杜功，三唐品藻蕴胸中。
难期沧海风云意，终落秋虫晚树风。
蠹简常看霜月白，清吟更对烛灯红。
名山事业今何有，惟倚楼台忆醉翁。

评点：

这是论诗诗，效杜甫《戏为六绝句》。"三唐"文学史家评论唐诗的提法。颔联似以李商隐、贾岛为例。"醉翁"不知是泛指还是实指欧阳修，可先有《欧阳修词校注》。（张评）

东来水陆路逶迤，十载江南九曲陂。
虎跑泉声萦晓梦，鸡鸣埭口怨琼枝。
朋游青眼情常在，盆底黄花手自移。
独酌未成犹对影，楼前明月正低垂。

评点：

虎跑泉是杭州名泉。"十载"当指自己居杭岁月，此句以"九曲"对"十载"，用平衡感较强的句式包含身世曲折的意绪，效果不错。尾联孤高含蓄，是典型的唐诗结尾法——将意思转出，把阅读的注意引向另一个高远的向度。（张评）

评点：

句法讲究，如"竖子功名三尺剑，英雄霸业九秋槎""仍闻商女狂歌夜，便是秦淮水涨时"等，或用紧缩法，或用流水对，皆诗家语。如能避免一两处的四平头则整体更佳。（闵评，八首总评）

没有"四平头"吧？每首皆次杜甫《秋兴八首》韵。（张评）

茶诗三首次陶然兄韵

拜读陶然兄大作茶诗三首，极为钦佩，涵咏数过，觉得醇味浑厚，颇富底蕴。又因索和而无法藏拙，故勉强应和三首，实漫无所归，而不足称诗也。

浮云世事隔窗纱，曾见蠹鱼未见花。
待得空山新雨后，清泉一勺煮新茶。

清明前后雨如纱，是处湖山早著花。
未赏秋来篱下菊，却思对月品香茶。

行人陌上著春纱，湖畔波光映落花。
鸟去鸟来山色里，云峰处处正宜茶。

再次陶然兄茶诗三首韵

只见羽衣不见纱,流霞一醉地生花。
山阴道士群鹅舞,不为稽山日铸茶。

竹间棋局隔层纱,云外闲鸥地上花。
无因得见丹丘子,却效黄山饮苦茶。

随缘佛道本无纱,坐忘春山处处花。
一对清风开帘笑,苏黄更喜密云茶。

注:陶弘景《杂录》,"苦茶,轻身换骨,昔丹丘子、黄山君服之"。司马承祯有著述《坐忘论》,作琴曲《坐忘引》。

评点:

闲散自然,语浅意深,似皮陆唱和。又胡、陶二人同出吴门,皆擅诗词,常相唱和,所作颇见二人雅趣性情。(闵评)

名士醉茶了!一茶一花说来说去便弄出许多美丽意思,颇见学人雅趣、诗人高致。"待得"两句清新明丽可爱,但"一勺"似太具体,若换作"一例",好像更雅致一些。"却思""却效"两组转折挺好,有灵性。(张评)

昭君墓

昭君青冢情未灭,香溪朔漠两奇绝。
千顷蓝天转暮云,前朝文物沙上雪。

君不见饮马长城路漫漫,风露萧萧水犹寒。
出塞曲中萦晓梦,琵琶声里泪汍澜。

胡天八月秋声早,雁去雁来人自老。
黑水唯吟歌一曲,尘事纷纭连天草。

评点：

语流丽而气贯注，歌行正体也。（闵评）

有李贺歌行之风，味道典雅纯正，风格流丽庄重。后四句尤好。"唯"不精准，换作"微"之类似乎更合适。（张评）

南开大学唐代文学研讨会和刘卫林葛景春教授

唤起高岑是故人，汤盘常捧日常新。
青莲意绪归东溟，杜老丹诚向北辰。
把酒共怜山映月，论诗能激海扬尘。
他年犹待经行地，贤哲重来问水滨。

评点：

次句用典别开生面。颔联亦佳。（闵评）

渊雅！若非熟谙唐诗且学养深富者，断不能写出这样博古通今纵横捭阖之作，仿佛神交古人，又似古人复还，鲜活灵动，绝无拼诗凑句之弊。（张评）

感　怀

揽镜常嗟两鬓华，半缘为客走天涯。
秋霜过后寒犹暖，诗兴来时酒当茶。
此地湖光迷醉眼，他年春梦透窗纱。
但将书卷酬师友，不羡琼台阆苑花。

评点：

后半奇佳。（闵评）

"天涯"指哪里呢？诗人50岁了。据我所知，鬓发早已花白，治学太用功！"诗兴来时酒当茶"，太好情趣！酒当茶并不难，难得的是诗兴，那是精神贵族之奢侈品。"书卷酬师友"更是学人雅事。这样的诗可谓有性情，有格调，是诗家之诗，非诗匠之什。（张评）

满江红

浙大西迁感赋,为人文学院三月三日诗会而作。

劫数东南,烟尘暗,惊涛未歇。
别之江,挥鞭西指,金瓯还缺。
遵义湄潭秋寂寞,泰和建德星罗列。
料当年,辗转极天涯,笳声咽。

家国恨,长相接。峥嵘意,填书页。
对桐油灯影,情怀激越。
边徼经纶纳江海,乾坤开启悬日月。
历沧桑,佳气蕴其间,同心结。

评点：

上片浑厚有力,全篇可谓"词史"。(三月三诗会为浙大晨钟诗社主办,此首系作者为诗会所作,兼怀浙大西迁校史事。)(闵评)

1937年7月7日卢沟桥事变,日本开始全面侵华战争。8月"淞沪战役"失利,民国政府西迁陪都重庆。浙江大学师生在竺可桢校长率领下西迁,历时两年多,穿越江南六省,行程2600公里,于1940年抵达贵州遵义、湄潭、永兴,坚持办学七年。此词上片侧重叙史,下片侧重抒情。上片的确好于下片。其实换头很好,以下仍写西迁岁月中师生情境,惜略多虚语,平铺而欠次第,未能层层深转。(张评)

雁山夏承焘会议次蔡周刘薛钱诸公韵

朋侪聚首四方来,仰望群峰作序排。
安得瞿翁筇竹杖,能登子晋望仙台。
天风拂面松声晚,山月依人岭雾开。
归路东南烟水阔,凤箫吟罢见清才。

注:"蔡周刘薛钱"即蔡厚示、周笃文、刘扬忠、薛天纬、钱志熙。

评点:

"山月依人岭雾开",极有写景功夫。尾联有逸气,亦佳。(闵评)

雁山即浙江省温州市乐清雁荡山。夏承焘先生是乐清人,字瞿禅,晚年改字瞿髯,是二十世纪词学泰斗。首二句弱:"聚首"和"四方来"重复,费词了;"仰望群峰"是"高山仰止"之意。"作序排"太直白。后六句皆好,颔联雅致,颈联隽秀,尾联舒畅优美。(张评)

登宝石山

10月12日下午,邀早稻田大学内山精也教授与门生孟国栋、武晓红、杨琼、虞越溪、屈玉丽、胡凌燕、吴知妍诸博士同登宝石山。

> 宝石流霞秋影中,烟云画出两三峰。
> 葱葱竹木萦深径,隐隐层岩响暮钟。
> 客到西湖仙子醉,泉生幽石佛心空。
> 一年几度来还往,期与故人溯旧踪。

评点:

石字两见。"幽石"改"幽涧"即可。前四句秀丽。"仙子醉"有点儿"飘"。尾联平平。(张评)

壶口行

2015年10月25日,西北大学与延安大学合办李白国际研讨会,由延安返程时经壶口作。

> 日暮驱车原上走,长河一线入壶口。
> 万马奔腾山作阵,裂地惊天狮怒吼。
> 咚咚挝鼓冲激浪,浩浩风涛动牛斗。

水流飞泻云雾来,双瀑彩虹连崖陡。
有歌无酒问苍天,茫茫星槎能上否。
千山万里画中行,窗前朗月掬在手。

评点:

气势磅礴,有太白之风。(闵评)

真的是有气势,还有韵味,这诗太像黄河,时而自然宁静,时而曲折激荡,惊心动魄!前八句状黄江壶口形貌,生动传神;后四句联想,奇美又合理。(张评)

茶诗一首

浮云世事隔窗纱,湖畔闲鸥陌上花。
偶见新芽藏丛竹,闲陪老友酌流霞。
平生为爱诗心苦,镇日常夸物候佳。
待得空山新雨后,清泉一勺煮新茶。

评点:

此首较平。(闵评)

确实平淡,但味深趣雅,有知天命惜物华气象。中年境界,童子何知(一笑)。(张评)

南歌子·保定词学会议和施议对教授韵

关塞山川远,西湖易水遥。
无边烟霭接层霄。一阕新词秋日冶情操。

笑靥凝红粉,悲笳伴绿腰。
白洋淀咏念奴娇。莲芰香清人在木兰桡。

评点：

辞彩甚佳。（闵评）

余亦与会，亲历当时。近年每逢词会，施教授皆首唱《南歌子》，和者甚伙。2014年12月词会在暨南大学，余念道友邓红梅教授已驾鹤，因步施韵作《南歌子》曰："岭表无冰雪，梅英每自长。紫荆时节又飞觞。论剑弄箫词客，聚簧堂。却忆纷纷处，清香为底扬。瑶台孰与共磋商。梦里凤仪花下，细端详。"2016年8月词会在河北大学，又步施韵作《南歌子》念梅："山远秋声近，情伤淑气遥。词心若许入重霄。愿寄清歌一曲、助琴操。长忆梅边雪，羞颜笑沈腰。几番品茗论天骄。不知今宵孰与、共兰桡。"梅门弟子因之泣下。可知人事情怀虽多异，但总有同然处，反观唱和之作，虽词调用韵皆同，却可各怀心事也。唯不知可先兄"笑靥凝红粉，悲笳伴绿腰"句是否与天国红梅人世白鸥共戚戚焉？（张评）

和胡晓明教授湖上偶题三首

堤畔秋风树几行，孤山遮断剩愁肠。
西泠犹见残花落，水面波纹别意长。

苏堤烟雨接微波，秋日心奁转百涡。
世事误人称老马，殷勤霜发镜中多。

断桥来往太匆匆，多少离人一梦空。
今日留君伴明月，更缘湖上有秋风。

评点：

"世事误人称老马"，佳句，于唱和诗中见此有真感慨者，实为难得。（闵评）

那位魏晋风度的名士胡晓明教授对西子湖情有独钟，冬来踏雪，秋来采风，时而陪妻携女，时而单车独行，弄得风情万种诗意盈盈。其《四月二日与妻儿游湖作》云："人间何处是归途？如此云山如此湖……今日衔杯相忘后，臣本烟波一钓徒。"（见《诗词家》2016年第1期）

可先兄亦古典名士，执教浙大已近二十年，必常游西湖，为此间平添人文

风景。第三首最深思多情,唯风格比晓明诗温润些,更多人间烟火,不那么凌厉高蹈。

西湖名胜,得当代二胡诗笔,又增文采诗情。幸甚!(张评)

(原刊于《诗词家》2017年第2期)

陶然诗词

陶然博士也是吴门高棣,现任浙大中文系教授、博士生导师、副系主任,浙大宋学研究中心主任,浙大唐立新教学名师。兼任中国词学学会常务理事、中国辽金文学学会理事。主要从事词学及宋金元文学研究。曾获夏承焘词学奖一等奖、浙江省高校社科优秀成果一等奖等多种奖励。主要论著有《金元词通论》《填词丛谈》《宋金遗民文学研究》《乐章集校笺》等。其人聪颖,平时谦逊闲静,山高水深,每露峥嵘便惊艳卓越。其诗词老练儒雅流畅,书卷气较浓,是地道的学人之诗,又富有轻灵活泼的意趣。

论词绝句·柳永

桐川暮雨子陵台,萧索苇风拂面来。
应制风情皆减尽,满江红胜醉蓬莱。

绮陌红楼日荐觞,慵拈彩线坐平康。
相公乐府人称俊,可有新词动内坊。

名姓不能入侍儿,婆娑无复小腰围。
年年吊柳伤心会,白发虫娘唱旧词。

才人卿相白衣行,知己红颜满汴京。
谁料晓风残月后,绮怀悟彻宋遗民。

评点：

陶师精通宋词，这四首论词绝句充分体现了陶师的学养。四首绝句，十六句，每一句都不是泛泛之语，或是化用柳永词句，或是运用与柳永相关的典故，又没有刻意之感，显得十分自然妥帖，非常难得。所以说，这是四首典型的学人之诗。当然，里面确实存在着一些格律上的错误。如第三首第一句犯了孤平，第四首第四句则是失韵了。（闵评）

以绝句论诗词，杜甫《戏为六绝句》、元好问《论诗绝句三十首》皆名作。此组诗四首论一人，与杜、元分论多人不同。陶教授著有《乐章集校笺》，是柳永研究权威。以四绝句论柳永，重点不在论词而在论人。第一首论其科举不偶；第二首言其文采风流，词风别树一帜；第三、四首感慨其于红颜中得知己，生前身后，词名卓著。

诗词最重意趣境界，谁都可能偶尔疏于格律，没什么大不了的。闵评挑剔准确。第一首第二句也"犯孤平"。这是作者十几年前的旧作。两处孤平其实也无伤境界，调整也很容易，比如改作"萧索秋风""名姓焉能"就行了。第四首第一句若改为"白衣才子擅词名"，叙事效率就高一些。尾句若作"绮怀长忆柳耆卿"，味道可能更好些。（张评）

论词绝句·高丽李齐贤

遍历中原侍主来，小山虞赵共传杯。
巴山蜀水江南地，也着三韩老秀才。

注：李氏赴中原随侍忠宣王焘，得与张养浩、虞集、赵孟頫等往来，学问益进。曾奉使西蜀。其诗有"请看鹤寿峰前地，也着三韩老秀才"之语。

眉州自拟耀家声，女主陵前独峻评。
怅望潇湘帆照影，此间何可无李生。

注：《眉州》诗序以三苏拟其父李瑱兄弟。武后陵事见《栎翁稗说》。其词有题潇湘十景诸阕。高丽王降香江南，每从容曰："此间不可无李生也。"

殷勤事大亦伤神，北上燕行数十春。
苦忆鸡林兄弟老，都门风雨一陪臣。

注：李氏出庆州鸡林。《益斋集》中多有思乡恋亲之句。

大晟风流制曲新，东来不惯拗喉唇。
四声严断阴阳别，唯有海东第一人。

注：宋徽宗赐大晟乐与高丽，然高丽文人不擅填词，不能辨音律及四声阴阳。齐贤所作俊逸清新，持律严谨，李宗准所谓"吾东方一人也"。

评点：

此题制作难度比上面柳永四首要大，因为李齐贤显然不是柳永这样的著名词人。能写出这样的诗，可见老师学问之丰富。（闵评）

此组也是以论人物为主，类似纪传体绝句，特需精选细节，传神写意，若非熟读精研者，不能为也。"此间何可无李生"句或可视为本句拗救。（张评）

茶诗六首

生涯未望碧笼纱，最爱迟归陌上花。
负到江西柴一橛，斫将去煮赵州茶。

从来世味薄如纱，尽有逢时满路花。
一片霜林行自在，登楼也解道煎茶。

碗贮清风月印纱，夜深谁与剪灯花。
莫寻身外无穷事，非在香茶即苦茶。

四野星垂落绛纱，三生毕竟水中花。
逢人问著西来意，半句当头且吃茶。

　　　　褪尽残红半臂纱，春深树老已无花。
　　　　凭谁酌取西湖水，唤起苏黄七盏茶。

　　　　尘缘非雾亦非纱，马妇滩头石上花。
　　　　竹杖芒鞋都放却，随他遇饭与逢茶。

评点：

　　叠韵六篇，而篇篇诗意不复，笔力不凡故也。此篇可与胡师次韵《茶诗》六首合看，从中尤见陶、胡二人性情。（闵评）

　　读此诗最好先读陆游《临安春雨初霁》："世味年来薄似纱，谁令骑马客京华。小楼一夜听春雨，深巷明朝卖杏花。矮纸斜行闲作草，晴窗细乳戏分茶。素衣莫起风尘叹，犹及清明可到家。"古今文士都喜欢陆游这首诗的意味。此组诗不仅用陆诗的几个韵脚字，更将其素衣文士情调延伸到现代，与自己的教授生涯联通。第一首"负到"两句真好，意绪灵动飞扬，天南地北地品茶，正是当代教授飞来飞去四方论道的生涯写照，多少清高雅致，泡在一盏茶里。"一片霜林行自在"——太高傲清纯的意趣！"夜深谁与剪灯花。莫寻身外无穷事"——正是名校学者们日常的生活状况和心情。第五首欲与苏黄叙饮，雅人高致。第四、六首以禅意入茶诗。"马妇滩"似用佛经"马郎妇"故事：一说三十三观音之一下凡诱人诵经《金刚经》《法华经》等，最后许嫁唯一能诵七卷《法华经》的马姓青年。新婚之夜有高僧来告知真相。另一说法是："贤女马郎妇於金沙滩上施一切人淫，凡与交者，永绝其淫。"宋代释祖钦诗意："谩说教人学诵经，胸中泾渭甚分明。金沙影里无穷数，散作一滩流水声。"陶诗借佛禅智慧说明人生须看透红尘俗事，从而获得自由意趣、"陶然"心境。陆游诗侧重写风尘之叹、文士清高。陶然此组诗更加灵魂飘逸，写一位专心治学而无意得失的学者清高淡泊的情怀意趣。难怪他的师兄胡可先心有戚戚焉，一一步韵和之。两位清纯的学人写的不是茶，是境界。（张评）

奉和胡可先兄五十感怀诗

江北江南感物华，西溪偶驻足生涯。
湖平近市光如昼，阁矮拥书味胜茶。
屡羡君家换鹅笔，闲看蜗壁护笼纱。
他年有约诗心里，待得春深正著花。

评点：

从容下笔，娓娓道来，而同门之情已见。（闵评）

师兄弟芸窗同立雪，杏坛共生涯，青春壮岁同尝甘苦同感物华，又相约诗心，岁岁同待春花，师门学谊雅士情怀弥足珍贵！尾联特好，清高雅致莫过于此。此诗宜与可先教授五十抒怀诗并读，师兄弟之谊温润敦厚。陶诗直从胡诗续来，又得师弟之体。（张评）

和胡可先兄雁山诗怀夏承焘先生

天风浑穆卷帘来，乐府尘迷只手排。
两浙遂宗秦望月，三生犹念雁峰台。
词心雅并诗心合，笔阵严如战阵开。
谁坐江南横一笛，堂堂旗鼓待雄才。

评点：

中两联皆好。（闵评）

首联高古，气象浑厚。人们常用天风海雨形容李白、苏轼等人物之文学气象，这里隐喻夏氏词学。中间两联真好，显示夏——吴——胡、陶之词脉师承，颇见浙大学人治学之日常情景与神韵。秦望山又名刻石山、燕子岩头，在浙江绍兴诸暨市枫桥镇乐山村东北，是会稽山脉的名山，传说系秦始皇会稽刻石处。辛弃疾晚年作《汉宫春·会稽蓬莱阁观雨》有"秦望山头，看乱云急雨，倒立江湖"句。雁山即温州乐清之雁荡山。夏承焘即乐清人，是吴熊和先生的老师。尾联既怀先师，又自砥砺，雅志豪情略地干云，与首联气势相高。夏门吴门，正山川相

映,朗月清风。(张评)

夜临苏帖

夜半临苏帖,勉力仅半行。
公书如公句,浩浩复茫茫。
初读惊酣饱,欲效笔无光。
左舒如雁翼,右束肩独昂。
得意非形似,翻飞转豪芒。
黄州寒食夜,渡海一苇航。
乃在刚柔外,别作新帜张。
以兹悟词法,流丽杂端庄。
宁止涪翁拜,百代墨犹香。

评点:

以小事而成五古,须有大功夫,此诗可为范例。(闵评)

古朴雅洁,娓娓道来,如促膝夜语,深得五古体势。然意蕴雄厚,是深知苏公者。苏轼《与子由论书》提出"端庄杂流丽,刚健含婀娜"的书法美学命题,影响深远。此诗亦有此韵致。(张评)

观黄河壶口瀑布

黄流九道下昆仑,浊波万顷束壶口。
渴龙掘地起干戈,饥虎争向苍崖吼。
禹贡疏水西断云,长空一击破巨缶。
狭壁峭立仰鬼工,急箭湍飞嗟神手。
横天激沫连晋秦,举世坚城谁然否。
游人脚底撼惊雷,心摇神眩似土偶。
岸槽行船存旧痕,壮瀑生烟幻复有。
裂峡盘回下孟门,双石砥峙成户牖。

浩荡雄兵争中原，千军拗怒亦低首。
我生江南春水旁，山河表里卧游久。
历历如翻草堂诗，处处感兴杜陵叟。
天宝鼙鼓彻甘泉，漂泊转徙如鸡狗。
怀家望月问鄜州，凤翔城前露两肘。
始知诗在颍洞时，到此欲拜牛马走。
俯视大河注东溟，起看南天依北斗。

评点：

气势雄放，与壶口瀑布之景相得益彰。（闵评）

深得歌行体势，气势雄浑，转折跌宕，很有冲击力。若有二三秀句点缀，则可提升诗境，成就名篇矣。写景中嵌入历史传说和故事，作者也参与诗中，从而使写景之诗不单调，不平庸，有灵性，有文化底蕴。（张评）

哀川西地震

天旋云转地翻盆，野哭长歌动国门。
五万平人同日死，三千村社几家存。
巴山有泪风尘暗，蜀雨无情月色昏。
已恨今冬寒彻骨，忍招春暮子规魂。

评点：

有伤时忧世之心，非闭门造车而作。且诗句能切合川西之地。（闵评）

沉痛！深含悲悯情怀。（张评）

浣溪沙·夜梦侍先师吴熊和先生赏花对酒

十二楼头冷浸秋，舞衣歌扇一时收。深帷尘满宝帘钩。

此日忍从花下醉，他生重作镜中游。馀霞照水滞行舟。

评点：

上片写景，下片抒情，而复以景物作结，有章法。（闵评）

首句暗用李长吉《李凭箜篌引》"十二门前融冷光"诗意，同时也是用陈师道悼曾巩之《妾薄命》诗中"主家十二楼"之典。李贺是善于写虚幻世界的诗人，笔下常有秋夜亡灵之类的意境。此词写梦侍先师情景，因效李贺笔法。又秦观《浣溪沙》："漠漠轻寒上小楼，晓阴无赖似穷秋。淡烟流水画屏幽。自在飞花轻似梦，无边丝雨细如愁。宝帘闲挂小银钩。"此词或对秦词有所借鉴。"镜中游"典出王羲之诗："山阴道上行，如在镜中游。"（宋王楙《野客丛书》卷七载）此或有引名士相比况之意。此词遣词用语颇用心，"冷浸秋"气韵袭人，领起天人暌违而梦幻相逢的意境。"一时收""尘满"寓先师已去。"忍""重""滞"等语满含眷恋，特见师生情深。全词凄美深婉。（张评）

浣溪沙 · 乙未清明祭先师吴熊和先生用东坡韵

一缕相思梦不成，半摊书卷若为情。谁家今夜酒频倾。

拂地珠帘巢旧燕，推窗暖律啭新莺。未须烟雨恨清明。

评点：

下片较出彩，上片一般。（闵评）

上片更好些。前一首梦侍先师，虽然凄婉，尚可于梦中赏花对酒。此词写思念依旧，梦却难成，唯物是人非，倍觉伤情。两首实为组词，亦幻亦真，进退笔法，真切情怀。（张评）

忆江南 · 先师吴熊和教授纪念集出版复逢忌辰以三阕感怀

江南好，最好北窗曛。
半盏苦茶评晏柳，一湖春水话韦温。
胜似酒盈樽。

江南恨,何处觅词魂。
壮岁宏篇惊四海,暮年诗意倚双轮。
天不佑斯文。

江南忆,最忆是师门。
犹记初来颜色少,今朝揽镜鬓添痕。
虚掷愧深恩。

评点:

师生之情感人肺腑,《忆江南》三阕尤见情深思念之笃。(闵评)

的确感人。三首分写"好、恨、忆"三层意思,将珍惜、惋惜、自励之意次第推出。情调由温馨转凄凉,再转惆怅。数十年师生情谊难以尽言,撷点滴而见深永。风格质朴无华,得体。

忽忆2012年拙作《朝中措·悼吴熊和先生》:"文章未许一言空。清誉立寰中。通论一编精要,学林永沐春风。　　伤情最是,哲人鹤去,我泪龙钟。从此西湖烟雨,如何再觅词翁。"吴先生与业师王水照先生是同代学人中的密友。余读研究生时就经常仔细阅读揣摩吴先生的著作和文章,心向神往,也曾有幸于学术会议拜见之。在此谨志纪念。(张评)

好事近·海南临高怀东坡二阕

岭外老东坡,闲倚晚天孤月。
一笑六根皆净,剩霜颜冰雪。

心安何必问身安,乌角杖筇节。
已忘汴中朝事,看白鸥明灭。

廿载读公诗,曾卧惠儋明月。
白鹭晚横秋浦,恨天南无雪。

半生功业了无成，尚能述高节。
北望六桥烟水，忆涛生潮灭。

评点：

清丽。第一首写苏，第二首写己，异代相感。（闵评）

深解坡公心事，如霜如雪情怀。第一首写对坡公的仰慕，第二首自述情怀。词思灵动，意蕴清高。笔者与陶然兄同治宋学多年，也"曾卧惠儋明月"，因而很能理解这种朝圣般的心情。"心安何必问身安"，正是苏公佳境。（张评）

减字木兰花·步儋州北门桥访东坡书院

平畴似镜，拂面芦花催酩酊。
蔗与人齐，路在牛栏西复西。

今来儋耳，便可此生无憾矣。
我欲从公，坐咏谈天月半弓。

评点：

上片写景出奇，"蔗与人齐"尤其别开生面。（闵评）

"我欲从公。坐咏谈天月半弓。"是今人普遍的景仰之情。苏公在儋有《被酒独行遍至子云威徽先觉四黎之舍》诗云："半醒半醉问诸黎，竹刺藤梢步步迷。但寻牛矢觅归路，家在牛栏西复西。"（张评）

减字木兰花·用东坡儋耳春词韵

乌巾竹杖，白发簪椰藤帽上。
滤酒成工，赤脚横江魁芋红。

桄榔清胜，蛮唱黎歌馀梦醒。
海立无涯，杳杳中原北岭花。

评点：

此词句句单看皆似无奇，然组合之后便觉工稳自然。（闵评）

深得东坡公居儋意趣。结尾一韵孤高幽远。（张评）

行香子·儋州东坡书院载酒堂

儋耳孤村，良月嘉辰。过僧舍，暮雨微闻。
行吟倚杖，忘此尘身。任食无肉，出无友，室无人。

载酒堂存，欲觅旧痕。到今日，遗像犹新。
残年饱饭，功业雄文。问黄州夜，眉州梦，惠州云。

评点：

行香子词牌，关键处在上下片两结语。此词下片结语令人觉境界开阔。然词中袭用东坡现成词句稍多。（闵评）

上下两片结韵都好，亦巧妙亦舒畅亦真实自然。东坡自嘲"平生功业，黄州惠州儋州"，实际也是他一生文化、文学、学术生涯的三个丰收期。司马迁《报任安书》云："文王拘而演《周易》；仲尼厄而作《春秋》；屈原放逐，乃赋《离骚》；左丘失明，厥有《国语》；孙子膑脚，《兵法》修列；不韦迁蜀，世传《吕览》；韩非囚秦，《说难》《孤愤》；《诗》三百篇，大底贤圣发愤之所为作也。"盖途穷而文工，境厄而著书，东坡亦然。（张评）

行香子

漫卷诗书，抛却经文。凉风起、又近秋分。
小楼高卧，偶忆前尘。但东山梦，南山塔，北山云。

相望江湖，一夜星辰。剩他生、谁幻谁真。
纵能重见，已忘何人。是镜中花，水中月，醉中身。

评点：

此首词味较平实。结语镜花水月稍嫌落套，不如上一首《行香子》。（闵评）

此非闲词，似怀人之作。唯不知作者所怀之前尘往事、镜花水月之人是谁，竟至如此刻骨铭心。（张评）

减字木兰花

骊珠天上，一朵昙花逢坐忘。
诸法无常，吹落山行岩桂香。

无依无住，无碍尘心无歇处。
喝断霜空，古镜捶开即祖风。

评点：

首韵起得新奇。全篇有禅味，于词中虽不多见，然不觉突兀，此功力使然。（闵评）

词写禅意，轻灵飘逸。古今高人之于宗教，但取智慧，不陷执迷。陶然兄深得此意。（张评）

点绛唇·无锡用姜白石韵二阕

双桨清秋，太湖东畔云来去。
惠泉甘苦。一阵檐前雨。
雪浪天低，便向梁溪住。
凭谁许。倪家画古。落叶霜林舞。

知足桥头，行人过此纷纷去。
半杯茶苦。略抵初秋雨。
绿藻粘天，旧寺无僧住。
今何许。锡腔犹古。未敌平场舞。

注：梁溪，无锡水名，亦为无锡的别称。倪家画，谓元代画家倪瓒，无锡人。知足桥，无锡桥名。绿藻，谓太湖污染。旧寺，当日于见一无名旧寺，已荒废久矣。

评点：

第一首好于第二首，因第一首有出彩处，而第二首虽无明显缺点，但感觉平淡。（闵评）

"锡腔犹古。未敌平场舞"好玩。"旧"字是词眼。二词深藏怀旧款曲。（张评）

念奴娇·韩国襄阳郡怀古效东坡赤壁韵

海潮西上，凭栏望、直欲眼空无物。
疑是中原，遗旧筑、东岸重城坚壁。
郡号襄阳，湖名青草，遥对金刚雪。
江陵有祭，汨罗沙上英杰。

犹想五纪烽烟，图王雄霸事，战端轻发。
十万精兵，随赤旌、转瞬尘生尘灭。
隔断云天，看烟波渺渺，晚山如发。
临风清酒，渐悬楼角凉月。

评点：

苏轼千古绝唱在前，后人固不可望其项背。此篇能到如此地步，已属难得。下片笔力雄浑。（闵评）

此咏史之词，用含蓄委婉的笔法咏叹当年半岛战事，言不尽意，意在言外。金刚山海拔1638米，是朝鲜第二高山，也是历史名山。1998年朝鲜政府曾向韩国游客开放。襄阳郡在韩国东部，附近有古城垒遗迹、青草湖等，还有统一展望台可眺望金刚山。江陵在韩国东海岸。五纪数句指六十年（即五纪）前朝鲜战争。（张评）

念奴娇·和顺赤壁效东坡韵

峡湖高耸,锁重巘、旧识江山风物。
一径旋空,闻此地、从古也名赤壁。
百嶂沧浪,千寻碧水,澄静如冰雪。
望乡亭上,凭栏瞻想前杰。

飘渺西北层崖,忆崔公远祸,凉风初发。
秘景天藏,消此生、已觉尘缘都灭。
世事纷然,且松间仰卧,晚云如发。
东坡应笑,拍肩遥指新月。

注:和顺赤壁在今韩国全罗南道和顺郡同福川上。传朝鲜中宗时崔山斗因己卯士祸居此,见山川形胜,绝岸岩赤,与长江赤壁相类,遂名之。有沧浪、勿染、宝山、二西四壁八景。

评点:

比起前一首,这首少了一些词味。(闵评)

颇类王安石《桂枝香》、苏轼《念奴娇》(大江东去)韵味。可知作者涵泳古人深得个中三昧。下片自出机杼,写崔氏远祸避世之意。结尾两韵传神。"晚云如发"新颖奇特。(张评)

渔父词八阕

轻簑浅浪疏渔网,小笠微风直钓针。
一船月,一声禽。一片闲云物外寻。

自来自去舟旁鹭,相看相随岭外岑。
一荷盖,一重阴。一点尘劳莫须侵。

扁舟暖水横青障,细雨孤村绕碧浔。

一篷雾，一袭衾。一枕春醒万里林。

水光山色弥窗近，花貌玉肌懒镜临。
一帆远，一灯惛。一念劳形响似砧。

百丛菰蒲分清鉴，万顷波心对晚霖。
一弦意，一虚襟。一曲沧洲有远音。

浮家泛宅晴光好，持蟹弄螯日影沉。
一蜗利，一蹄浮。一醉何妨落玉簪。

西兴渡口清波远，东浦桥边晚露深。
一壶酒，一张琴。一梦江南夜雨吟。

苇花初白飞如雪，桂子深黄坠似金。
一湖水，一生心。一棹渔歌忘古今。

评点：
清新活泼，萧散自然，确是《渔父词》之风味。（闵评）
构思敏捷灵巧，颇得渔隐神韵。最后一韵结得干净利落。（张评）

（原刊于《诗词家》2017年第2期）

褚宝增诗词

褚宝增，字应去，号燕南幽士，诗人，教授，北京大兴人，1965年生。1982年考入南京大学数学系，从桐城文脉传人许永璋教授学诗。毕业即入中国地质大学执教，除主授数学外，还开设《中国古典文学史略》《中国诗词创作史》等课。兼任《诗词家》杂志副主编。曾获北京市高校教学名师称号。已出版《褚宝增诗文选集》《现代数学地质》等论著20部，发表论文50余篇，诗词创作6000余首，指导研究生已毕业87名，收门下学诗弟子9人。曾获全国"寅虎咏春"大赛诗词类唯一金质奖。

其诗词如古燕赵感慨悲歌，读之如见志士仁人，忠孝悲悯，善恶分明。其风格偏于豪放，常有不吐不快之意。情感意趣贴近生活，遣词造语自然流畅，不避口语。构思讲究转折对比，多有巧思妙语。时或用典，亦渊雅深富。他主张诗词必须说真话、写真情真事，反对为文造情，无病呻吟。他以学者之心道百姓情怀，写自家心事，故其诗词鲜活生动，接地气，生活气息特浓郁。

他的诗词最与众不同之处是全部使用新韵，他称之为今声韵，即现代汉语普通话声韵体系。

现代人作格律诗词，用新韵还是旧韵？争议已久。中国是个多民族大国，自古以来，各地方言众多，国家总要寻找一种可以通用的语言进行交流。汉字产生后，成为公共交流的主要工具，但不同时代、不同地域对汉字的读音却不尽相同。国家就采取统一规定的方式尽量使读音规范化。隋唐至清代，国家采用以南方方言为基础的语音体系，即《切韵》《唐韵》《广韵》《平水韵》《佩文诗韵》一脉。国家考试常常有诗、赋科目，所以诗韵的韵部划分比较细致严格。由于考试不考填词，所以词韵区分就宽松一些。清人总结填词用韵的规律，总结出《词林正韵》，受到普遍认可。《平水韵》和《词林正韵》其实属于同一音韵系统，都是以南方语音为基础的。中华民国教育部1924年颁布了新的国语体系，以北方话为基础。"新韵""旧韵"之争由此凸显。

朱自清在《中国新文学大系诗集·导言》[①]中谈道："刘半农很早就主张'破坏旧韵，重造新韵'……其后，赵元任于1923年研制了《国语新诗韵》。"1941年，国民政府颁布推广黎锦熙编写的《中华新韵》。1965年，中华书局上海编辑所出版了依照《中华新韵》编写的《诗韵新编》，此书于1978、1984年两度修订重印。2005年8月岳麓书社出版了洪柏昭主编的《中华新韵府》。之前河南文艺出版社据《中华新韵府》待刊稿推出《中华新韵府·韵字袖珍版》(2002年)。之后中华诗词学会公布《中华新韵韵部表》，以《新华字典》的注音为依据，分14个韵部，只分平仄，不辨入声(但对入声字派入普通话平声者予以注明)。"提倡使用新韵，但不反对使用旧韵……但在同一首诗中，对于新旧韵的不同部分不得混用。……使用新韵的诗作，一般应加以注明"。

还有广西人民出版社出版的《现代诗韵》、南京诗词学会编辑出版的《江南新韵》、北京诗词学会编辑出版的《韵辙新编》等。

二十世纪八十年代以来，随着旧体诗词创作复兴，诗韵改革的讨论持续不断。人们通过研讨会、刊物、网络等多种方式发表对诗韵改革的种种意见：1、新、旧韵并行；2、全用新韵废止旧韵；3、以词韵取代诗韵；4、恪守旧韵。比如1988年11月，第二次全国当代诗词研讨会在广东省三水市举行，会上讨论最多就是新、旧韵问题。会议论文集《旧瓶·新酒·辩护词——当代诗词研讨文集》[②]收录69人77篇文章，反映了上述四种观点。

中华诗词学会主办的《中华诗词》、广东中华诗词学会主办的《当代诗词》等刊物明确宣布新、旧韵之作兼容并收，但请用新韵者注明"用新韵"。广州诗社的《诗词》报明确规定诗韵可放宽到《词林正韵》。

在各种讨论会上，主张恪守旧韵的发言者较少。比如袁第锐认为"按照普通话写诗词，有许多人念来不顺口，不合辙，不伦不类，算不得诗词。""不要谈废除入声"(《研讨文集》第593页)。2009年，伯昏子(睢谦)与胡马(徐晋如)起草了《关于传承历史文化、反对诗词"声韵改革"的联合宣言》，在网上征集签名。

坚守旧韵的核心理念是：旧体诗词是汉民族在长期实践中逐步完善形成的一

[①] 上海良友图书印刷公司1935年8月出版。

[②] 李汝伦主编，广东人民出版社1992年12月第一版。

种成熟的、规则性很强的文体形态，旧韵是这种文体的重要标志。用新韵就破坏了它的原汁原味，破坏了这种文体的和谐之美。尤其是入声字，虽然在新韵中不存在了，但在中国许多地区还大量存活。用新韵写格律诗词，会在平仄和押韵两方面造成混乱，使有入声的人群觉得不便，尤其是有些词牌规定押入声韵，怎么能用没有入声的新韵呢？

坚持旧韵的人认为这是尊重传统，是"尊体"。尊体是正宗正脉，不可讨论也不必讨论。对于用新韵的呼吁，不理不睬就是了。

从目前创作实际看，用旧韵写作的人无疑是多数。就连许多大声疾呼用新韵的人，自己作诗也还是尽量用旧韵。如果不用旧韵，就可能被讥为"外行"，被鄙视为"不懂规矩"。北方虽有些人作新韵诗词，但名家名作殊少，根本就不能与旧韵诗词分庭抗礼。这与经济和文化南强北弱的大环境也有关系。台、港、澳、新加坡、马来西亚等地海外华人作旧体诗词基本还是使用平水韵，日本人甚至使用《广韵》。当然，也有声望较高的人偶用新韵，并且在发表时注明"用新韵"，如霍松林、李汝伦等。近些年欧美华文诗词中，注明"用新韵"者也不罕见。

理论与实践反差很大，用新韵写格律诗词是需要勇气的。褚宝增教授是一个勇敢的实践者。他学诗本从旧韵始，但"自2002年改以现代汉语为标准，彻底今声韵，全部入派三声"。他在各种个人简介中特别强调这一点。近日我注意到他发表在微信朋友圈的新作《丁酉初夏论诗绝句三首》（中华通韵）：

不悔轻狂是少年，曾呼屈宋作衙官。
老来诗律足精细，堪补当初放胆言。

不仅翻新敢创新，求新首要立精神。
前七子又后七子，重在今朝拟古人。

不失法度继先贤，当解时光只向前。
天下男人多短发，是谁仍卖汉唐冠。

这是他又一次公开宣示"彻底今声韵"的理念,自信而且坚定。前不久他还转发了一条微信:教育部《关于举办2017诗词创作征集活动的通知》。此《通知》云:"为配合以普通话为基础的中华通韵研究制定工作,探索和总结诗词创作实践的用韵规律,特举办此次诗词创作征集活动,此次活动征集的诗词要求以普通话语音系统为押韵依据。"他转发时特别强调:"正式向平水韵宣战了。"

他作品很多,以下荐评三十余首。主张旧韵和新韵的诗友们都可以耐心体会一下,看看用新韵是否破坏了旧体诗词的原汁原味和谐之美。

于西安别夏包伟兄

数语匆匆断远离,激情难定反无诗。
今宵别罢何时会,明夜金陵梦里知。

评点:

无论格律诗还是自由诗,古今中外之诗,真、美、诗这三个要素都不可或缺。此诗情趣真切,表达细腻微妙。以数语对远离,强调匆匆之感,惜别之意深蕴其中。"反无诗"是反衬手法,强调"激情难定"。今宵对明夜,现实对梦想,可见友情深厚。作者巧于构思,诗法娴熟。"别罢"有点直白,有点像《水浒传》的味道,这可能与作者的个性、风格、习惯有关,他似乎不太喜欢用"别却""分袂""执手"之类拟古风格的修辞。

思刘未

独行小院有何凭,夜欲阴云力不凝。
若是相思随雨去,怕惊东海浪千层。

评点:

后两句巧妙,与王维"唯有相思似春色,江南江北送君归"、李白"我寄愁心与明月,随风直到夜郎西"同一机杼,都是将"相思"置于无边无际的时空中陪伴离人远行。"怕惊"句又深含祝福友人一路平安之意,是细腻蕴藉之语。首句

"有何凭"略费解,应是"意何凭"吧?第二句的意思是不是"欲散阴云力不凝"?

生 日

热菜一盘葱数根,无何异样此黄昏。
与妻才欲同撕饼,携酒故人呼进门。

评点:

亲切自然,现场感极强,口语入诗也很和谐,毫不做作。"撕饼""携酒""呼进门"鲜活有趣。

表 弟

岁岁承包十亩连,种瓜辛苦举家捐。
寒春棚内苗先育,初夏田中秧再迁。
压蔓双膝畦侧跪,防贼半夜地头旋。
小商虽给四成价,闻遇冰雹无一钱。

评点:

将农事艰辛写得细致真切,堪称当代新乐府。不知"连"字何不用"田"?"举家捐"略生硬,似凑韵。

雏 菊

半瓶净水百颜开,翠梗直腰用力抬。
夸罢清幽无媚色,娇妻引颈送香腮。

评点:

后两句有趣。全诗意境过实,颇欠升华。第二句非诗语。略改几字:"半瓶净水素颜开,总伴秋风爽气来。长是清幽无媚色,娇妻笑意染香腮。"是否稍好一些呢?

菜 价

菜价升一角,农家挣两分。
市民真若恨,只许恨商人。

评点：

"恨"字有点重,应该是"怨"吧?怨而不怒,温柔敦厚之旨。

红旗渠

倾县涌出三十万,不论罗敷与老汉。
一日青蔬三斤配,三餐粗粮一斤饭。
麻索钢钎土炸药,凿洞架槽连成串。
一串串成二百里,岂可轻言九年半。
多少英雄可歌泣,多少血汗悬崖溅。
何以官民与天斗,敢将太行齐腰绊。
君不知,昔日井深无水河床枯,片片农田夏日旱。
易子相食娶妻难,有女外嫁不顾盼。
皆言地狱十八层,谁知十九在林县。
如此才有空前举,引领漳河空中转。
水库蓄余电力生,支干布网通八面。
桃李笑开迎春风,稻麦比肩铺芳甸。
亿年沧海变桑田,而今十载沧桑变。
中华自古善争奇,红旗天渠别样灿。
可与长城运河比,又羞与长城运河相为伴。
君不见,长城连连三千里,秦只二世亡民怨。
谁若不与民为本,木能建宫亦能焰。
君不见,运河南北两千里,隋只二世亡民乱。
谁若骄奢极淫乐,水能载舟亦能撼。
转回想,当年万面红旗飘,插向山腰山谷展。

玉帝诸神不敢言，顺应三十万民愿。
从此一条玉带飘，留给子孙千秋赞。
所赞非只一渠功，红旗精神永世焕。

评点：

红旗渠是二十世纪六十年代林县人民从太行山腰修建的引漳入林工程，被称为"人工天河""人间奇迹"。工程于1960年动工，历十年修成，改善了林县水贵如油的生存环境，解决了数十万人饮水、五十多万亩耕地灌溉问题。据说若把工程土石垒成高两米，宽三米的墙，可从广州到哈尔滨。这项惊天动地的伟大工程，是那一代中国人艰苦创业精神的一个表征。

此诗有"史诗"笔法和强烈的民本情怀，讴歌一种穷则思变的人类精神。从创作时间看，是写四十年前的往事。"皆言地狱十八层，谁知十九在林县"，极有感染力。作者怀着敬畏之情走进那段历史，写得颇有英雄气，有一种独特的悲壮情调。

股市大跌

半锅清水众薪烧，十屉叠加气势豪。
一但谁先掀顶盖，惊其所剩不盈瓢。

评点：

妙写股市，设喻新奇。

水调歌头

五斗米频挣，为女读书钱。
腰身总忘折俯，小吏愈艰难。
善论环球王霸，更系黎民生计，成就美芹篇。
抱玉企君刖，修柱待惊弦。

惹偷讽，招高誉，假真间。
楼头只有明月，相对两无言。
雁尚闻弓知避，船且逢礁知转，思此便心安。
不读出师表，白发岂能添。

评点：

写一代文士生存之艰难和心灵之尴尬纠结。反用"五斗米"典故写"小吏艰难"，不得不折腰。用辛弃疾《美芹十论》故事和卞和抱璞刖足故事，写文士怀才不遇，虽然生计艰难，却心系家国。几层反转和对比，有回肠荡气的力道。换头写世事荒诞。"楼头"句用李白敬亭山笔法写孤独感，进而写当代文士惊恐不安、又不甘心放弃理想的纠结心态。煞拍苍劲悲凉，《出师表》典故用得好。全词曲折顿挫，情调沉郁抑塞。

华清池二首

一池汤热九州凉，边镇危机闭眼藏。
如此情贞当不齿，只因身位是君王。

一人受宠万民抛，夜夜高潮不早朝。
莫恨长绫六军迫，谁怜白骨百城焦。

评点：

如此咏史颇有新意和锋芒，民本情怀可敬。"闭眼""身位"直白费辞。"高潮"太露。白居易说"春宵苦短日高起，从此君王不早朝"，比"夜夜高潮"内涵丰富。改作"寻欢"好些。

赴南京拜望吾师许永璋之子南京大学中文系许结教授

再拜苏门赴旧京,草堂更有馆池增。
秦淮涌月重帘闭,商斝垂星醉眼倾。
拾履圯桥成宿愿,插篱陶舍愧传经。
人间憾事终能解,隐落长庚见启明。

评点:

苏当指苏轼,草堂似指杜甫。商斝,商代酒器,此代指酒杯。拾履圯桥,张良受书故事。陶指陶渊明。西长庚东启明,比喻许氏父子。这些典故深含对恩师许永璋的敬爱,也有名师高徒的自矜之意。"终能解"似当作"长难解"。

中国楹联学会名誉会长常江教授六秩晋九祝嘏数韵

自从题壁转题楹,妙手捉双最上乘。
邺下初才七子列,殿前今已万军横。
八千岁月灵椿茂,百二关山雪鹤鸣。
身健不应鸠杖弃,可当梐楚教苍生。

评点:

"妙手捉双"好句。用建安七子典故,寿主当与邺下有关。"殿前今已"属对欠精,似可作"联中老将"。《庄子·逍遥游》:"上古有大椿者,以八千岁为春,八千岁为秋。"《后汉书》志第五礼仪中:"王杖长九尺,端以鸠鸟为饰。鸠者,不噎之鸟也。"梐楚:用梐木荆条制成的刑具,用以笞打。《陈书·新安王伯固传》:"为政严苛,国学有惰游不脩习者,重加梐楚。"以上典故皆祝寿常用雅语,得祝颂之体。

绍兴古城二首

冬雨飘疏步亦慵,无朋无友伴苍穹。
石青水碧寻觅尽,谁是当年陆放翁。

沈园增补至今存,岂为钗头儿女恩。
铁马金戈千古梦,时常惊醒后来人。

评点:

诗味悠长。第一首尾句好,第二首次句有新意。"铁马"句嵌得有力。"寻觅尽""增补至今存"稍嫌直白。

荷

根吮污泥面色娇,善于日下演清高。
如何不似贪官样,道貌岸然正气标。

评点:

以对比出巧思,可见熟练。次句未安,详审作者之意,似乎是"长于日下自清高"。尾句犯孤平。

西江月

闻道人言华发,始知问镜如何。
二人相视了心窠,笑你依然是我。

烈酒唇边稍减,豪情腕底增多。
醉将柔翰当金戈,惊慑星沉云破。

评点：

地道辛词风味，豪放机智幽默。第二句直接模仿"问松我醉如何"。

沁园春

三径通衢，八维放眼，心渐升温。
料龙蛇替变，天纲依旧；时空重组，气象更新。
东去江流，北回雁影，经纬交织万里春。
留残雪，让微风慢扫，丽日随熏。

二毛趋向平分，唯酒量仍能放胆拼。
拒庐山寺里，白莲社请；洛阳城内，绿野堂寻。
打诨车夫，教诗弟子，不惹猿惊鹤怨嗔。
甘享受，这河澄海晏，国泰民欣。

评点：

也是辛词风味，气韵舒畅。辛弃疾《沁园春·带湖新居将成》有"三径初成，鹤怨猿惊"句。"打诨车夫"过于调侃。结尾一韵不知为何如此裸露？不像作者一贯风格，疑是"反讽"笔法。

咳　嗽

常至夜深声愈频，不容梦里久沉沦。
苍天对我严加律，看做少陵又一人。

评点：

此独醒之意，或寓忧国忧民之心。"加"作"如"味道似更蕴藉。尾句作"许做少陵身后人"如何？

老母来电

总定今天问大安,每临枕上必明天。
虽然告我没啥事,仍背妻儿拭泪斑。

评点:

孝子情怀,人之常情。诗语亲切自然如话家常。转折叙事更增感染力。首句可否作"已惯天天问母安"?

谒杭州岳王庙三章其一

终能亲见岳王爷,八百余年情未绝。
受我屈膝三叩拜,愿君上马再集结。
忘其痛饮黄龙憾,代以清除倭寇邪。
一曲满江红唱响,吹平东海浪千叠。

评点:

由对岳飞的敬仰转到"清除倭寇",也是穿越了。东海之东必有人读之不爽。此诗颇能说明用旧韵和新韵的区别,"绝""膝""集"等旧入新平的字都在平仄节奏点上。

自西宁奔敦煌由兰州中转于站东羊肉泡馍老店加餐

大碗鲜汤香菜搁,箸头肉片粉条多。
自剥三瓣紫皮蒜,再要一张发面馍。

评点:

长题如序,宋诗中常见。诗写吃泡馍情景,活灵活现,地道吃货意趣。

游敦煌鸣沙山月牙泉

未被吹平反造山，山中有谷复生泉。
一身俯仰堪惊叹，塞北江南只瞬间。

评点：

奇景奇趣，未着"奇"字而惊奇意趣充溢于字里行间。后两句由造化神奇转入人生感受，有瞬息沧桑之妙。

南宋汤思退

本属秦贼一党中，千金惧受被加封。
高宗未死孝宗立，得在新朝依旧红。

评点：

汤思退是南宋宰相，字进之。宋高宗绍兴十五年（1145）进士，复中"博学宏词科"第一名，任秘书省正字。绍兴二十五年（1155）迁端明殿学士、签书枢密院事。秦桧病危时召见参知政事董德元和汤思退，嘱咐后事，各赠黄金千两。思退未受。高宗闻知，以为思退非秦党，擢同知枢密院事，累迁尚书右仆射、宰相左仆射。绍兴三十年（1160）被弹劾罢相。孝宗隆兴元年（1163）北伐失败，起用思退为相。金人索海、泗、唐、邓四郡，思退主张割四郡议和，又排斥主战派张浚，致张浚罢官死于贬谪途中。孝宗命思退修书割郡议和。不久金人又兴战事，孝宗悔，命思退督江、淮军抗金，思退辞。金兵渡淮，宋军败退。朝野纷议思退之罪，因罢官，贬永州，死途中。

自古咏史怀古之作，常有言外之意。此诗或亦别有寄托。作者心事，未可尽知也。

包饺子

活透富强粉一瓢,半棵白菜惹千刀。
多油少肉荤而素,大馅薄皮饱易消。
猛火宽汤宜快煮,浅碟香醋要轻嚼。
欲知能否添杯酒,暗对荆妻斜眼瞧。

评点:

活泼有趣,将日常生活写得活色生香。京城饺子馆若有识货者,当书之酒旗,裱之门楣。

观曹州牡丹园

数亩田园足有形,大国堪配此雍容。
任由桃抢春之早,不慕菊拼秋者终。
细雨压香沉气韵,微风寻客挽行踪。
妖娆秀美诸般色,偏喜剖心放胆红。

评点:

大国雍容,好诗意!尾句气韵好。颈联精巧蕴藉,颔联浅俗。

评北宋徽宗赵佶

七代积贫积弱功,百疖加速化为脓。
生时讶似重光样,降后难如孟昶容。
绘画蹴鞠成将相,秦楼道观伴廷宫。
潜心所创瘦金体,瘦剩江山半壁穷。

评点:

尾联巧妙!

冬日院中海棠树

无眉无发裸身形,昼忍西风夜北风。
若在家乡当抱蕊,问君何苦到京城。

评点:

"北漂"情怀。咏物之作,及人乃有意趣。后两句诗味沉郁。

水

一盆清水取何难,星月云山皆可牵。
当见眼前还有我,人生从此不孤单。

评点:

有趣。似反讽笔法,表面写不孤单,实则孤单至极。如孟浩然"江清月近人"、李白"对影成三人""相看成两不厌,唯有敬亭山"之类。

正月二十夜游曲江池畔遇元稹白居易并马雕像

灯火支撑夜色,春花放眼无凭。
手抚雕鞍长叹,谁怜我总独行。

评点:

六言诗自古作者不多,盖因其节奏平均,音律齐整少变化。此诗因元白之谊而引发自伤,叹知己难求。

代数学系八二级同学呈南京大学校友总会

吾侪梦里总淹留,不论仙林与鼓楼。
风入梧桐生凤语,书临窗牖伴云游。

从师有幸南麾纳，试策无妨北省投。
十万寰球心所向，一同推涌大江流。

评点：
应景应时之作最易平庸。"从师"一联道自家款曲。

黄山游

为将五岳尽登临，谅把黄山做后尘。
北国肃杀腊月末，江南妩媚觉如春。
一进山门漫天雾，心恐此行要虚度。
日出日落不奢求，权当寻常之健步。
午时才至天色开，四围诸峰迎面来。
小雨淅淅无所碍，自夸人品占头牌。
百态由心万象生，偶经点化愈堪惊。
皆知山自海中出，鱼形龟样似有灵。
裸石万韧垂直立，顶隙侧缝松树碧。
便是一盆花样小，依显风姿卓然气。
千年古松最惹人，横枝低垂展殷勤。
傲骨支撑身躯正，谦逊方能赢自尊。
远处群峰小露头，悠哉慢在云间游。
似有风来忽不见，偷闲与我一面谋。
总赞江山如画般，画卷岂能胜江山。
所述瑶台神仙境，原型始知自人间。
飞来石傍低头望，眼眩腿酸投书状。
人与江山争豪情，人比江山低万丈。
本欲登高借好风，风先向我借呼声。
回音壁上一声吼，证我到此留行踪。
黄山具备华山险，黄山不输衡山倩。
料想五岳甘居后，我今幸与黄山见。

世间不定又何如,万物说有或说无。
不再伤情被遮蔽,做个真心大丈夫。

评点:

活泼之诗,得吕本中、杨万里之活法。自然亲切,娓娓道来,读之如临其境,如悟慧心。结构随行走次第,用韵四句一换,既和谐又多姿多彩。叙说之间,常有赏心之情,阅世之理。时有妙语秀句,如"皆知山自海中出,鱼形龟样似有灵""人与江山争豪情,人比江山低万丈""回音壁上一声吼,证我到此留行踪"。

与诗人刘庆霖先生于京痛饮二首

由他春色惹风萦,百尺楼台左右凭。
举起金樽一放眼,唯公分走我诗名。

久妒公才今始平,同开乐府用新声。
诗坛宣告呼刘褚,从此吾朝有并称。

评点:

豪放人作豪放语!刘、褚是否并称尚须历史淘洗确认。在此情此景此诗中,这并不重要。重要的是一份惺惺相惜的心情,真切感人。共同爱诗爱酒其实不难,难得的是"同开乐府用新声"。刘也主张新声韵并全用新韵。

(原刊于《诗词家》2017年第3期)

苏炜诗词

苏炜,广州人,1968—1978年上山下乡插队落户于海南岛农垦兵团,1974年开始发表文学作品,1977年考入中山大学中文系,毕业后赴美留学,获洛杉矶加州大学文学硕士,并在哈佛大学费正清东亚中心担任研究工作,1986年回国任职于中国社会科学院文学研究所。现执教于美国耶鲁大学,曾任东亚系中文部负责人。1982年出版长篇小说《渡口,又一个早晨》,之后陆续有长篇小说《迷谷》(1999)、《米调》(2007),短篇小说集《远行人》(1987),学术随笔集《西洋镜语》(1988),散文集《独自面对》(2003)、《站在耶鲁讲台上》(2006)、《走进耶鲁》(2009)、《天涯晚笛——听张充和讲故事》(2012),大型交响乐叙事合唱知青组歌《岁月甘泉》歌词(2008),歌剧剧本《铁汉金钉》(2011),诗词集《衮雪庐诗稿》(2015)等。

苏炜是诗人气质浓郁的作家,但用心作格律诗词是近十年的事。其高足陆维舜说"老师从2007年开始潜心研习古体诗"(《衮雪庐诗稿·编后记》)。《衮雪庐诗稿》"附录二:少作拾零"有初恋诗《江村》:

芳村绿竹唱风迟,夏暮营帐诵夜诗。
落石蓝江风渺渺,舞锦红焰影痴痴。
忽从驿旅窥旧面,又自茅庐断荒思。
人生有恨情难已,何如袖手插竹枝。

这是作者自谦"完全不谙音律"时期的少作,虽然格律确有未安,但诗意颇佳,可知天赋诗才,诗心已具。又正编有"1988年秋日于京西双榆树"所作《夜读陈寅恪诗文》二绝句:

> 隔世青魂难觅知，感君情痛若吾师。
> 他年载得咸阳树，一寸霜红一寸痴。

> 百代兴亡叹此身，曲桥阔路愧斯人。
> 时贤都话菖蒲好，寒柳堂前独一君。

诗意深至流畅，格律基本和谐，唯身、人属真韵，君属文韵。"一寸霜红一寸痴"句太好！

观其《衮雪庐诗稿》，2007年以后的作品格律基本严谨，但时有"犯孤平""三平尾""失律""出韵"等小疵。作者说："协律、对仗等，问题尚多，有些是明知'平仄'有失，却不想以音害意，便将错就错的。"（自序）

作者的校友师弟、诗人朱子庆《衮雪庐诗稿·跋》称其"真诗人也"，"把作诗视为正心修身的清幽曲径"，以诗者之痴和痴者之情写人性之真诚，作的是"为己之诗"。其康州居所取名衮雪庐，耶鲁大学书房取名澄斋，标示高蹈出世之雪境澄心，其诗确有"烟霞丽色，澡雪情怀""保留对世界最初的直觉"，又有"思"的特质。

苏炜是优秀的文学家，其诗词大气、渊雅、敏锐；苏炜有古代文人士大夫的气质和情怀，其诗词特有一种儒道释融通的哲学气象和人文精神；苏炜是真诚优雅的诗人，其诗词有真性情、真美丽；苏炜是去国离乡的游子，其诗词深蕴着羁旅漂泊的智者情怀和浓郁的乡国之思。总之，他的诗词皆从心灵溢出，自然流畅，才华横溢，有较高的艺术水准，又真诚无伪，绝非为文造情之作。

步黄河大堤

> 掷石荒涛听渺茫，深宵齐鲁凛苍苍。
> 千秋烟景消平野，一局陈棋烂朔岗。
> 冠盖京华轻契阔，薪珠斯土患麻桑。
> 忽思陈亮危楼望，犹见六朝王谢汤。

注：陈亮《念奴娇·登多景楼》，"危楼还望，叹此意、今古几人曾会？鬼设

神施,浑认作、天限南疆北界。……六朝何事,只成门户私计?因笑王谢诸人,登高怀远,也学英雄涕……"

评点:

首联有苍茫孤独之感。作者与祖国契阔二十多年,终又回到"母亲河"畔,不免心事苍茫,多年漂泊如掷石荒涛,无数凛冽深宵遗世独立。此时面对齐鲁大地黄河之水,他在想些什么呢?个人际遇?历史变迁?世事沧桑?离合悲欢?盛衰成败?"一局陈棋烂朔岗""薪珠斯土患麻桑"或有寓意。思绪太复杂,作者和读者都困惑着……

读越胜《辅成先生》

倚杖苍茫立,衣单照绿苔。
诗书襟底见,风雨任尔来。
秦劫几经眼,唐音犹在怀。
林泉迹履在,儒冠未堪哀。

评点:

首句或出自苏轼"倚杖听江声"、辛弃疾"独立苍茫醉不归"等句,皆写心事之苍茫。他"苍茫"什么呢?或许从他身在异邦却心萦秦、唐的叙说中能找到一些解码。林泉与儒冠是中国古代士人仕或隐、出或处的两种范式,莫非这就是此际作者心事纠结之处吗?苏轼曾说"老杜一饭未尝忘君",那么此诗中的"儒冠"心事是某种"乡国情怀"吗?是身在江湖心存魏阙之意吗?

"襟底"与"任尔"失对,"尔"失律。

又到清明

今年清明节紧随西人复活节。

沉浮生死两由之,廿载悲欢隔路歧。
陈迹隐消鬓脚显,故人弘达泪痕欺。

世途荡荡相凝眼，夜海茫茫独掩扉。
细雨漂花逐水去，春泥静待落红诗。

注：借龚自珍"落红并非无情物，化作春泥更护花"句意。

评点：

中国清明节祭祀死者，西方复活节象征重生与希望。按《圣经·马太福音》的说法，耶稣承受死刑是为赎世人之罪，三天后复活，是为了叫信徒得到永生。首句"两由之"写个人对沉浮生死等命运际遇的无奈和超然态度。虽然说"两由之"，但全诗重点仍是写"无奈"。次句写悲欢离合之无奈，"廿载"当是实指去国离乡之岁月，亲友疏隔，从青春到中年，鬓角间显出岁月的痕迹。才华横溢的作家受聘于世界名校，"世途"算得上"荡荡"了，但孤独感却挥之不去，他在孤独中"静待"什么呢——"化作春泥"？这当然是生命之必然，但他的生命化泥化土之后能护育何地何花呢？看来最令漂泊者萦怀的，是归宿，生命的价值和归宿。

雨后寄北
——漏夜赶稿有感

春山如浪海如倾，万瀑飞飙作鼓鸣。
残稿风灯听夜逝，笔端清泪照新晴。
九州心事化丝雨，一枕乡思寄薄明。
水落霞升晨霁望，溪头千壁青棱棱。

评点：

夜静静，心潮难静。什么心事呢？以至于泪湿笔端？原来还是"九州心事"和"一枕乡思"，依然乡国情怀。诗心诗意如山如海如风雨如瀑布飞飙如鼙鼓阵阵，这是极密集的博喻，气势浩大，冲击力很强。如此开篇之后，以下六句忽然完全进入静夜之思，是动静相生的结构艺术和修辞技巧。

尾句三平尾了，换作"溪头千仞碧棱棱"可好？

读龚自珍

天地高音钟鼓鸣,神人畅诵波涛声。
非儒非侠非名士,亦剑亦箫亦巨磬。
义理肝肠华夏魄,丁香花气庄骚灵。
尽烧衰世鱼虫学,万古空山一盏灯。

注:龚自珍言,"有大音声起,天地为之钟鼓,神人为之波涛矣"。龚自珍诗:"庄骚两灵鬼,盘踞肝肠深。"龚自珍因"丁香花案"受谤离京。与此有涉——其赠王妃才女顾太清之诗曰:"空山徒倚倦游身,梦见城西阆苑春。一骑传笺朱邸晚,临风递与缟衣人。"《己亥杂诗》结篇:"吟罢江山气不灵,万千种话一灯青。忽然搁笔无言说,重礼天台七卷经。"

评点:

异代知音心灵碰撞,是"理解之同情"。咏而似之,似而咏之,有杯酒块垒、灵鬼肝肠之意。注释中"受谤离京"语意深长。"万古空山一盏灯"既咏庄、屈、龚,又寄托自己的生命理想。

"非名士"不确,应该是受对仗约束了,实当作"真名士"。"波涛声""庄骚灵"皆三平尾。作者自言有时不愿"因声害意",当即此类。

登庐山"美庐"有感

庐山"美庐",蒋介石、毛泽东先后居之。

苔迹空阶说怨仇,迹新苔叠记风流。
藤缘百尺龙蛇蛰,雁叫千声云水愁。
月色临窗照两牖,烽烟荡地劫几秋。
江山人事何堪论,默向苍生叩一头。

评点:

历史烽烟之后,此山依旧,此庐依旧,是人事无常而自然恒常也!

"几"出律,改"几经秋"即可。作者满心都是大感慨,偶疏平仄而已。

流水绝句十四首

"流水"者,行云流水而随行随止之谓也。

荒　城

亭荫深碧径苍苍,蔓草青青砾瓦黄。
拍荡江声惟橹应,荒城一抹旧斜阳。

江　上

暮色横天上渡头,故乡千里读行舟。
凭窗莫问当时事,江上春声心底秋。

客　船

才识樟香满婺源,再留四梦到临川。
浔阳江畔东林舍,听雨听风在客船。

庐山锦绣谷清溪

万木萧森立晓昏,千山寂寂独无人。
惟见滴沥清溪水,撞出山门接峡云。

镜　月

如镜月光照碧澜,飘飘银练走千斑。
清江亦有苍虹气,架起瀚蒙闲看山。

枕 上

渴醒中宵起望云，河声岳色正愁人。
矿灾水患频惊报，枕上山川有泪痕。

红 树

瞬思久矣凤凰花，泼紫青空烧火霞。
最忆香江携父旅，半山红树一瓯茶。

我 松

偷得闲心伴我松，挺然拔地一苍龙。
今宵茶酒无人对，倚臂枕霞读放翁。

客 至

濯濯晴日柳风微，笃笃笛鸣槛外扉。
客至远程惊岁晚，华颠无问问芳菲。

青 山

廿载江湖入早秋，春华西去水东流。
青山何问凋荣事，立也无求卧毋求。

霞 姿

伏地拍天胼胝行，褛襤裙裾白云生。
千山千水无人对，月照潺湲雪打灯。

拍 曲

吐珠走润送莺声，一息长抒紫重轻。
儿女江山执手见，纶巾水袖抱风清。

玉 树

安于无问淡于求，清夜月华染素秋。
舀得云间一捧雪，再浇玉树上心头。

知 音

春衣典酒醉听琴，大岳云横落袖襟。
顾曲天涯拍旧韵，好凭诗句敬知音。

评点：

作者深谙流水这个意象的生命哲学意蕴，行云流水是生命之历程，随行随止是生命之态度。前者构成历史，后者是道家和释家哲学共持之理趣。"荒城一抹旧斜阳"写宇宙恒常比照下人事之无常，"江上春声心底秋"写人在岁月中的炎凉之感，"听雨听风在客船"写羁旅漂泊之感，《枕上》写忧国忧民之意，《红树》写乡愁，组诗基本是写"廿载江湖"心事。"廿载"是作者具体真实的特殊经历，读其人其诗皆不可忽略。《拍曲》有优雅韵致，"儿女江山执手见，纶巾水袖抱风清"可称秀句，写出一番独特的演艺神韵。《知音》境界雅致，气韵浑厚。苏炜的诗词总体风格是渊雅浑厚、情真意深、流畅自然。

几处出律：《庐山》"见"，可改"听"。《镜月》"月"，可改"清"。《我松》"枕"，可改"看"。就诗意而言，不成问题，就格律而言，稍改即合。可知作者之诗思自然浑成，但偶疏格律而已。

念奴娇·读棋
——再贺阿光夺广州"名人杯"围棋冠军

轻轻落子,看方盘细目,雨生云织。
见惯尘凡哀乐事,一霎枯寒凝碧。
醉里酣歌,醒来抚剑,肝胆从来识。
月华照影,满襟尘土颜色。

莫叹散尽风流,惟余残局,争报冰消息。
棋自断方生淼阔,浩荡天风捶壁。
浮冻回春,点空扳渡,穷达飘无迹。
君王应愧:布衣今已非昔。

评点:

围棋是高智慧游戏,以棋事入词,联想人间万事,巧思隽语,写得风起云涌,气象斑斓,如战场变幻莫测,惊心动魄,颇见诗才诗趣。枯寒凝碧、酣歌抚剑、月华照影、争报冰消息、浩荡天风等皆新颖奇妙之意,"点空扳渡"是棋语,用得轻灵恰当。

贺新郎·林书豪

2012.2.10夜观NBA,哈佛毕业的亚裔小子林书豪(Jeremy Lin)率纽约尼克斯队与洛杉矶湖人队对阵,以92:85完胜并技压科比·布莱恩独得38分。步清陈维崧韵。

蓦地啸歌发。
一勾手、雷惊旷漠,虹飞麟阙。
展臂弯弓腾跃射,妙传目光如雪。
只手捧、球如明月。
鹤在云沙沉落久,翼初张、斗转乾坤拆。

曾记否，列诸末？

未因砚冻书笔折。
是珠玉，掀篇揭页，总皆人物。
千古文章一语论：胜败岂分豪杰。
守得住，山川明灭。
待到晴窗出图画，看晨光、喷碧花如血。
赋长赋，益常益！

最高楼·科比之伤

独臂砍30分！科比左手感动世界，这伤他竟瞒了一整年（《洛杉矶时报》2013.3.6）。跟腱完全断裂，科比受重伤悲壮离场（国际体育网2013.4.13）。

春衫破，羞杀锦衣郎。独臂也堂堂。
血经冷面成霜雪，肩担苦逆拥骄阳。
算此间，谁品范，似公狂。

也曾见、汗飘珠跳瓦。又曾见、身飞轻夺马。
眉沾露，蹄生香。古今箫鼓随霞起，千秋肝胆鬓边扬。
便归来，还擎绿，再牵黄！

评点：

作者善写球战。篮球场上变幻皆在瞬间，比战场的变化更快更莫测。因为只争胜负并不残酷血腥，所以只具有审美观赏性。澄斋主人似乎是篮球爱好者，以诗笔写NBA赛事，将新题材引入诗词，就算在这个篮球普及的时代，也是很少见的。他把人类积淀了数千年的战争智慧、竞技智慧运用于篮球描写，既有细节写实，又有联想和想象，写得生动传神，风生水起，激情四射，惊心动魄，妙趣横生。这是一个美妙的创举，是用传统诗词形式表现现代生活新鲜元素的美妙尝试。《衮雪庐诗稿》写NBA赛事的诗词有七首，写围棋赛事三首，皆现场感十足。

以作者的诗词修养和球、棋修养，似可开辟诗化体育赛事的独特门径，古今中外，没几个诗人能做到。关键是要写得美妙有趣、有象征义，苏炜做到了。

乡读——往事杂忆之一

书笔当年岂忍停，荒台幽谷草青青。
更深雾重呵灯暖，井浅风寒照面冰。
吟句难成三夜雨，荷锄披尽一天星。
山林感识庄骚味，语未惊人人自惊。

评点：

所忆大概是知青岁月吧？作者在海南西联农场度过十年知青岁月，那里是苏氏前贤苏轼谪居之地，自古蛮荒幽隩，瘴雾迷离。作者十五岁来此地军垦兵团，遍尝原始农耕劳作之艰辛，却深深爱上了斯土斯民，炎凉甘苦刻骨铭心。他在这里开始文学创作，后来成长为享誉世界的华语文学名家。2008年，他据这段生活经历创作了大型交响乐叙事合唱知青组歌《岁月甘泉》歌词，霍东龄先生为之配作了交响乐曲，在广州、海南、湛江、北京、上海、深圳、香港、芝加哥、纽约、休斯敦、悉尼、法兰克福等地隆重上演。我观看了广州演出的录像，十分震撼，认为那是对生命的咏叹，偏重于形而上的精神审美讴歌，淡化对苦难艰辛的回味咀嚼，歌颂生命在苦难中的顽强、在艰辛中的悲壮、在卑微中的高贵、在残酷中的仁爱，表征人性中美丽光明温暖的一面。明白这些，有助于理解这首诗。诗中深嵌着作家对个体生命、对人类生命苌弘化碧、杜鹃啼血般的挚爱和敬重。

贺粤海知青网十周年

2015.12.22冬至日应西舟兄之约而记于澄斋。

一从瘦土茁初苗，敢遣惊雷动壤霄。
曾恨腹空殇瓦钵，几追魂返跪乡桥。
壮歌十载清澜卷，深辙千行白发飘。

骑鹤获麟无问我，但将涓滴化诗潮。

评点：

回顾知青苦难岁月，体会的是悲壮的英雄气。这是独特的"知青情结"。

沁园春·这棵树

著名画家、雕塑家王维力为休斯敦知青组歌《岁月甘泉》演出创作的海报主体，是一棵历尽沧桑的老榕树。

梅柳惊春，水月澄秋，雪洗皓冬。
藉四时风露，拂髯抚鬓；千江浪叠，照影丰容。
拔萃亭林，钗芳华顶，厚土何曾轻负公。
飞泉降，汲海天蓝碧，泽润襟胸。

山川因尔而雄，有茂冠沉枝擎巨钟。
枕星光怀抱，韶钧入梦；浩渊广宇，华月张弓。
兴废凭人，行藏在我，落地深根知达穷。
清歌住，看归林倦鸟，又翼苍空。

注：韶钧，《韶》乐和钧天广乐。泛指优美的乐曲。明朝宋濂："璇玉缀而瑶珠悬，韶钧鸣而律吕谐。"

评点：

沧桑老树这个意象真好！"四时风露，拂髯抚鬓；千江浪叠，照影丰容。""山川因尔而雄。有茂冠沉枝擎巨钟。枕星光怀抱，韶钧入梦；浩渊广宇，华月张弓。"这些沧桑词句中深蕴着英雄气！还有浑厚的使命感，这不是写诗词，而是在写顽强伟岸的人类精神。结尾"归林倦鸟，又翼苍空"还是漂泊游子怀土思归之意。我常常觉得，漂泊是诗的温床，漂泊的栖居就是寻梦，就是诗意栖居。

行香子·贺友重生

好雨吹尘,川野如新。过荒溪、读雪披云。
平芜霜抚,山展砾痕。感谷风冷,岚泉暖,世情真。

皓月凌波,晚照轻匀。客来时、梅酒重温。
英雄莫论,丘壑成文。品泪中歌,涛中笑,诗中魂。

评点:

未详"友重生"之所指,但那一定是很开心的。"读雪披云""梅酒重温""丘壑成文"极雅丽优美,友情暖人,颇见真性情。

"砾""诗"失律。

玉蝴蝶·惊闻友逝

京洛尘轻衣薄,踏泥村陌,展翼重洋。
昔日曾经,荷戟赋句苍茫。
竹林雨、梅香笛里,橡树风、征雁成行。
梦魂冻,解襟呵暖,砌玉心房。

霜降。将军大树,奈何风雪,一夜摧梁。
碧翠飘零,恨无天网挽骄芳。
酒阑时、空杯对月,归路上、谁伴孤樯。
掩蓬窗,忍将清泪,化缕焚香。

评点:

如血如泪如歌,自胸臆流出。"恨无天网挽骄芳"极沉痛。后两韵愈好,情切意永,绵绵绕梁。

"梅香笛里"作"梅间笛里",均衡感好些,且避免与尾韵重复。尾四字若作"焚作幽香"是否更好?

醉翁操·秋望

欧阳修至滁州自号醉翁,于琅琊山听泉,以琴写其声曰《醉翁操》。三十余年后,苏轼据其曲创此调为歌词。此词牌格式特殊,句子长短参差,用韵占十之九,音繁节促,故历来填写者极少,宋人所作仅五首:苏轼、辛弃疾各一,且调体略异(参钱仲联注《清词三百首》)。秋日独吟,援笔试之。

悠悠。新愁。登楼。海天秋。凝眸。
烟波浩浩兮芳丘。渺美人兮江头。
轻移步,月水顺襟流。
朗澄宇,万顷一舟。

问君何去,梦国瀛洲。心追远浪,百叠千涛无休。
宵雨停而帆收。杯酒温而客留。
玉壶云水浮。空荒寄清修。
天地一沙鸥。岂堪得失计亩畴。

评点:

乡国真是个奇妙的生命意象,凡雁飞南北、越鸟巢南、狐死首丘、橘生淮南等,皆寓乡土之恋。至于人类,无论天地玄黄宇宙洪荒还是信息全球化时代,即使地球为一村、宇宙成近邻,乡国意念依然挥之不去。古往今来,漂泊本是人类之智者生存之常态,漂泊者多是志存高远者,然而寻梦无论远近无论岁月,乡愁总是渐行渐浓的,这大概与生命之归宿感相关吧?此词之愁正是乡愁,那一叶扁舟是漂泊的生命之舟,漂泊的心情正如"百叠千涛无休"。

今岁盛夏,羊城十余雅人与苏炜雅集鹅潭古渡闻蛙草堂将军府,吾幸与焉。共赏炜兄收藏之石门颂拓片,有琴师演奏,吾与炜兄唱此词数遍,乡国情怀渐浓渐溢,弥漫于天地之间。炜兄一度泪眼迷蒙,可知其数十载漂泊,乡国情怀之深重。闻者皆动容,吾于席次《赠苏炜》诗曰:"当年苏子倚清流,天地苍茫一叶舟。磊落君家存一脉,千秋文曲许同游。"

高阳台·答友——次韵英男兄

醉里伤春,愁来误酒,抒眉乱缀诗文。
梦里谁骞,楚骚一缕流魂。
危亭把盏斜阳望,暮山川,霭浊难论。
似霾云,壅隔旧乡,障眼昆仑。

登临我亦悲王粲,览斯宇所处,汀浦无尘。
怀土之心,漾深可敌嶙峋。
栖迟客旅千蠡路,雪雨霜,摧骨凝痕。
剩艰勤,刻卷青峰,铭字红巾。

注:"壅隔""览斯宇""漾深"诸语,皆借古贤王粲之《登楼赋》句意。

评点:

王粲《登楼赋》云:"虽信美而非吾土兮,曾何足以少留!遭纷浊而迁逝兮,漫逾纪以迄今。情眷眷而怀归兮,孰忧思之可任……悲旧乡之壅隔兮,涕横坠而弗禁……人情同于怀土兮,岂穷达而异心!""登临我亦悲王粲"乃此词之"眼"。

青玉案·岁感

寒温入枕青霄透。静似古,思如酒。
煮粥魂焦煎梦瘦。千伤万累,穷达无有,尽付繁星斗。

青春每忆青衫旧。青史凭谁论王寇。
任他谣诼封锈垢。江追潮汐,海生天寿,心刻黄金镂。

评点:

"煮粥魂焦煎梦瘦"是奇句,有审美陌生感。岁月感中挥之不去的依然是漂泊忧患之意。

甲子自寿二首

客 路

天涯契阔解心期,客路行难总自知。
叠嶂推波生浪卷,荒江引月起歌诗。
耕深茆垄足音渺,汗重盐滩笑语痴。
蹈海方知川壑大,潮章汐信是吾师。

劫 尘

鬓脚蟠然染劫尘,百年光景过中分。
轩居鼎食从来少,折剑焚琴几许真。
雪满千山行独夜,声喧九域守荒晨。
但求世道平如砥,血土焦砖托傲魂。

评点：

甲子情怀直与屈原李白苏轼相通。二诗气韵阔大，情思深远。"天涯契阔解心期，客路行难总自知"好句，沉郁浑厚。"雪满千山行独夜，声喧九域守荒晨"是大孤独、大操守。

"浪卷"若改"雪浪"，与"歌诗"相对似更好些。"方知"若作"更知"似更精准。

暮冬十绝（选三首）

驿酒闲斟解薄愁,泼茶洗砚写深忧。
山将白发染青绿,折得梅花上钓舟。

注：酒少酌，茶浓斟，此余生之嗜也。

未愧平生巾履轻，天涯每惜此心清。
好山好水甘荒寂，月魄冰魂有浩声。

投鞭下马笑苍苍，底事争雄乱朔方。
家在林泉烟壑处，月光临榻晒书忙。

评点：
中年情绪愈近淡泊优雅，天涯心事依旧常系乡国。"有浩声"略俗。

癸巳西洋情人节示妻

日前与耶鲁同事聊天，有曰：古来爱情诗，很少有写给妻子的。最动人的都是写给女友、情人或者娼优的，顶多也是写给"亡妻"或"离妻"的。概言于发妻"亲情多于爱情而又欠缺激情"。

无限年光有限身，山留秀月月留人。
堂前桃李销肤泽，帘外烟波徊眼神。
执手鹊桥轻乱世，挽襟羁旅淡风尘。
芸窗举盏韦篇续，寒夜衣披呵晓晨。

注：芸窗，书房。韦：一种柔软的皮革。孔子时代书籍以竹片制成，把字用漆写在竹简上，再用皮带把竹简编起来（这是"编辑"一词的来历）。孔子因反复研读《易经》竟把皮带磨断，修好后又磨断，前后断了三次，故言"韦编三绝"。后人以"韦编三绝"誉刻苦读书。二十余年前结缡于巴黎，曾有"人生此渡有迷舟"诗句。

评点：
必是夫妻情深之作，人暖书香岁月温馨，颔联性感有风情。但吾于炜兄情感婚姻之事一无所知，不敢置评。疑"秀月"或非泛称。

春雪二首

雪中坐巴士回校,一路是粉雕玉琢的玲珑世界,同行"车友"命书。

天倾皎素洗江湖,何幸人生入画图。
大朴在山空在野,莹枝为骨玉为肤。
青杆挺白竹魂洁,绿柱镶银松气殊。
琼宇冰壶澄世界,一朝行悟百年书。

摇落纷纷问夙因,一枝一叶一佳人。
梨花袅散生前愿,玉蝶飘飞劫后身。
怅立千年谁在等,素餐独岁可知贫。
晓风拂尔凝霜面,淡荡心湖起碧粼。

今年初雪

轻沙素薄落苍坪,一夜微吟诗卷声。
淡淡风梳银树鬓,悄悄人踏玉壶冰。
园池未老还新翠,金石尚坚况晚晴。
月照晶莹澄俗虑,清霜洗砚写兰亭。

南乡子·甲午自寿三首

细雪打窗棂。一似银鳞划浪声。
曾历鱼龙枯辙困,凄清。海旷天低梦不成。
快意说晶莹。蓦见冰原一点青。
未待乌蓬春水绿,悄听。独钓寒江自在鸣。

铁骨挺银堆。数尽寒枝未见梅。
底事闻香千丈壑,风吹。去岁残红绽梦蕾。
静界隐惊雷。半世痴顽谁慕追。

逆旅感君茶一盏，空杯。酌罢惶靡已化灰。

玉醉水晶酡。千树莹莹酒漫坡。
酽写芳馨童子句，清歌。坦畅心湖荡藕荷。
晴日岂无多。每自坎坷识巍峨。
七宝瑶华堪细琢，消磨。雪映韶光月洗河。
古俗云：月亮为七宝合成。

评点：

雪庐境界，澄斋本色，写自家风景心情，最得澄心雪意，将天地与人之生命中最堪期许最堪抚慰处写得冰清玉洁风神摇曳，优雅纯净明彻宜人。水云轩愿与雪庐"快意说晶莹"："在冰冷的极地，雪是生命如实的约会，是可以轻轻触摸的纯洁，是值得以身相许的宽容，是肝胆相照的明澈……康园无雪，空惹雪梦无痕，海棠梦想着雪的故事，哪怕赤道也变成极地，就算被雪埋葬，也要远离无雪的暧昧。"又《临江仙·雪梦》曰："谁信洪荒开辟后，此间无雪无冰。林中难觅海棠情。飞鸿何寂寂，伐木自丁丁。我最魂萦南极雪，舟车若到堪停。许将肝胆照当庭。冰心随月远，雪梦趁云轻。"

两个爱雪的男人，诗心相通。其实不只是诗人怜冰爱雪，人类都应该有冰心雪意，肝胆相照。

夜梦慈亲

三春晖尽月华清，慈母九天线未停。
寒夜祈温添被语，归程盼听唤门声。
儿想娘亲筷儿短，星牵挚念星子明。
梦临河汉摇舟橹，载我双闱赏馥馨！

评点：

民谚："娘想儿，道儿长；儿想娘，筷儿长。"最遥远的天人暌隔，最无间的母子亲情。从孟郊《游子吟》化出，细节更加细腻感人。

后四句似欠锤炼,第五句失粘致后半失律。全诗韵属八"庚","馨"在九"青",出韵了。细审作者之意,似应是:星牵游子筷忧短,儿想娘亲路愿平。河汉舟行今夜梦,慈颜许此诉精诚。

哨遍·陌上看云

《哨遍》为苏东坡独创词格,始见《东坡词》。历来为词人关隘,少人涉猎,且多有异格。《康熙词谱》谓:"其体颇近散文。"夏日暑长,度谱执字,效诗词网某贤长言:只是想把几个最长词牌各凑一首,以了心魔。

驿岸望归,揖别路歧,去去人飘渺。
风送花,飞叠蔽芳桥。恁匆匆春时将了。
木叶摇,溪滩峡川凝雨,潇潇洒降催晨晓。
听壑底村鸡,松间唳鹤,相呼相吁众峰小。
叹水唯能下乃成潮,悟山不矜高自及霄。
千古兴亡,一己穷通,妙言尽表。

袅。身似闲云,雨追霞弄卷舒绕。
曾历陵谷变,高轩三寄壶瓢。
襟草露风尘,秋霜夏雾,涓涓化入词章梢。
便梦转天回,吟魂忘返,诗心诗路遥遥。
破楚关汉塞有咏啸,锁霸业铜台借琼瑶。
竟何羁,出濠鱼鸟。更寒灯瘦无怨,远月抒莹皎。
每倾无色无形入句,雪态霓姿窈窕。
但闻沧海一声箫,住清歌,水阔烟淼。

注:古联,水惟能下方成海,山不矜高自及天。语出《孔子家书》,原为"水惟善下方成海,山不矜高自极天。圣人胸中有大道,得失成败在其中"。

评点:

并非为文造情,思绪依然萦徊于历史人生之间,沧海箫声里,雪态霓姿皆境界语。

北加州红杉林

冲天一立便千年,俯仰凌虚苍宇前。
耿耿枝隆凛冽志,锵锵风吼大刚篇。
荫招好鸟鸣幽壑,臂举微云拥岫巅。
幻丽此生亲敬厚,深根落土谢泉缘。

评点:
首句真好!所咏者大树,所言者大志,有英雄气、敬畏心、深厚意。

雪浪琴
——听潘畅大提琴并为新琴命名

云根一脉泉飞落,琴上飙流碧玉珂。
律细弓深分月影,韵长弦重断沧波。
浩茫沉戟东吴水,高峻悲觞燕赵歌。
过尽千帆闲放眼,秋涛雪浪举青螺。

注:陆游《戏答野人》,"日饮云根一脉泉,知君骨相自应仙"。青螺,喻青山。刘禹锡《望洞庭》:"遥望洞庭山水翠,白银盘里一青螺。"

评点:
中间两联对仗气韵宏阔,能写琴人神韵。

(原刊于《诗词家》2017年第5期)

景蜀慧诗词

中国当代诗坛，改革开放后有一批诗才涌现，自二十世纪九十年代至今引领诗坛之风雅，其重要标志是《海岳风华集》的编选出版。

1996年，毛谷风、熊盛元主编并自筹经费出版《海岳风华集》，由浙江文艺出版社出版线装竖排本。此集由当时已称"名宿"的十八位著名学者诗家担当顾问，如施蛰存、钱仲联、周振甫、启功、孔凡章、程千帆等。此集选裁颇重艺术水准，从当时活跃于诗词界的中青年诗人中精选了33家631首诗词，出版后受到诗词界好评。

《海岳风华集》有力地推出了当时处于中青年阶段的一批比较优秀的实力派诗词家，这些人后来被我称为"海岳风华诗群"。他们中的优秀者迅速被诗坛各方认可和尊重，很多人成长为各地诗词界的"地标"式人物，比如陈永正、张梦机、钟振振、黄坤尧、王翼奇、王蛰堪、曹长河、星汉、马斗全、杨启宇、熊东遨、熊盛元、刘梦芙、段晓华等。他们评议诗人诗作、参与诗词活动或者设帐传灯收徒授艺，对当代诗词艺术影响深远。

景蜀慧是"海岳风华诗群"中人。她是四川大学历史系1977级本科生，后师承文史名家缪钺教授、叶嘉莹教授，研治魏晋南北朝历史与文学，获历史学博士学位。现为中山大学历史系教授，博士生导师。主要著作有《中国魏晋南北朝文学史》《魏晋诗人与政治》等。

诗词创作方面，她是早慧者，二十世纪八十年代，其诗词艺术已经出众，诗多唐诗风韵，词乃婉约路数。无论诗词，毫不矫情做作，使用词语也不刻意生僻，不故弄玄虚，清新流畅，秀美渊雅，似大家闺秀，端庄娴雅，雍容大气，成熟稳健，细腻优雅，是诗坛难得之灵秀。然而她一直专心治学，诗艺虽然不俗，但用心用力很少，与诗词朋友也殊少往来，连"余事作诗人"也说不上，只是偶作诗词而已。对诗词界而言，她仿佛一个传说，隐藏于康乐园马岗顶的茂林修竹

中，芬芳自在。我与之同校执教，同治文史，同好诗词，却也极少一见。

偶忆二首

其一

当年曾亦著戎衣，岁月骎骎梦已稀。
剑外韶光催逝水，梁州营火暗斜晖。
乡关渺渺云山隔，羌管悠悠雨雪霏。
回首碧峰烟四合，寒鸦万点向巢飞。

其二

汉水秦山旧帝基，西风日冷照营旗。
寒宵清角惊残梦，月夜飞霜驰健儿。
年少不知伤别赋，青春只唱木兰辞。
时光唯见芳菲尽，折遍江梅白雪枝。

评点：

骎骎：马快跑状。剑外：剑门山为古蜀道要隘，连接秦蜀，剑外泛指山南蜀地。李白《蜀道难》："剑阁峥嵘而崔嵬，一夫当关，万夫莫开。"杜甫《剑门》："惟天有设险，剑门天下壮。"陆游《剑门道中遇微雨》："细雨骑驴入剑门。"梁州指今陕西汉中，古称"南郑"，即陆游《诉衷情》"匹马戍梁州"之谓。作者曾在陕南安康度过七年军旅生涯，故有"剑外韶光""梁州营火""营旗""清角""木兰辞"等从军经历和心情。乡关指作者家乡成都。

而立之年，作者正在川大攻读博士学位，偶忆十余年前军旅生涯，感慨芳华易逝，远梦依稀。情怀真挚，修辞古雅，舒畅自然，毫不做作。在当时学子中，如此诗才鲜见。

怀　友

汉南渭北犹飘泊，渺渺孤鸿暂复还。
几度流年伤柳色，五陵秋雨暗红颜。

西窗剪烛鸡声里，除夜倾樽挚语间。
此去秦关应有梦，月明松竹影斑斑。

评点：

作者时在川大，"犹飘泊"者应是友人，两人曾在"汉南渭北"知交多年，有"西窗剪烛""除夜倾樽"的深挚友谊和秋雨红颜的共同经历，此时一在蜀中，一在秦川，因有明月松竹之思（写到这里，我心里有"美丽恋情"之想象。其实发个微信求证很方便，但还是免了罢，留一份可能性或许更适合诗词阅读）。

颔、颈两联不仅对仗工整，叙事亦次第有致。尾句有远韵，含蓄蕴藉，是唐诗笔法。全诗流畅舒展，起承转合皆唐诗风韵。五陵位于今西安市西北，指汉朝五个皇帝高祖、惠帝、景帝、武帝、昭帝的陵墓。白居易《琵琶行》有"五陵年少争缠头"句。

独 寻

独寻幽境绝缁尘，濯足清溪憩此身。
潋澹寒泉苔石静，缤纷落蕊草烟新。
浮云世上人多醉，明月松间影自亲。
踽踽不辞津渡远，子规啼遍暮山春。

评点：

用典自然无痕。首句有韦应物"独怜幽草"意。"缁尘"是古诗常用语，指黑色灰尘，与"红尘""尘俗"意近。谢朓《酬王晋安》："谁能久京洛，缁尘染素衣。""濯足"典出先秦《孺子歌》，《孟子·离娄》篇："有《沧浪歌》曰：'沧浪之水清兮，可以濯我缨；沧浪之水浊兮，可以濯我足。'孔子曰：'小子听之，清斯濯缨，浊斯濯足矣，自取之也。'"孔子认为此歌讲的是一种哲学态度，是生活哲学——人与环境如何相处？孔子认为"自取之也"，水清则濯缨，浊则濯足，善于与环境相处，是主体选择与适应之道。《说文》："缨，冠系也。"即帽带。"人多醉"暗用屈原《楚辞·渔父》"举世皆浊我独清，众人皆醉我独醒"句意。"明月松间"用王维诗意，"影自亲"用李白《月下独酌》诗意。"津渡"指通向远方之路。

贾岛《送李馀及第归蜀》："津渡逢清夜，途程尽翠微。"子规啼常见于诗词，多与悲情相关。此诗句句写清高孤独之意。

肇庆星湖

何日长天坠七星，小岚如黛秀亭亭。
山藏碧窍霞名洞，湖动风荷水满汀。
竞逐笙歌游侣醉，独凭芳榭远峰青。
斜阳堤上合欢树，草色愁烟化暮萤。

评点：

游览而生孤独感。前四句写景清秀，后四句两组对比，以热闹写孤独，以无情衬有情。两联对仗颇工巧，见功力。全诗亦唐风。

肇庆七星岩位于肇庆市区北约2公里处，以喀斯特溶岩地貌的岩峰、湖泊景观为主要特色，七座排列如北斗七星的石灰岩岩峰巧布在面积达6.3平方公里的湖面上，七星岩摩崖石刻是中国南方保存得最多最集中的摩崖石刻群。景区由五湖、六岗、七岩、八洞组成。湖中有山，山中有洞，洞中有河，美如人间仙境。

清秋二首

其一

无言伫望对清秋，潦水苍苍正乱流。
入世谁伤珠玉毁，读书皆作稻粱谋。
但挥名士千觞酒，莫筑元龙百尺楼。
孤鸟寒云归翩渺，西风帘幕月如钩。

其二

群鸦向晚噪空林，园柳萧条雨暗侵。
往事如烟悲远路，文章成土剩孤襟。
黄花有梦香还冷，白日无情秋渐深。
欲醉篱边陶令酒，盘桓谁与共松阴。

评点：

蜀慧喜欢在沉默中享受孤独。此诗有欲清高孤傲而不得的无奈。

敬贺彦威师九十寿辰暨从教七十周年

屈子滋兰意，千秋共此心。
春风开绛帐，霁月见幽襟。
虚室尘嚣远，青灯竹影深。
弦歌七十载，嘉树已成阴。

评点：

缪钺（1904—1995），字彦威，四川大学教授，著名历史学家、文学家、教育家。诗词、书法亦称大家。作者师从缪先生治史学，亦兼擅诗词。屈原《离骚》："余既滋兰之九畹兮，又树蕙之百亩。"比喻培养人才。绛帐指名师设帐授徒。《后汉书·马融传》："融才高博洽……尝坐高堂，施绛纱帐，前授生徒，后列女乐。"弦歌指教育。《周礼·春官·小师》："小师，掌教……弦歌。"《史记·孔子世家》："三百五篇，孔子皆弦歌之。"嘉树，此赞美师德之意。《左传·昭公二年》："既享，宴于季氏，有嘉树焉。"屈原《橘颂》："后皇嘉树。"弟子之于业师，敬爱终生乃人之常情。此诗舒畅优雅华美真挚，得寿师之体。

甲戌除夜遣怀

往事频惊入梦来，韶华过眼更生哀。
春深碧树群莺乱，露冷芸窗几雁回。
世味年馀伤淡薄，琴音夜半起徘徊。
道微千载江湖远，尊酒残灯对落梅。

评点：

"中年感伤"是《世说新语》记载的名士风神。作者此时尚属青年，但韶华渐逝，心绪复杂，哀伤并不浅淡。颈联对仗好，上句用陆游"世味年来薄似纱"

诗意,下句用阮籍《咏怀诗》意:"夜中不能寐,起坐弹鸣琴……徘徊将何见?忧思独伤心。""群莺乱"可商,"乱"字欠雅致,莺非群栖群鸣之类。不过或许作者别有隐喻,自有道理。

戊寅冬至

岁暮谁为霜下杰,天寒独对酒杯深。
情怀至日尤萧瑟,心事中年渐陆沉。
舞乱鱼龙随幻化,弦危徵羽变哀音。
可怜空负澄清志,仰觇玄云起昼阴。

评点:

中年心事、澄清之志是什么呢?舞乱弦危,哀音幻化,岁寒霜下都是隐喻。谁为人杰之问深切,或许是一代文士普遍的无奈。如此看来,这个"空"字好沉重!两组对联句法结构变化自如,是"造内法酒"之高手。

壬辰四月登天柱山

一峰孤介柱南天,翠嶂幽深路几旋。
石径千梯微雨外,松风满袖白云边。
振衣高巘堪遗世,弹指青春已化烟。
犹作红尘羁旅客,故园回望独潸然。

评点:

不爱说话爱流泪,淑女诗人大多如此吗?"孤介"是诗眼。前四句写景精妙,到过天柱山的人必有同感。后四句"中年感伤"挥之不去,此山此人皆有遗世独立之神韵。

甲午孟冬感赋

景物居然返旧辰,花飞鱼乱似残春。
冢中枯骨云堪恃,门外芳兰蒯未珍。
读史更疑今日事,惊心又误百年身。
庾园零落松篁尽,飒飒西风露满榛。

评点:

"居然"二字有力,对"年年岁岁花相似"的时序景物有如此反常的感受,皆因人世多变引发巨大的心理反差,依然是自然恒常人生短暂多变的老话题,但对个体生命而言,内涵可能是独特惊心的:"居然"对"乱残","堪恃"对"未珍","更疑"对"又误",情绪几近崩溃。

"冢中枯骨"典出《三国志·蜀书·先主传》:"北海相孔融谓先主曰:'袁公路岂忧国忘家者邪?冢中枯骨,何足介意。'"后以喻已故之先世及其勋业。"堪恃"是觉得前辈可以倚仗,贬义。"门外芳兰"典出《三国志·蜀书·杜周杜许孟来尹李谯郤传》:蜀郡张裕常有不逊,先主衔之,"下狱,将诛之。诸葛亮表请其罪,先主答曰:'芳兰生门,不得不锄。'裕遂弃市"。"蒯未珍"即蒯除,未予珍惜。庾园典出庾信《小园赋》,代指园林。

诗人喜欢用"乱"字形容水横流、莺乱啼、鱼乱游,当是一种审美习惯。苏轼"乱蝉衰草小池塘"之"乱",亦言自然之美。

菩萨蛮·湘江夜渡

潇湘夜色凉如水,藕塘香谢西风起。
夹岸是青山,两三船火残。

寒鸦栖碧树,一鹭孤飞去。
白露满芳汀,故乡秋月明。

评点:

锦里佳人初游潇湘,川妹子湘妹子都是辣的,但滋味有别。潇湘秋意必然给

看惯了锦江春色的慧博士带来许多新鲜美感,只是有点儿寒凉,凄美着一缕若有若无的乡愁,也清爽着孤飞的白鹭。词有漱玉风神才气。

菩萨蛮·粤东乡村雨后即景

稻田蛙乱遥山黑,扶桑花落红云湿。
雨外挂垂虹,蕉林来去风。

湍溪牵水荇,柳岸鹅儿静。
袅袅自清圆,莲芳浮晚烟。

评点:
善于赏景写物,真粤东乡村景色,非北地所有。

蝶恋花·湖上书感

漠漠晴湖烟水渌,日色轻暝,白鸟双双宿。
洲上橘花香雾簇,荔枝收罢迎新绿。

渔火桡歌秋气肃,月落舟横,此夕成幽独。
心远兰皋归梦促,夜阑露冷依修竹。

评点:
　　人在岭南心在蜀,深秋季节,这一番湘、粤之旅,既赏美景民风,又思亲念远,煞是丰富充实。佳人幽独对白鸟双双,是"人独立"与"燕双飞"之结构。"香雾""修竹",隐约《离骚》笔法。

浣溪沙·彭县银厂沟夜宿

银汉轻流玉柄横,仙槎无影暮山青。纤纤新月魄初成。

风过林花飘似雪,夜阑春露冷如冰。梅边笛里暗愁生。

评点:

彭县现称彭州,位于成都北郊,属成都。乡村深秋的夜色自然比城里清爽幽静,因而词中满满的"幽人"情调,虽然忽生"暗愁",但并不滞重。

满庭芳

同门自美归来,因诉契阔,念及时事,感赋此阕。

江带朝寒,山凝暮紫,荻花满目萋萋。
蕙凋兰谢,残菊瘦疏篱。
雁去沙洲正冷,待回首,寥落空枝。
霜天静,一钩新月,相望似颦眉。

凄迷。谁共语、青灯影寂,珠箔人归。
记送别当年,柳乱长堤。
惆怅书生落拓,倩谁为、舒啸哀时。
空怀感,瀛波浩渺,芳草向天涯。

评点:

人既归来,契阔便成重聚,那么"凄迷"是为什么呢?词中并未明言,只说"寥落""惆怅"。开头对仗工巧,上片侧重写景,下片叙事抒情,是唐诗布局之法,也是乐章淮海雅词风味。

永遇乐

读周清真羁旅伤别词,感赋。

珠露为霜,瑶窗凝白,秋月如水。
冷坠红绵,残销绛蜡,枕畔清清泪。
荒鸡催起,匆匆执手,疏笛便传迢递。
澹寒烟,依稀霜迹,梦随王孙千里。

芳衾久掩,眉痕空黛,争识如今憔悴。
锦字虽成,云深无雁,梅萼凭谁寄。
古今同恨,楼头江上,一片斜晖天际。
又清夜,阑干露满,月明独倚。

评点:
离愁别恨,当然是人类生活普世之可能。然而是否作者生活之真实呢?词序说"感赋",当非虚拟。上片回忆当时分别情景,满满的难舍。下片写离人孤寂,相思难遣。清真词极讲究铺叙次第,此词得其法,层层铺叙,一韵一层,上片依次写深秋月夜、枕畔清泪、执手分袂、目送远去。下片写憔悴、寄意、幽恨、守望。全词情调凄凉冷清,如嫦娥孤寂。

齐天乐

蒹葭凉露凝霜白,凄凄又逢秋晚。
对酒伤心,凭高纵目,迢递山河都变。
芳尘渐远。剩黄叶疏烟,数行惊雁。
几度春风,只馀幽梦绿杨岸。

平生素怀自许,夜中浑不寐,起坐悲叹。
渭水西风,秦淮落照,今古兴亡何限。

枫江碧溅。算流尽残红，便成秋怨。
北望天阊，月斜闻捣练。

评点：

凄凄又逢秋晚，迢递山河都变，今古兴亡何限……平生素怀自许之人，何事夜中浑不寐？何悲复何叹？

瑞鹤仙

己巳初冬作，用周清真体。

怅芳菲远去，枯草岸，袅袅孤云暗渡。
馀霞散烟渚，映遥峰深碧，萧森江树。
征鸿过处，澹夕空、城堞日暮。
正天寒翠袖，依竹独听，戍角哀楚。

万物吹尘过眼，且读《离骚》，漫怀今古。
沧桑几许？周秦业，尽成土。
甚酸风一掬，铜仙铅泪，衰兰相送正苦。
便凄然梦觉，霜月冷凝夜雾。

评点：

雪莱《西风颂》说："向昏沉大地吹奏，哦，西风啊，如果冬天到了，春天还会远吗？""怅芳菲远去"的词人，"且读《离骚》，漫怀今古"。

水龙吟

庚午暮春，读彦威师《风入松》词，赋此敬和。

几番风露相催，荼蘼花谢芳春暮。

可怜陌上，香泥点点，断红无主。
草长江南，笛残梦里，王孙何处。
怕天涯不见，高丘冷落，登楼望，平芜路。

寂寞清明寒食，怅年年、花期还负。
涂香晕色，蝶狂蜂乱，斜阳烟絮。
万古闲愁，一春幽恨，素怀凝伫。
正重阴未散，轻寒测测，对黄昏雨。

评点：
芬芳悱恻情怀，哀感顽艳辞章，出丁素抱闲愁，一春幽恨。

水龙吟·梅花

七十年代，予从军陕南。驻地后山有野梅林，每岁花发，幽香数里。霜晨雪暮，辄与一二友人入山访之，徘徊花下，逸兴遄飞。倏然已逾十年，感念旧踪，爰赋此解。

恍然梦里溪云，苔枝又缀疏疏蕊。
幽红淡白，当年几树，露凝寒翠。
缥缈孤鸿，依稀双鹤，欲飞还止。
正阆风人远，冷香吹雾，想三弄，空山里。

过眼韶华易逝，便归来，旧时环佩。
堪惊残艳，缟衣尘满，愁生汀蕙。
休怨瑶龙，漫歌金缕，东君沉醉。
待深宵暗对，横窗素影，诉相思意。

评点：
得梅花神韵。"相思"者，梅魂素影，非凡俗意思。

水调歌头

1993年4月，应台南成功大学之邀，赴台参加第二届魏晋南北朝文学与思想学术研讨会，赋此记游。

东海一泓水，落日浸流霞。
波光澹荡如幻，天际有仙槎。
缥缈随风万里，汗漫青空银汉，蓬岛碧云遮。
迢递蜀中客，寻梦到天涯。

玉山雪，安平月，映繁华。
沧桑暗阅，苍榕依旧绿交加。
千载潮平潮落，还见相逢一笑，聚散不须嗟。
挥手渭城远，新雨湿鹃花。

评点：
好舒畅的气韵，行云流水。

八声甘州

癸酉秋，读《陈寅恪诗集》，仰怀大师，感慨时事，赋此二阕。

其一

渐金风凄黯满神州，落叶又惊秋。
更兼葭凝露，苹花似雪，雁去悠悠。
尘聚蜂房蚁穴，槐国亦封侯。
乱局棋枰外，独上高楼。

记取衰翁心事，怅名园寥落，沧海西流。
漫存身夷惠，兰柳暗生愁。
任哀时、江关迟暮，写兴亡、诗史自堪留。
青空碧、锁孤鸾影，月冷沙洲。

其二

对一编遗墨冷秋烟，歌哭问苍天。
记沉湘心事，河汾旧梦，幽恨销残。
几度南飞乌鹊，惆怅换人间。
海沸桑枯后，何处家园。

满目湖山依旧，正江枫叶落，桂影高寒。
费吴刚斤斧，蟾月已娟娟。
便千年、文章弦箭，倚新妆、眉样尽争妍。
芸窗下、望秋河转，露重霜繁。

评点：

陈寅恪是中国现代最天才、最负盛名的学者，先后执教于清华大学、西南联大、中山大学等。著有《隋唐制度渊源略论稿》《唐代政治史述论稿》《元白诗笺证稿》《金明馆丛稿》《柳如是别传》《寒柳堂集》等。他的诗文人气很浓郁，才华横溢，深邃渊雅，一般人不易读。比如1929年《春日独游玉泉静明园》："……回首平生终负气，此身未死已销魂。人间不会孤游意，归去含凄自闭门。"1945年《忆故居》："渺渺钟声出远方，依依林影万鸦藏。一生负气成今日，四海无人对夕阳。破碎山河迎胜利，残馀岁月送凄凉。松门松菊何年梦，且认他乡作故乡。"其"独立之精神，自由之思想"，清高的品性，孤傲的操守在学界备受称道，是经久的美谈。

读陈寅恪诗是不轻松的事，二十世纪中国的种种苦难，是其写作的背景，文人学者的心路历程，是其诗之内涵，哀痛、孤独、苦闷、决绝等是其诗的基本情调。蜀慧治中古史，与陈寅恪之学相近；蜀慧之诗词，格调亦颇有与陈诗相近相通之意，故其读陈诗，更多会心和共鸣。此二词之第一首感慨陈氏于乱世哀时漂

泊四海，第二首侧重说陈诗写兴亡史事、歌哭心情。二词以高华渊雅之辞写高华渊雅之人，可谓相得。"任哀时、江关迟暮，写兴亡、诗史自堪留。""对一编遗墨冷秋烟，歌哭问苍天……海沸桑枯后，何处家园。"不知陈者绝无此深解，乏诗才者难有此劲语。中年蜀慧每天路过陈氏故居，数十年阅读思考，其深切微妙处，他人难及。

浣溪沙·甲申岁末

敛翮天南任化迁，匆匆节候又新年。黄蕉朱橘竞花妍。

锦里梅馨馀旧梦，康园榕绿忆前贤。壶觞谁与共清欢？

评点：

从锦里到康园，匆匆岁月中，学人志趣，诗者情怀，"谁与共清欢"呢？若与二三子偶共壶觞，忆前贤谈家国谈道论艺，燕云子愿与焉。

洞仙歌

咏新荷敬贺迦陵师九十华诞。

田田凝绿，照明霞天际。春草池塘雨初霁。
袅清圆、缥缈姑射仙姿，红衣冷，瑶瑟幽怀曾寄。

夜阑香冉冉，水佩云环，瑞鹤灵湘舞寒翠。
素手理冰弦，绛帐春风，莲心共、妙音渊粹。
对璧月清辉映长河，正百秩欣登，满庭芳蕙。

评点：

叶嘉莹先生（乳名小荷）风神仪态端庄优雅，在弟子心目中可比莲叶田田，可映明霞天际，因以新荷咏之。九十华诞，如灵湘瑞鹤，如姑射仙姿，可歌可

颂。此词铺张夸饰,美轮美奂,明媚雅致,见两代天才女史之谊,非世俗应景之什也。贺寿之词,敬而不谀,颂而不虚,美而不俗,真实无伪。

（原刊于《诗词家》2018年第2期）

陈思和诗词

陈思和是复旦大学中文系著名教授,享誉学林。现任复旦大学图书馆馆长,兼任上海作协副主席、中国文艺理论学会副会长,中国现代文学学会副会长、中国当代文学学会副会长等。他在巴金研究、二十世纪中国文学史研究、中外文学关系研究等许多领域,都堪称学术标杆或旗帜,著述精良丰硕,影响深远。"国际在线"网站记者2017年11月26日报道说:"陈思和教授是中国现当代文学研究和当代文学批评领域的一代大家和权威,他相继提出了'中国新文学整体观''民间理论''潜在写作'等学术概念和理论,并组织、倡导和参与'重写文学史''人文精神大讨论'等影响深远的学术讨论。"

教学、科研、工作之余,他也创作旧体诗词,2013年曾由漓江出版社出版《鱼焦了斋诗稿初编》。这里选荐点评的是他尚未出版的《鱼焦了斋诗稿二编》中的部分诗作。

据《鱼焦了斋诗稿初编·弁言》可知,其少年即习作旧体诗词,"文革"期间曾自编《鲦濠集》,"多用霸气豪情语汇",后读王力《诗词格律》,并"抄写和背诵《诗韵合璧》",乃毁前作。其后数十年间致力于教学和学术研究,五十岁以后才谨依格律作诗词,虽数量不多,但绝非文墨游戏,全然学者之诗,有思想有情怀有文化气韵,诗艺也日益精良,诚实又诗意地记录自己的经历和感受,为读者展现了许多难得一遇的高端文化和学术场景,其学术史、文化史意义将在未来日益显现。

看电影《山楂树之恋》赞奚美娟表演艺术

原是银鹰幕上飞,回眸片刻已生辉。
熔金化铁神仙指,忍辱含慈地母归。

书圣传神惟一点,老君丹药试千回。
自然小道清流在,涤尽文坛浊酒杯。

注:奚美娟在影片里饰女主角静秋之母,中学校长,以苦劳支撑家境,含有地母忍辱负重之形象。颔联两句赞扬影片中几个精湛表演片段。

评点:

将母爱置于苦难中,愈见珍重。诗风温润清澈,富于艺术美和历史感。

斯德哥尔摩纪行六首

一

湘人跨凤箫声远,遥望灵山试启程。
十二春秋天道健,莫言风雪赴斯城。

注:2012年瑞典诺贝尔文学奖颁给中国作家莫言。之前,1988年中国作家沈从文曾被推荐入围,但因去世作罢;十二年后,2000年旅法华裔作家高行健获奖;又十二年,莫言获奖。

评点:

子鼠亥猪,十二载也是轮回吗?《易传》云:"天行健,君子以自强不息。""诺奖情结"牵动多少君子情怀?大批评家随行见证莫言受奖,见证一次文化盛事,心绪难平。这不仅仅是写诗,更是以诗记史,弥足珍贵!

二

赫尔辛基留滞客,机场一夕话艰难。
西方月桂东方折,误认花冠作棘冠。

注:2012年12月5日,我作为亲友团成员陪同莫言去斯城领奖,当晚因大雪飞机无法降落,在芬兰赫尔辛基机场住了一夜,联系国内舆论,叹息斯德哥尔摩艰难之路。棘,职部,入声。

评点：

虽是艰难之路，但若能到斯城接受诺奖，不只是获奖者荣光，国人亦觉荣光，纵有风雪阻隔，"棘冠误认"，而高标毕竟自在。"误认"二字，怎一个"荒唐"了得！

三

从海礁岩出地心，千年沉默值黄金。
风摧浪拍鸥遗矢，历尽沧桑化大音。

注：12月6日抵斯城，莫言参加记者招待会，因为没有按照某些中国香港和西方记者预想的立场回答问题，莫言遭到某些媒体舆论的猛烈攻击。此诗是对莫言的鼓励。

评点：

组诗六首中，此篇气韵最深，最得风人之妙，《道德经》所谓"大音希声""大辩若讷"是也。首字"从"若作"深"如何？

四

君称大地说书人，我意卢梭讲话真。
苦难成诗依地母，蛙驴牛马入精神。

注：12月7日莫言在瑞典文学院演讲《讲故事的人》，其讲真话的勇气让人联想卢梭《忏悔录》。四种动物均指莫言小说："蛙"指《蛙》，"驴"指《生死疲劳》，"牛"指《牛》，"马"指《玫瑰玫瑰香气扑鼻》。

评点：

真，是人类之良知，是作家之操守，是作品之生命，是宇宙万物存在之依据。批评家独拈"真"字以论精神，是普世之要义。

五

一声华语莫言请，顿似大潮交响鸣。
地煞天罡重运转，黄人无愧自豪情。

注：12月10日诺贝尔奖颁奖仪式上，评委会主席佩尔·韦斯特伯格在致辞完毕时，用中文说"莫言请"，莫言上前领受国王颁发的诺贝尔文学奖的奖章和证书。莫言为第一百零九位获奖者，之前正好一百零八位，故有"天罡地煞"从头开始之喻。鲁迅当年曾拒绝诺奖提名，他认为"倘因为黄色脸皮的人，格外优待从宽，反足以长中国人的虚荣心"。但今天莫言领奖，中国人已经毫无愧色。

评点：

"地煞天罡"的故事从来就是一种"想象"，这里借言世事文坛，既增趣味，亦表心期。

六

面包红酒腌鱼片，一席千人烩锦鸡。
伉俪君王花艳簇，白头院士笑如啼。

注：12月10日晚在斯城市政厅蓝厅举办盛大筵席，瑞典国王卡尔十六世·古斯塔夫率王室人员均参加。筵席只有三道菜，前菜：腌红点鲑配菜花冻，佐瑞典鱼子酱与莳萝蛋黄酱；主菜：雉鸡肉配鸡油菌，糖水梨，当季时蔬和杏仁土豆泥，佐红酒酱；甜点：开心果碎意式奶酪、樱桃冰糕和一枚大樱桃。宴会共三个小时。

评点：

意象斑斓！"笑如啼"是什么样子呢？好活泼的描写。

扶桑八吟

重访日本

平成七载访扶桑，日午当空叶始黄。
今日四番游旧地，故人笑指满头霜。

注：我曾四访日本：1995年11月—1996年4月访学早稻田大学；1998年底应邀赴一桥大学演讲；2006年7月应日本外务省邀请率作家代表团访问仙台、东京、大阪等地；2011年10月21—29日重访一桥大学。

评点：

尾句以谐趣写沧桑，现场感极好。苏轼《纵笔》诗曰："寂寂东坡一病翁，白须萧散满霜风。小儿误喜朱颜在，一笑那知是酒红。"

一桥大学

当年四月落英红，仿佛虹桥锦缎中。
一十三年重问道，人文探索未成功。

注：首次访日，坂井洋史教授多次邀我去一桥大学演讲，主题是人文精神寻思；第二次访日在一桥大学演讲：知识分子的价值取向；这次访日，10月24日在一桥演讲：知识分子与现状。谓之革命尚未成功，我辈仍须努力。

评点：

一二句优美。"问"作"论"可能更恰当些。尾句略嫌直白。

坂井洋史

巴金无治传真谛，君我师门廿二年。
把酒轻狂说理想，惟凭热血荐前贤。

注：坂井洋史教授曾是复旦大学访问学者，师从贾植芳先生。研究巴金，成就斐然。这次访日除公务外，多次与其出游，甚欢。

评点：

此首侧重同门之谊。"前贤"当指巴金。尾句或从鲁迅"我以我血荐轩辕"化出。

佐野书院

枫叶初红草木芬，声声吉令隔窗闻。
推帘踏步青苔湿，卵石前头是殁坟。

注：佐野书院为一桥大学前校长的私宅，后捐赠给学校为招待所和会议厅。环境幽静，生机盎然，叶红草翠，秋虫长鸣。小虫吉令鸣叫时发出"吉令""吉令"的声音，因称吉令子。我们居住于此。花园深处，竟有一座战殁纪念坟。

评点：

笔调自然清秀，尾句忽然转出战殁纪念坟，历史意蕴耐人寻味。

出游青梅

坂井驱车破晓晨，多摩河畔草茵茵。
风旗老厂悬新绿，妹妹家餐豆腐纯。

注：10月23日，坂井教授陪同参观东京郊区青梅一家制作泽乃井清酒的百年老店，创业于1702年，其风俗，每当新酒上市，厂房前高悬绿色树叶制作的圆球。当日，在多摩河畔"妹妹屋"饭馆午餐，"妹妹屋"以豆腐制作闻名。

评点：

生活气象扑面而来，诗意流畅如山水清音。

草思堂

民众广知诸葛亮，草思堂主笔惊魂。
门前老铺陈山货，清水瓷盆养辣根。

注：青梅有草思堂，是日本作家吉川英治（1892—1964）的故居。吉川曾改写中国历史小说《三国演义》，使三国人物在日本家喻户晓。草思堂前有一家老铺出售新鲜辣根，状似萝卜，用清水泡养。我在二十几年前第一次吃刺身时曾尝过新鲜辣根，但未睹原物。这次始见。

评点：

三四句作"却看老铺陈新货，盆养鲜活是辣根"如何？

小 樽

小港深秋寒意漫,运河依旧水潺潺。
主人惠我当年景,白雪纷纷覆满山。

注:10月27日,坂本达夫陪同去北海道。小樽为日本早期港口城市,至今保留古运河航道等景点。运河边有流浪画家卖画,专画运河当年四季景色,坂本送我一幅冬天景象的油画作品。

评点:
好美的意趣,诗味甚佳。

札幌吃蟹

北海蟹神名鳕厂,披坚如鼓巨螯长。
刺身煎烤浑汤煮,饕客沉酣入梦乡。

注:北海道特产巨型海蟹,名叫鳕厂,体大螯健,威风凛凛。10月27日在札幌"蟹本家"餐馆用餐,选一只鳕厂加一只毛蟹,以刺身、煎烤、煮汤等多种厨艺配置菜肴,老饕大快朵颐,奋而酣战。戒酒多年,复开禁,大欢。

评点:
文气舒畅场面鲜活,友情意趣含蓄其中,未可以等闲饕餮视之。

送友人儿男出国

雏鹰伸翅翼,雄志在云霓。
驹马三行跪,风吹草没蹄。
晨曦遮不住,喷薄势崩堤。
慈母拳拳意,依依极目西。

评点：

前六句排比博喻，对晚辈才隽欣赏祝贺鼓励期待之意洋溢，尾联忽用孟郊《游子吟》诗意，既写送别，亦含期待。亲切情味，语短意深。

题《清代松江府文学世家述考》

江左遗民修国榷，重光日月三百年。
所南心史承天起，酣墨流芳远国权。
自古云间多鹤唳，平原盛藻赋文篇。
词章奕世行玄德，飞燕旧家舞蹁跹。
呜咽吴淞江浪涌，子龙慷慨闇公贤。
前清一代传文脉，时至甲辰袅袅烟。
十里洋场开埠日，秦娄县制失源泉。
西风东渐飘鳌足，秋雨春申海上仙。
惟有民间求诸礼，华亭俊杰续沧田。
雪之问学关天意，王谢诗魂再奏弦。

注：徐侠（字雪之）著《清代松江府文学世家述考》（套装共两册），上海三联书店2013年11月出版。

评点：

渊博古雅舒畅，亦叙亦咏亦赞，有唐人歌行神韵。

题韦泱《癸巳雅集》并序

癸巳五月十三，丁公景唐先生设宴梅园村，老友相聚。席中公为尊长九秩有四，富华老米寿，蔡根老、观泉先生和夫人鲁秀珍女士都年过八轶，可谓寿星聚会。丁公与观泉先生倾盖甲子，与蔡、富两老鸥盟四十载，谊泽流芳，嘉惠后学。诸晚辈奉觞颂寿，其乐融融。近读韦泱兄《癸巳雅集》亦叙此盛事，乃感不可无诗。

　　丁公蔼蔼盛华筵，南极群仙鹤鹿缘。
　　夫子观泉弥益壮，鲁姨酾酒晚霞连。
　　蔡翁矍铄牙犹健，富老龙蛇腕若翩。
　　一路风霜追理想，且留头颅念前贤。
　　我今献赋歌仁者，未及擎杯已忘年。

注：2017年上半年观泉秀珍伉俪先后仙逝，年底丁公驾鹤。重读此诗，忆及盛筵，不胜感叹。2018年元月3日补记。

评点：

序与诗记录当代沪上文化名流故事，场景感人情怀真挚，很高雅的记忆。中间几句列锦式，如杜甫《饮中八仙歌》之章法。

敬贺徐中玉先生百岁大庆，献诗一首

　　文界天王尊海上，无私无欲则威刚。
　　风波劫后青松柏，雨雪行前赤叶霜。
　　修水残年豹愁隐，香山晚岁鹤闲翔。
　　新苗恨不长千尺，犹忆丽娃逢盛唐。

评点：

徐先生一代人杰，领袖风范，长居丽娃河畔，数十年叱咤文坛，风靡寰内，人皆敬之。生当此世，自难免"雾豹"之忧，然天佑仁智，允寿允康。此诗赞颂美饰，并不过分，皆出自真诚，得贺寿敬贤之体。

花甲吟

　　花甲罔闻能耳顺，轮回岁月又逢春。
　　曹公未尽辛酸泪，贾府偏传中意人。
　　不惑犬耕昼梦路，知天萤照夜游神。
　　如今耳顺安身处，书海茫茫守我真。

注：甲午新年初三，我接到学校任命图书馆馆长之讯。诗中"贾府"实指恩师贾植芳先生。先生晚年曾担任馆长之职。

评点：

巧思妙趣，联想自然，书香本色，非俗人可得也。

甲午纪事四首

履　新

马蹄声渐远，回首两头春。
花甲轮新岗，书航守旧人。
残碑存气息，故纸拂蓬尘。
修复兼培育，精英荟萃臻。

注：3月20日任复旦大学图书馆馆长。11月30日推动成立复旦大学中华古籍保护研究院。

评点：

学人心事，册府情怀。"荟萃臻"动词重复，费辞了。尾句太凿实，可否用点儿象征隐喻之类，比如"青坪岁岁茵"之类。老师和弟子们看书累了，到草边林下散散步也好哈，别总是督促读书啊（一笑）。

讲　座

巴公冥寿诞，金粉聚东南。
理想三缄口，精神九悔肠。
抉微扬死火，深读起沉涵。
点滴交心得，崎岖道且长。

注：今年巴金公110冥寿，先后应邀于上海图书馆、浙江省图书馆、湖北省图书馆、思南公寓等处演讲巴金晚年的理想主义。

评点：

"金粉"之称时髦，以俗为雅。到底是研究巴金的大学者。

捐 书

贾公恩泽远，大漠植莘莘。
铁臭连年梦，书香几代人。
霞光丹彩石，佛相卧精神。
此地尊文化，芳芬夫子真。

注：恩师植芳先生藏书捐赠河西学院，师门同捐数千册，七月率团赴张掖，游丹霞山、卧佛寺等。

评点：

贾公藏书捐给甘肃河西学院，师生共襄义举，长存夫子情怀。此以诗入史之体。"大漠植莘莘"好句。

杂 题

今岁无新著，文章集旧编。
行思华语际，翘望巨人肩。
两度飞黄鹤，一身飘纸鸢。
往来风雨化，地有线连牵。

注：甲午年搜旧文编成两部论文集，《行思集——台港澳及海外华文文学论集》和《巴金晚年思想研究论稿》。曾应邀两次赴武汉华中科技大学演讲，并先后在长春、杭州、首尔、台湾、香港等地参加学术会议。

评点：

娓娓而谈，夫子心事自然流淌，谦逊诚恳，无饰无掩。是当下学人四处奔波传道授业的真实情形。尾句欠飘逸，"连牵"两动词有点重叠生硬，若改作"万里任书缘"如何？

为贾植芳先生藏书陈列河西学院而题四首并序

2014年7月6日,我与复旦大学图书馆同仁,护送贾植芳先生的藏书去甘肃张掖河西学院,参加捐赠仪式,并参观著名的丹霞国家公园。当晚宴席,应刘仁义校长之邀,吟小诗四首。

黑 水

黑水藏书偿夙愿,斋名伴读十余年。
今知古国合天意,复旦河西喜结缘。

注:张掖古代曾名黑水,与寒舍斋名相符。

捐 赠

感念恩师灵在天,藏书护送到祁连。
植芳万里丝绸路,浩瀚精神大漠烟。

薪 传

西北芝兰海上传,幽香暗渡故山川。
贾门三代情深处,翰墨诗书韦数编。

丹霞国家公园

七彩罗裙百色冠,三千佳丽秀曼曼。
莫道入眼沙无海,一片丹霞灿若澜。

评点:

名师情怀,名山境界,名贤雅事,温润芬芳。复旦薪火,正如丹霞猎猎,淑世彤天。

读《瓢吟》赠沈善增

弱水三千起一瓢，伏中挥汗涌文潮。
谈天说地君真健，养气明心病自消。
释道孔为家学问，诗书医乃国之骄。
善增日日增嘉善，胜过磻溪老钓猫。

注：沈善增（1950—2018）上海作家，著有《还我庄子》《还我老子》等系列著作。并兼通书法诗词等。

评点：
好有趣！温馨诙谐，活泼灵动之诗。

哭潘朝曦医师

潘公驾鹤走阴阳，霹雳晴空遍地霜。
十殿恐疏新鬼册，九霄弥漫老仙殇。
精诚祛病延天命，率性为诗继汉唐。
辣手仁怀真俊杰，文心医道正无疆。

注：潘朝曦（1949—2015），著名中医，诗人。

评点：
情深意重辞雅，既得伤悼之体，又合其人其事，亦医亦诗，非斯人不能享此诗，非斯友不能叙此意。中间两联奇警，尾联厚重隽永。

偶　作

老生未忘公家事，赤日黄尘汗渍衣。
楼馆间行千步远，往来自减一分肥。
眼花能识朦胧美，心悟方知昨日非。
秋色人生红烂漫，蓝图意趣正深微。

评点：

有趣！诗心诗趣愈老愈佳，诗笔亦趋轻灵俊爽。首句或从黄庭坚"痴儿了却公家事"化出。第六句从陶渊明《归去来兮辞》"觉今是而昨非"化出。余与思和公同年，尝自忖曰："丹枫无意闹春头。总趁霜华染素秋。"中年心事，或有同然。

答中行兄元宵诗

余生癸巳未相冲，与子同年鲤化龙。
旦苑讲经宏大美，骚林振铎立新宗。
春来名士杯中酒，秋后英雄菊下蛩。
今读君诗私自愧，经年未敢再平庸。

注：附胡中行原玉《元宵感怀寄思和兄》，"生逢子午不相冲，遥望高天马是龙。秘阁更生称霸主，翰林永叔拜文宗。春风同振诗中铎，秋雨犹鸣石下蛩。未敢骚坛留足迹，但求落笔少平庸"。

评点：

尾联妙语自谦。

赴珠海参加《陈思和文集》发布会而作

银翼九重看晚霞，云催雾涌日西斜。
觅中安在凌霄外？逝者如斯夜色佳。
老去无端忙俗务，病来乘兴吃闲瓜。
追光四十桃林盛，依旧龙蛇未有涯。

评点：

2017年11月26日，由中山大学和广东人民出版社联合举办的"笔走龙蛇四十年——《陈思和文集》（七卷本）出版发布及研讨会"在珠海举行。

首联并非单纯写自然景观，晚霞夕照乃人生之隐喻，"云催雾涌"也是生命过程之隐喻式表现，如同杜甫诗中的秋和江意象。六合指天地四方，宇宙空间。《庄

子·齐物论》："六合之外，圣人存而不论；六合之内，圣人论而不议。"第四句用《论语》"子在川上曰逝者如斯"之典。颈联对仗可谓讲究。全诗都是感喟人生的格调，每一句都有生命在岁月中老去的意味。思和教授虽然德高望重资深发白桃李满园著述等身，但不过中年而已，虽称"老去病来"，实则壮心未已，人文学者花甲年华，丰颐而嘉，笔走龙蛇之既往，亦开无限之未来。如此解读，或许略合"银翼追光"之深意。

纪念几位去世的师友

辞岁偏逢霾重日，闭窗独守忆先贤。
忍伤师友登仙列，惟剩诗文作挽联。
回首龙蛇成旧卷，隐身鱼蠹度残年。
忽闻今日高楼起，披得白云赴盛筵。

注：丁酉年，我师长辈钱谷融、丁景唐、范伯群、王观泉、鲁秀珍、罗飞等，同辈好友王富仁、吴定宇等，姑妈陈碧寒女士先后仙逝，除夕之夜，烧诗祭之，表达我的思念。

评点：

"烧诗祭之"，沉痛！不知作者是否想到了《红楼梦》"黛玉焚诗"的故事，也不知作者烧的是什么诗？但不论烧什么诗，总是一番沉痛的悼亡心事。诗之次第正是心之次第，起承转合自然而然却极细密严谨，诗意从心底流出，结构便自然成立了，是"从心所欲而不逾矩"的艺术境界。偏、独、忍、惟，一句一转折，愈转愈沉痛。第七句忽然飘逸于天人暌隔之处，将生命短暂无奈之沉痛升华为精神永恒之宽慰，遥寄思念，温馨深切又凄婉绵长。

敬贺陈公允吉八十寿庆

滴水如泉教诲恩，十年驹影尚留痕。
高峰学府商山老，健笔诗坛庾信魂。
朋辈相看霜亦重，吾师独喜玉之温。

人生八秩能何欲，仙酒蟠桃弼马孙。

评点：

余负笈复旦，亦修陈公课业，读其著作，蒙其教导。陈公黠慧天贶，望之霭如，即之也温，听其言则精简清爽，有禅悦风神。此诗用博喻之法，以"商山老""庾信魂""玉之温""弼马孙"形容之，趣雅而妙。

（原刊于《诗词家》2018年第6期）